Als je Alleen...

Iris Pinson

Pinson Publisher
Publicatie 2014
Uitgave: April 2021

Schrijver: Iris Pinson
Coverontwerp: Iris Pinson
Foto: Anton Belovodchenko
ISBN: 978-90-821929-0-2
© Iris Pinson

Inhoud

Deel I – Is het niet tijd

Hoofdstuk 1

"Hoezo schulden? Ik heb er toch altijd hard voor gewerkt. Wie denk jij wel niet wie je bent om een oordeel over mij te vellen. Je wilt me of je wilt me niet," zei Sonja koel.

Sonja Plattel had van jongs af aan geleerd om voor zichzelf op te komen en haar eigen zaken te regelen. Met haar lange slanke lichaam, steile blonde haren en grote blauwe ogen trekt ze mannen aan, die ze soepel om haar vingers windt. Maar Sonja maakt geraffineerd de afweging in hoeverre ze in een relatie investeert. Zijn de mannen seksueel aantrekkelijk, hebben ze status en wat brengt het haar. Het is hun probleem dat ze verliefd op haar worden. Het gaat niet om geld, maar om haar.

Kort na haar veertiende verjaardag overleed haar moeder. Sonja voelde zich verantwoordelijk om voor haar vader te zorgen. Hij was een lieve zachte man die weinig eisen stelde. Ze woonden op de eerste etage van een kleine driekamerwoning in de Haagse binnenstad. Het was een bedompte woning die Sonja schoonhield. Eigenlijk was een grote opknapbeurt nodig. Het verfwerk was vergeeld en de vloerbedekking met het bordeauxrode bloemenmotief was in de looprichting kaal gelopen. Het meubilair was gedateerd, zoals het doffe gepolitoerde buffetkastje en de bank met de synthetische olijfgroene bekleding. Als de zon naar binnen scheen, leek het net alsof je door een filter keek.

Op de eetkamertafel stond een oude craquelé bloemenvaas op een Perzisch kleedje. Volgens de verhalen van haar moeder had opa, die als kapitein op de kleinhandelsvaart voer, de vaas en het kleedje op één van zijn vele reizen uit Egypte meegenomen. Over opa werd altijd vol heimwee gesproken. Nostalgie uit vervlogen tijden, die nooit meer terugkwam.
Naast mooie voorwerpen, nam opa altijd doosjes met noga uit Spanje mee, waar de familie naar uitkeek als zijn schip binnenliep. Er werd gretig van de noga geproefd en gelachen. Opa zei niet veel, maar genoot van de drukte. Sonja was te klein geweest om zich dat te herinneren.

Na de crematie van haar moeder had haar vader zich afgezonderd en was het contact met de familie verwaterd. Kort nadat Sonja haar HBO-diploma had behaald, overleed haar vader. Het verlies van haar moeder was hij nooit te boven gekomen.

Na zijn crematie stond Sonja eenzaam en alleen in de woonkamer en keek ze om zich heen. Het was een gedateerd museum vol met herinneringen.

Tijdens het opruimen van het oude buffetkastje bekeek Sonja de persoonlijke spullen van haar vader. Het trouwalbum van haar ouders, waar haar moeder breed lachend, met een dikke buik in een witte trouwjurk naast haar vader stond. Haar vader, een beetje somber kijkend, statisch in zijn nette pak. Hij hield er niet van om opgesmukt te worden. Naast het album lag zijn leesbril waarop de vette vingerafdrukken nog zichtbaar waren. In een doosje dat klemde en moeilijk openging vond Sonja zijn vergulde manchetknopen, die hij alleen bij feestelijkheden droeg. Onder het ingedeukte kartonnetje waren twee kleine zwart-wit foto's verstopt. Ze waren beduimeld en bewust verborgen. Op de ene foto was een pasgeboren baby te zien. Sonja draaide de foto om en zag "1958" in het handschrift van haar vader. Ze legde de foto terug en bekeek de andere. Hier was een klein meisje op een driewieler te zien, die enthousiast naar de fotograaf keek, alsof het vandaag voor het eerst was gelukt om alleen te fietsen. Sonja was getroffen door de gelijkenis. Dit meisje leek op haar. Ze keerde de foto om, maar er stond niets op. Ze vroeg zich af wie de baby uit 1958 was en het meisje op de driewieler.

Sonja was in 1959 geboren en ze wist zeker dat er geen overleden broers of zussen waren, omdat ze een paar maanden na het huwelijk van haar ouders was geboren. Daarna legde ze alle persoonlijke spullen behoedzaam in een doos en borg deze op.

1981

Na het behalen van haar diploma solliciteerde Sonja bij de Bank in Den Haag en werd aangenomen. Ze vond snel haar draai en maakte deel uit van een hecht team van haar eigen leeftijd. Na een korte inwerkperiode werd ze betrokken bij internationale transacties, dat haar aansprak en waar ze veel van leerde.

Toen ze bij de Bank startte, meldde Sonja zich ook aan bij een atletiekvereniging. Ze hield van hardlopen en bij een vereniging kon ze nieuwe mensen ontmoeten en haar conditie op peil houden, want overdag had ze niet veel beweging op kantoor.

Op de eerste avond ontmoette ze Ronald op de atletiekvereniging. Ze herkende hem van gezicht, omdat hij bij haar op het HBO had gezeten. Ronald was een spontane, maar ook knappe verschijning met lichtbruine ogen, blond haar en hij had kleine krulletjes in zijn nek. Hij had sproeten op zijn neus en als hij lachte, verschenen er kuiltjes in zijn wangen. Ronald was een allemansvriend. Hij straalde een gevoel van zorgeloosheid uit, alsof hij leefde zonder dat hij er veel moeite voor hoefde te doen. Het leven kwam naar hem toe. Zijn soepele manier van bewegen was katachtig.

"Hé hallo daar! Ken ik jou niet ergens van?" Hij liep op Sonja af en gaf een ferme handdruk.

"Volgens mij hebben we ooit samen colleges gevolgd? Ik weet alleen niet meer hoe je heet."

Sonja was aangenaam verrast dat Ronald haar nog herkende.

"Is dit je eerste training?"

"Ja," zei ze met een innemende glimlach. Waarop Ronald haar nieuwsgierig aankeek.

"Ik ben vanavond je trainer en zal je aan de groep voorstellen. Heb je al eerder hardgelopen?"

"Af en toe een beetje gejogd, maar niet echt structureel."

"Er zijn vanavond nog twee beginners, dus we gaan we het netjes opbouwen," zei Ronald zelfverzekerd.

"Ben je sportdocent van beroep?" vroeg Sonja belangstellend.

"Nee, in het dagelijks leven ben ik logistiek manager en geef atletiektrainingen voor de hobby."

Na het voorstelrondje op het atletiekveld nam Ronald Sonja en de andere twee nieuwe leden apart om hun conditie te inventariseren.

Sonja had snel de juiste vorm te pakken om bij de groep aan te haken en werd een trouwe bezoekster van de atletiektrainingen. Ronald was altijd spraakzaam en na de trainingen hadden ze in de kantine een praatje met elkaar. In het begin haalden ze herinneringen op over de studieperiode en later over werkgerelateerde zaken.

Op het prikbord in de kantine van de atletiekvereniging hing de aankondiging voor het jaarlijkse clubfeest. Het thema was "Disco" en hier hield Sonja wel van. Ze had zich opgegeven en keek naar het clubfeest uit, omdat Ronald ook zou komen.

In de vooravond had Sonja zich voor de spiegel verschillende malen aan- en uitgekleed. Ze stond te dralen en kon geen keuze maken. Iets frivools of juist iets sportiefs. Ze koos uiteindelijk voor iets frivools, omdat ze vanavond zin had in Ronald en hem wilde versieren. Ze trok een zwart minirokje aan met een rood strak bloesje en pakte haar hooggehakte rode schoentjes. Haar lange steile blonde haren liet ze loshangen en gooide ze zelfverzekerd over haar schouders naar achteren.

Bij binnenkomst in de kantine zag ze Ronald aan de bar staan. Hij zag er sexy uit met zijn gespierde armen in een strak wit T-shirt. Hij stond met een clublid te praten, nam achteloos een slok uit zijn glas en lachte weer naar de man. Sonja keek naar de kuiltjes in zijn wangen en de losse krullen in zijn nek. Ze vond hem onweerstaanbaar.

De DJ draaide goede muziek en Sonja had al verschillende malen met haar hardloopclubje op de dansvloer gestaan. De DJ was een guitig ventje met lang blond haar en was gekleed in een glimmende zwarte discoblouse met een witte stropdas. Hij creëerde een uitstekende sfeer en wist de feeststemming op te stuwen.

Ronald stond nu alleen en Sonja liep met een halfvol glas wijn in haar hand naar hem toe.

"Hoi Ronald."

"Heb je het een beetje naar je zin?"

Sonja knikte en nam een slok uit haar glas.

"Ik heb je nog niet op de dansvloer gezien. Hou je van dansen?" vroeg ze.

"Ja, maar dan moet het wel goede muziek zijn," en hij keek Sonja uitdagend aan.

"Wat vind je dan goede muziek?"

"Dat is verschillend. Sommige disconummers vind ik leuk, maar een hardrocknummer op zijn tijd, kan ook te gek zijn."

Ronald bestelde twee glazen wijn en gaf een glas aan Sonja. Ze pakte het aan en raakte zijn hand aan. Hij glimlachte ondeugend, ging dichterbij staan en liet zijn vingers over haar onderarm glijden. Ze keek hem verlangend aan, nam een nipje uit haar glas en vroeg terloops: "Ik weet eigenlijk niets van je. We hebben wekelijks allerlei interessante gesprekken over de bedrijven waar we werken. Wat zou jij in het leven willen bereiken?"

Ronald kreeg kuiltjes in zijn wangen.

"Wat een filosofische vraag zeg. Ik dacht even dat je ging vragen of ik een vriendin had."

"Ja, daar ben ik ook wel benieuwd naar."

Ronald boog naar Sonja toe en fluisterde zachtjes: "Die is er niet. Wil jij vanavond mijn vriendin zijn?"

"Waarom alleen vanavond?"

Hij gaf geen antwoord meer op haar vraag. De DJ had een langzaam nummer opgezet en Ronald troonde Sonja mee naar de dansvloer. Hij trok haar tegen zich aan en zei zachtjes in haar oor: "Je bent toch wel alleen?"

"Ja," zei ze zwoel en ze gaf zich aan Ronald over.

Het nummer kon voor Sonja niet lang genoeg duren. Ze rook zijn lichaamsgeur en ze voelde het stevig gespierde bovenlijf van Ronald door zijn T-shirt heen. Ze vond Ronald sexy en ze wilde het liefst de nacht met hem doorbrengen. Zijn blik, wanneer hij haar aankeek, sprak boekdelen. Of het nu voor één nacht was, maakte Sonja niet zoveel uit. Toen de laatste woorden van het nummer klonken ...."It's only words, and words are all I have, to take your heart away," pakte Ronald haar hand en leidde hij haar in de richting van de openstaande buitendeur.

Voor de kantine, in de zoele avondlucht stonden een paar mensen met een glas in de hand te praten. Op het atletiekpark was het aardedonker. Ze liep aan zijn hand mee en ze wist als geen ander wat er ging gebeuren.

Ronald leidde Sonja naar de achterzijde van de kantine. Hier was alleen het gedreun van de disco hoorbaar. De struiken prikten aan haar blote huid. Ronald duwde Sonja zachtjes tegen de achterwand van de kantine, pakte teder haar gezicht vast, drukte zijn lippen zachtjes tegen de hare en drong zijn tong naar binnen, die ze gretig naar binnen zoog. Hij maakte behendig de knoopjes van haar blouse los en ze voelde hoe hij zachtjes in haar tepels kneep. Ze raakte opgewonden, riste zijn gulp open, ging op haar hurken zitten en nam zijn stijve penis in haar mond. Ze hoorde Ronald zuchten. Hij trok haar omhoog, duwde haar voorover en neukte Sonja als en konijn, met korte snelle schokjes.

Na afloop fluisterde hij zachtjes in haar oor: "Ik ben geil en wil meer," en begon weer in haar tepels te knijpen.

"Jouw huis of het mijne?"

"De jouwe," maar ze kon Ronald niet loslaten en kuste hem weer. Ze voelde zijn vingers weer binnendringen en Sonja zei hees: "Laten we nu gaan," en ze sloot haar ogen van genot.

Sonja maakte haar blouse vast, schoof haar rokje zedig naar beneden en liep zelfverzekerd de kantine binnen om haar tasje te pakken. Ze zwaaide haar trainingsclubje gedag.
Ze hoorde roepen: "Nu al? Het is nog veel te vroeg."
Sonja wuifde: "Ik zie jullie dinsdagavond. Doei," en ze ging er snel vandoor. Ronald wachtte buiten, sloeg zijn arm om haar schouders en ze vertrokken naar zijn huis.

Ronald woonde in een kleine tweekamerflat op de eerste etage in Rijswijk. Bij binnenkomst leidde hij Sonja gelijk naar zijn slaapkamer. Ze lieten alles uit hun handen vallen, kleedden zich uit en binnen de kortste keren lag Sonja op haar buik. Ronald masseerde haar lichaam van haar nek tot aan haar billen, waarbij hij haar benen spreidde en haar met kleine schokjes nam.

De volgende ochtend toen Sonja wakker werd, keek ze verbaasd om zich heen. Door de spleet van de stevige oranje overgordijnen zag ze dat ze in een provisorisch bed lag, dat uit twee tegen elkaar geschoven tweepersoonsmatrassen bestond. De schuifdeuren met glas-in-loodramen naar de woonkamer stonden een stukje open.
Ze hoorde Ronald in de keuken rommelen, liep naar hem toe en zag dat hij koffie zette. Hij was naakt en ze keek begeerlijk naar zijn mooie atletische lijf.

"Heb je nog een beetje geslapen?"
"Ja, ik werd net pas wakker. Kan ik douchen?"
"Natuurlijk, de tweede deur in de gang."

Hoofdstuk 2

Na een eenzame start in haar jonge jaren, had Sonja nu grip op haar levenspad. De relatie met Ronald was in de tussentijd de twee jaar al gepasseerd. Ze was toe aan een nieuwe fase in haar leven, toen ze op maandagmorgen op het prikbord een interessante vacature bij de Bank in de vestiging Rotterdam zag. Het takenpakket was een verzwaring van haar huidige pakket. Sonja overwoog de voor- en nadelen van een overplaatsing naar Rotterdam. Ze wilde haar grenzen verleggen en reageerde op de vacature.

Mevrouw van Kouwenhoven, de personeelschef was verrast toen Sonja aangaf geïnteresseerd te zijn in de vacature. Ze hadden een uitgebreid gesprek over de stap die Sonja voor ogen had. Mevrouw van Kouwenhoven beloofde bij de Rotterdamse vestiging naar de status van de procedure te informeren.

Kort daarna ontving Sonja een uitnodiging voor een sollicitatiegesprek. Het gesprek verliep soepel en het maakte haar enthousiast. De Rotterdamse mentaliteit beviel haar. Toen Sonja na het interview naar de trein liep, nam ze zich voor als ze de baan kreeg, om naar Rotterdam te verhuizen.

Er kwam goed nieuws, want ze werd aangenomen bij het filiaal Rotterdam. Mevrouw van Kouwenhoven zei dat ze het jammer vond dat Sonja uit Den Haag vertrok, maar ze was blij dat ze voor de organisatie behouden bleef.

Op een waterkoude zaterdag in januari vertrok Sonja naar Rotterdam om makelaarskantoren te bezoeken. Ze had vooraf een lijst gemaakt en de route uitgestippeld. Bij één van de makelaarskantoren zag ze een dubbel bovenhuis in de binnenstad en maakte gelijk een afspraak om de woning te bezichtigen.

De woning voldeed aan haar eisen en lag op een redelijke afstand van het kantoor in Rotterdam. Na de bezichtiging hakte Sonja de knoop gelijk door. Ze bracht een bod uit en zette haar woning in Den Haag te koop. Het moment was gekomen om Ronald te informeren. Ze had hem nog niets over haar sollicitatie en verhuisplannen verteld, want ze wilde geen inmenging van hem. Ronald kennende; hij zou het helemaal niet leuk vinden als ze in Rotterdam ging werken, laat staan wonen. Sonja verwachtte een berg met bezwaren en irritaties, omdat ze hem buiten haar plannen en besluitvorming had gehouden, maar het tegendeel gebeurde.

Op vrijdagavond hadden ze afgesproken in een bistro in de Haagse binnenstad. Sonja was laat en Ronald zat al aan de bar. Hij lachte naar haar met een glas witte wijn in zijn hand.

"Wat kijk je bezorgd? Het is weekend," en hij hief zijn glas omhoog.

"Ik?" vroeg Sonja.

"Ja, jij. Lust je ook een glas witte wijn?"

Ze gingen met de volle glazen aan het gereserveerde tafeltje zitten.

"Volgens mij, ga je me zo wat vertellen. Is het niet?"

Sonja schrok. Het leek of Ronald haar gedachten kon lezen.

"Ja, ik heb zeker wat te vertellen, want ik heb vandaag te horen gekregen dat ik promotie ga maken. Ik heb een baan aangeboden gekregen in onze Rotterdamse vestiging."

"Dat is goed nieuws. Gefeliciteerd. Wat ga je daar dan doen?"

"Ik ga een aantal grote klanten in de scheepvaart beheren."

"Dat klinkt goed. Wanneer ga je in Rotterdam starten?"

"Volgende maand. Ik moet eerst nog mijn werkzaamheden in Den Haag overdragen."

"Nou, daar moeten we op toasten. Proost!"

Sonja vond het nog te vroeg om over haar toekomstige verhuizing te beginnen. Dat zou toch pas op zijn vroegst over een paar maanden plaatsvinden.

Op weg naar haar eerste werkdag in Rotterdam stond er buiten een koude gure wind. Ze torste zich er doorheen.

Sonja werd in Rotterdam opgevangen door een vriendelijke medewerkster van personeelszaken, die haar aan de nieuwe collega's voorstelde. Ze kwam aan het blok bij Edward te zitten. Hij zou haar inwerken en de klanten overdragen.

Vanaf het eerste moment dat ze Edward zag, was ze van hem gecharmeerd. Zijn donkere prikkelende ogen, lange donkere lokken in zijn nek en zijn slanke figuur trokken gelijk haar aandacht. Zijn lenige bewegingen deden haar denken aan John Travolta in de film Saturday Night Fever. De andere vrouwelijke collega's op de afdeling leken afgunstig, omdat Sonja aan het blok bij Edward kwam te zitten en ook nog eens persoonlijk door hem ingewerkt zou worden.

Het werk in de vestiging Rotterdam was uitdagend en de grote klanten waren niet gemakkelijk te bedienen. Er zaten dominante reders tussen, die onredelijke eisen stelden. Door heldere communicatie en goede afspraken te maken verliepen de zaken naar volle tevredenheid.

De overdracht van het appartement in Rotterdam had in de tussentijd bij de notaris plaatsgevonden en haar eigen woning in Den Haag was verkocht. Het moment was gekomen om Ronald te vertellen dat ze naar Rotterdam ging verhuizen.

"Sonja, ik vind je een rare. Sinds wanneer haal je het in je hoofd om in Rotterdam een huis te kopen, zonder dat ik daar iets vanaf weet?" zei Ronald pissig.

"Ik had verwacht dat we zouden gaan samenwonen. Je neemt eigengereide beslissingen zonder me hierin te betrekken. Blijkbaar heb je al een tijd geleden het besluit genomen om te verhuizen. Ik baal hiervan," en hij keek Sonja nijdig aan.

"Ronald het is wat raar verlopen," loog Sonja. "Mijn collega's in Rotterdam attendeerden me op dit appartement, omdat een klant bij de bank de financiering niet rond kreeg. Van het een kwam het ander en voordat je het weet, is alles rond. Maar ik informeer je nu toch? Wat is het probleem?"

"Sonja, we hebben al een paar jaar een relatie en jij bent voor mij de eerste vriendin, die ik echt serieus neem. Ik hou van je en wil graag met je samenwonen. Hoe zit jij er dan in?" en hij keek haar vragend aan.

"Ik hou ook van jou, maar waarom die haast? Misschien volgend jaar, als ik gesetteld ben in mijn nieuwe baan."

Sonja twijfelde al langer. Ronald was een leuke vent, maar niet de man met wie ze haar verdere leven wilde delen. Alleen het juiste moment om de relatie te beëindigen had zich nog niet voorgedaan.

Ronald keek Sonja verongelijkt aan en was niet overtuigd van haar argument.

"Je had toch ook bij mij kunnen intrekken? Dan heb ik je elke nacht bij me."

Hij stond op, liep naar Sonja toe, ging achter haar staan en masseerde haar schouders.

"Waarom is er zo moeilijk vat op je te krijgen?" en hij schoof met zijn handen haar blouse naar beneden en pakte zachtjes haar borsten. Ze sloot haar ogen en liet Ronald zijn gang gaan.

Elke laatste vrijdag van de maand was er om vier uur een borreluurtje in de vestiging Rotterdam. De trolley met chips en drankjes werd dan door de secretaresse naar binnen gereden. Het werk werd afgerond en opgeruimd.

Op een warme zomerdag, na afloop van het borreluurtje besloten de collega's naar de binnenstad te gaan om een terrasje te pakken. Het was gezellig druk op het Stadhoudersplein. De groep streek op een terras neer, vlakbij straatmuzikanten die vol overgave vrolijke meezingers speelden. De rondjes drank volgden elkaar in ras tempo op. Schalen met bitterballen kwamen voorbij en ze grabbelden er gretig naar.

Loom van de avondzon en aangeschoten van de drank grinnikte Sonja onderuitgezakt om flauwe moppen. Ze keek op haar horloge en besefte dat ze nog naar Rijswijk moest. Ze had beloofd om het weekend bij Ronald door te brengen. Het was niet van harte gegaan, maar ze had uiteindelijk ingestemd. Op dit soort momenten baalde ze dat ze haar relatie met Ronald nog niet had beëindigd.

Sonja rommelde in haar tas en pakte haar portemonnee.

"Hé, ga je nu al weg?" riepen haar collega's in koor.

"Ja, ik moet vanavond nog naar Rijswijk," zei Sonja met een verveeld gezicht.

"Hoe ga je?"

"Met de trein en ik ga nu weg. Anders wordt het wel erg laat. Hoeveel krijgen jullie van mij?" maar ze wuifden met een gebaar dat ze op maandag zouden afrekenen.

"Zal ik je in Rijswijk afzetten? vroeg Edward. "Ik moet toch die kant op."

"Als het niet te veel moeite is, zou ik het wel fijn vinden," en ze keek hem ontvankelijk aan.

Sonja nam afscheid van haar collega's. Ze liep samen met Edward naar de parkeerplaats. Hij bleek in een snelle rode auto te rijden. De stoelen stonden erg laag, waardoor Sonja het gevoel kreeg dat ze in de stoel meer lag dan zat.

"Waar moet je in Rijswijk zijn?"

Sonja noemde de straatnaam, die Edward blijkbaar niet kende.

"Dan moet je me wel even helpen. Ik weet niet waar dat is."

Sonja loodste hem moeiteloos door de stad en hij parkeerde zijn auto bij Ronald voor de deur.

"Bedankt, want met de trein zou ik er twee keer zo lang over hebben gedaan," en ze wilde het portier openmaken. Maar Edward boog naar Sonja toe, keek haar met zijn ondeugende donkere ogen verleidelijk aan en kuste haar langzaam op de mond. Ze opende haar mond, liet Edward toe, want ze kickte op hem. Ze voelde zijn hand behendig tussen haar benen glijden. Met een zachte beweging schoof hij haar slipje opzij en stak zijn vinger in haar vagina. Sonja sloot haar ogen van genot en kermde zachtjes: "Nee, Edward niet doen. Straks ziet Ronald ons als hij voor het raam staat."

Ze haalde met tegenzin zijn hand weg. Edward likte aan zijn vinger en wilde hem weer inbrengen, maar Sonja zei resoluut: "Nee, stoppen." Ze gaf hem een vluchtige kus op de mond en ze stapte gelijk uit de auto.

Met een tintelend en opgewonden gevoel in haar lijf liep ze de portiek binnen, pakte de sleutel van de woning uit het voorvak van haar weekendtas en opende de deur. In het appartement hing een rare weeïge lucht. Sonja liet haar weekendtas met een plof in de gang vallen en ze schopte haar schoenen uit. In de woonkamer zag ze een vaag lichtschijnsel door een kier van de schuifdeuren. Toen ze deuren verder openschoof zag ze dat de slaapkamer werd verlicht door een zee van brandende waxinelichtjes. Het gaf een romantisch beeld en erotisch gevoel. Tegelijkertijd was Sonja met stomheid geslagen. Tot haar volle verbazing lag Ronald op zijn rug in bed en werd hij bereden door een vrouw met lange rode haren. Sonja hoorde Ronald opgewonden kreunen.

Voordat ze er iets van kon zeggen, gebaarde de vrouw met haar wijsvinger tegen haar mond om stil te zijn. Sonja was aangeschoten van de drank en keek gebiologeerd naar de vrouw die Ronald opzwepend bereed. Haar borsten stonden strak naar voren en de lange rode haren hingen over haar schouders naar achteren. Sonja vond haar mooi rank en raakte erotisch opgewonden van het opzwepende tafereel.

Ze was door de vingers van Edward al opgewarmd en door wat ze zag, hunkerde haar lichaam naar meer. De rem was eraf. Het levende schouwspel stuwde haar lusten op.

Sonja kleedde zich uit, terwijl ze Ronald met haar ogen niet losliet. Ze ging voor hem zitten, keek de vrouw met het rode haar aan en kuste Ronald op zijn mond, die zijn ogen gelukzalig opende. Zijn handen zochten haar onderlichaam. Ze ging op haar knieën zitten en schoof met haar onderlijf over zijn gezicht totdat zijn tong haar had gevonden. De vrouw met het rode haar boog voorover en kuste Sonja. Sonja had zichzelf niet meer onder controle en ging op in een seksuele uitspatting die zijn weerga niet kende.

Hoofdstuk 3

Toen Sonja de volgende ochtend wakker werd, lag de vrouw met het rode haar opgerold tegen haar aan. Ze had zich blijkbaar in Ronald vergist, want ze wist niet beter dat ze de enige vrouw in zijn liefdesleven was. Maar ze had het er wel naar gemaakt door Ronald veel te lang aan het lijntje te houden.

De ochtend brachten ze gezamenlijk door in bed, hadden seks, dronken koffie en aten crackers met vers fruit. Sonja was verbaasd hoe vertrouwd het aanvoelde, alsof ze elkaar al jaren kenden.

De vrouw met het rode haar heette Esmeralda, was vriendelijk, schonk veel aandacht aan Sonja en kuste haar af en toe op de mond alsof ze geliefden waren. Het was vreemd, want Sonja had nog nooit seks met een vrouw gehad. Ze moest het voor zichzelf bekennen dat ze het heerlijk vond en ze nam zelf ook initiatieven.

Esmeralda was een knappe vrouw met mooie groene ogen en een volle mond, die aantrekkelijk was om te kussen. Als ze haar lippen zachtjes tegen die van Esmeralda drukte, rook ze haar zoete, verleidelijke lucht. Ronald genoot van beide vrouwen en verdeelde zijn aandacht evenredig. Sonja was verbaasd over zijn onuitputtelijke libido, want dat had ze niet achter hem gezocht.

In de namiddag vertrokken ze naar het strand en streken bij een hippe strandtent neer. Ze bestelden wijn en lagen ontspannen in een ligstoel onderuit. Sonja mocht Esmeralda wel, had haar gadegeslagen en was verrast over de gelijkenis die ze hadden. Ze waren allebei even lang, hadden dezelfde slanke bouw en lange benen. Esmeralda had lang steil rood haar met groene ogen en Sonja had lang stijl blond haar met blauwe ogen. Ze leken wel een soort tweeling, maar dan in een andere kleurcombinatie.

Maandagmorgen op kantoor moest Sonja inwendig lachen toen Edward kwam binnenlopen en achter zijn bureau ging zitten. Ze was zijn versierpoging van vrijdagavond nog niet vergeten. Ze hadden oogcontact. Edward glimlachte besmuikt, nam een slok koffie en zei: "Ik zou vandaag graag wat dossiers met je willen afstemmen. Zullen we dat vanmiddag doen? Ik denk aan de dossiers met de afwijkende financiële constructies."

"Dat is een goed idee," zei Sonja zakelijk. "Dan kunnen we gelijk de boekingen afwikkelen."

's Middags zat Sonja samen met Edward in de vergaderkamer, maar ze had er moeite mee. Ze durfde Edward niet recht in zijn ogen aan te kijken, omdat ze bang was dat ze haar gevoelens voor hem zou verraden. Sonja had geen controle over de situatie en daar hiel ze niet van. Het dilemma duurde een uur, totdat de dossiers waren afgehandeld.

Met een warm gevoel in haar hart, bedacht Sonja dat Edward wel eens de ideale aanvulling in de driehoeksverhouding met Ronald en Esmeralda kon zijn. Ze had het plan opgevat om hem in de escapades te betrekken en ze trok de stoute schoenen aan. Ze nodigde Esmeralda en Ronald voor het komende weekend bij haar thuis uit.

De volgende ochtend op de Bank, toen de typemachines aan één stuk ratelden, vroeg ze aan Edward of hij haar advies over een dossier kon geven. Ze overhandigde hem de ordner, waarin ze een memoblaadje had gevoegd met de volgende boodschap: Heb je zin om aanstaande zaterdag met twee vrienden uit eten te gaan en bij mij thuis te borrelen? Edward sloeg het dossier open en begon serieus met zijn toelichting. Al pratend viel zijn oog op het memoblaadje, maar hij ging onverstoorbaar door met zijn verhaal. Hij keek Sonja met zijn donkere ogen ondeugend aan en zette een krul ter goedkeuring op het memoblaadje.

De dagen van de week verliepen traag en het duurde een eeuwigheid voordat het zaterdagavond was.

Rond zeven uur ging de bel en Ronald en Esmeralda stonden voor de deur. Ze begroetten elkaar hartelijk en Sonja vertelde dat ze ook een collega had uitgenodigd, die elk moment kon arriveren.

Toen Edward kort daarna aanbelde en de kamer binnenliep, zag ze aan de gulzige ogen van Esmeralda dat ze van hem gecharmeerd was.

Sonja showde trots haar nieuwe huis, maar Ronald keek haar verongelijkt aan.

"Je bent weer lekker op je eigen houtje bezig geweest. Waarom bel je me niet even? Dan had ik je met de verhuizing geholpen. Ik vind wel dat je het super hebt ingericht. Minimalistisch, maar met smaak. Je blijft een eigenheimer."

Het commentaar van Ronald ontging Edward en Esmeralda. Die waren met meer dan normale belangstelling met elkaar in gesprek.

In de vooravond vertrokken ze naar de bistro. Precies wat Sonja verwachtte; Edward paste goed in het clubje. Aan gesprekstof was er geen gebrek, want Edward en Ronald hielden allebei van snelle auto's. Alleen Edward wilde er als een haantje in gezien worden, terwijl Ronald meer oog had voor het technisch design.

Esmeralda zat op haar praatstoel en ze vertelde over haar baan als directiesecretaresse bij een luxueus Frans cosmeticamerk. Toen ze een paar glaasjes wijn op had, kwamen de smeuïge verhalen los. Hoe modellen zich lieten strikken door het management en dat er na sluitingstijd meer achter de schermen gebeurde dan het daglicht kon verdagen. Onlangs had ze een slipje onder het bureau van de directeur zien liggen.

"Daar ben jij niet vies van hè Esmeralda?" zei Ronald lachend.

Ze vertelde zonder blikken of blozen dat ze regelmatig de directeur bij extern overleg vergezelde.

"Weet je, dat is zo relaxed. Je trekt in de namiddag een sexy setje aan, stapt bij hem in de auto en geilt hem een beetje op. Na het overleg pak je een hotel en onder het genot van een paar lijntjes coke woont hij je uit. De directeur is getrouwd, wil graag neuken en als hij klaar is, gaat hij weer naar zijn gezin. Het voordeel is, dat je na een paar uur van zijn oeverloze gebral bent verlost.

De volgende ochtend zit ik weer gewoon achter mijn bureau."

Esmeralda gooide haar lange rode haren zelfverzekerd over haar schouder: "En aan het einde van het jaar heb ik er weer een forse bonus bij."

Na het eten liepen ze terug naar het appartement van Sonja. Ze schonk ongevraagd de glazen met Jack Daniels vol en zette de muziek hard aan. Esmeralda pakte twee zakjes coke uit haar handtas en haalde een handspiegel uit de slaapkamer van Sonja. De anderen observeerden haar onwennig, maar nadat Esmeralda het voorbeeld had gegeven, snoven ze alle drie om beurten mee.

Esmeralda kon zich niet meer beheersen en kleedde zich uit. Midden in de kamer begon ze op de opzwepende muziek erotisch te dansen, wreef wellustig over haar naakte lichaam en ging als een lapdans danseres op de schoot van Ronald zitten. Hij zoog gulzig aan haar borsten en zijn hand schoof naar beneden. Esmeralda bereed zijn vingers op het ritme van de muziek.

Sonja keek naar Edward en ze zag zijn ogen ondeugend glanzen. Hij stond op, trok Sonja aan haar hand uit de bank en nam haar mee naar de slaapkamer. Ze ging op de rand van het bed zitten, maakte zijn broek open en pijpte Edward totdat hij met grote schokken in haar mond klaarkwam. Ze trok hem in bed en begon hem te erotisch te masseren.

Midden in de nacht maakte Esmeralda Sonja wakker en stapte bij haar in bed. Sonja rook haar zoete lucht en ze voelde de tong van Esmeralda dominant haar mond binnendringen. Maar Esmeralda maakte zich weer los en fluisterde: "Ronald wacht op je."

Sonja bleef nog even liggen, maar Esmeralda was al aan Edward begonnen, die onwennig met zijn ogen knipperde, omdat hij in een diepe slaap lag.

Sonja liep naar Ronald in de andere slaapkamer.

"Waar was je lieverd? Ik heb je gemist."

Sonja gaf hem een kus, voelde zijn erectie, ging op hem zitten en bereed hem in een straf tempo klaar.

Maandagmorgen op kantoor viel niet mee, omdat Sonja bang was dat de vrouwelijke collega's haar gevoelens voor Edward op haar gezicht konden aflezen. Ze ontweek zijn oogcontact zoveel mogelijk. In de middag overhandigde hij haar een dossier. Er zat een memoblaadje in. "Zaterdag en zondag waren top! Heb je zin om vanavond bij me te eten?" Hier had Sonja wel oren naar, want de uitspattingen van het afgelopen weekend zaten nog vers in haar geheugen. Ze gaf de ordner aan Edward terug en zei bloedserieus: "Addendum twee is akkoord."

"Prima, dan zal ik opvolging aan het proces geven."

Edward draaide zich om en ging verder met het uittypen van de weekstaat.

In de vooravond nam Sonja de tram naar huis, kleedde zich om en stak een fles wijn in haar tas, maar ook gelijk schone kleding en make-up. Ze ging ervan uit dat ze vannacht niet thuis zou slapen.

Edward stond al te grijnzen, toen ze de trap opliep.

"Hè, nu kan ik eindelijk van alles tegen je zeggen, zonder dat die roddeltantes op de afdeling meeluisteren.

"Je hoeft je geen zorgen maken hoor, want de roddeltantes weten niet beter dat ik een vriend heb," zei Sonja nonchalant.

"Dat kan wel zijn, maar jij weet net zo goed als ik, dat er verschillende collega's in Rotterdam wonen. Vroeg op laat komen we er één tegen. Voor je het weet, doen de meest wilde verhalen de ronde en dat kunnen we niet gebruiken. Ik moet er niet aan denken dat één van ons wordt overgeplaatst vanwege een intieme relatie. Het voordeel is wel wanneer Ronald en Esmeralda erbij zijn, ze misschien denken dat Esmeralda bij mij hoort."

"Als we in het afgelopen weekend door collega's waren gezien, had ik dat maandagmorgen als eerste gehoord," zei Sonja en zette haar tas naast de bank.

Edward liep naar haar toe en kuste haar teder.

"Ik kan je bijna niet meer loslaten. Ik ben gek op je. Je loopt op kantoor in dat strenge donkerblauwe mantelpakje rond. Je mooie lange blonde haren in een knot. Maar ik geil op je hoge hakken met die hagelwitte blouse, die ik graag meteen zou willen openmaken om aan je puntige borsten te zuigen. Had je dat zwarte doorzichtige slipje vandaag aan? Ik moest er steeds aan denken."

Sonja pruilde haar lippen, "als je vanmorgen je pen op de grond had laten vallen en onder het bureau had gekeken, had ik mijn benen gespreid. Tja..."

"Je bent onverzadigbaar!" zei Edward en trok Sonja weer lustig tegen zich aan.

Sonja complimenteerde Edward met de inrichting van zijn woning. Ze keek om zich heen en zag een hagelwitte ruimte met alleen zwarte meubelen en rode accenten. De zwarte kunststof eetkamertafel was gedekt met witte placemats en zwarte borden. Edward verbaasde haar, omdat ze hem als een "snelle jongen" had geclassificeerd, maar zich nu als een kunstzinnig type profileerde. Ze opende haar tas, pakte de fles wijn en zette deze op de tafel.

"Dat had je niet hoeven doen. Ik heb wijn gehaald, maar deze ziet er wel lekker uit. Zal ik hem openmaken en een glas inschenken?"
Edward pakte de opener, maakte de fles open en schonk de glazen in.

"Het eten is zo klaar. Heb je een bepaalde voorkeur voor muziek?"
Edward liep naar de muur, drukte op een egaal zwart paneel, dat geruisloos opende. Hij zette rustige achtergrondmuziek op. Na een paar nipjes van zijn glas wijn liep Edward naar de keuken en kwam niet veel later terug met een schaal verse pasta en een salade.

"Ik ben geen keukenprins, maar vond het wel leuk om voor je te koken."
Sonja was verrast. Dat had ze niet van Edward verwacht, ging aan tafel zitten en liet het eten goed smaken. Tijdens het eten keek Edward Sonja serieus aan.

"Hoe zit dat nu? Ik dacht dat Ronald jouw vriend was en dat je voor mij Esmeralda had geregeld. Ik moet eerlijk bekennen dat ik even van de wijs was toen Esmeralda naakt op Ronald ging zitten. Temeer omdat ze 's nachts bij mij in bed kroop en jij blijkbaar bij Ronald lag. Ik vond Esmeralda top. Het bizarre, maar ook verwarrende is dat jullie zo op elkaar lijken. Is Esmeralda familie van je?"
Sonja glimlachte innemend: "Het is ook verwarrend, maar we zijn geen familie. Ik heb Esmeralda vorige week leren kennen. Ronald was mijn vriend, maar sinds vorige week deel ik hem met Esmeralda. Zoals je hebt gehoord ben ik nogal eigenwijs en neem ik graag mijn eigen beslissingen. Ronald wil met me samenwonen, maar hier ben ik nog niet aan toe. Nu is hij een relatie met Esmeralda aangegaan en heeft hij mij hierin betrokken. Ik mag haar wel, want ze is eerlijk en oprecht."

Sonja keek verliefd naar Edward: "Vanaf de eerste seconde, toen ik bij je aan het blok werd geplaatst vond ik je aantrekkelijk."
Ze waren even stil, alsof de woorden van Sonja op Edward inwerkte.

"Je hebt me verrast," zei Edward. "Dit heb ik nog niet eerder meegemaakt. Ik moet wel zeggen, dat het me uitstekend is bevallen. Zouden Ronald en Esmeralda openstaan voor een vervolg?"
"Ik zal Ronald morgenavond na afloop van de atletiektraining peilen."
Na het eten lagen ze behaaglijk op de bank tegen elkaar aan en keken ze naar de televisie. Edward trok Sonja naar zich toe en kuste haar. Ze voelde zijn handen over haar lichaam glijden en niet veel later lagen ze in elkaar verstrengeld.

Dinsdagavond op de atletiektraining kwam Ronald direct naar Sonja toe.

"Fijn je te zien. Heb je zin om na de training met me mee naar huis te gaan?"

Sonja stemde in.

De training viel zwaar, omdat Sonja moe was. Ze had de afgelopen nacht bij Edward niet veel geslapen.

Toen ze bij Ronald thuis arriveerden keek hij Sonja bezorgd aan.

"Sonja, ik heb een geweldig weekend gehad, maar ik ben het spoor bijster. In hoeverre hebben wij nog iets samen? Esmeralda is een fijne meid en Edward een prima gozer, maar is er nog wel een toekomst voor ons? Als we samen verder willen, moeten we een keuze maken. Ik weet dat je graag alles zelf wilt beslissen, het liefst zonder inmenging van anderen. Ik kan hiermee leven. Maar wil je eigenlijk wel met mij samenwonen?"

Sonja keek Ronald aan, maar ze had niet het lef om hem ter plekke te vertellen dat ze van hem af wilde.

"Het rare is, ik hou van je, ik kan niet zonder je, maar nadat ik in jouw bed door Esmeralda ben bemind, ben ik tot de conclusie gekomen dat ik niet meer zonder haar kan. We zijn een soort klonen van elkaar. Ik zit in een verwarrende periode van mijn leven en moet hier eerst zelf helderheid in krijgen," zei Sonja vertwijfeld.

"Misschien moeten we het samenwonen nog even uitstellen. Komt Esmeralda vanavond nog langs?"

"Nee, ze had deze week een volle agenda. Je blijft toch wel vannacht," vroeg Ronald hoopvol. "Ik wil je vannacht niet met anderen delen."

Ondanks dat Ronald zijn bedenkingen had, organiseerde hij de volgende happening met Esmeralda en Edward. Na deze happening volgden er nog veel meer. Tijdens de kerstdagen huurden ze met z'n vieren een huisje in Drenthe. Het waren onbezorgde dagen en nachten. Overdag maakten ze uitstapjes en 's nachts schoven ze de bedden op de entresol tegen elkaar en sliepen met z'n vieren. Er was geen jaloezie, wie met wie seks had.

Hoofdstuk 4

In het nieuwe jaar ging in de vooravond de bel. De benedenbuurvrouw van Sonja stond met een serieus gezicht voor de deur. Sonja vermoedde dat ze kwam klagen over de muziek die in het afgelopen weekend veel te hard had aangestaan.

"Sonja, heb je even voor mij, want ik wil je wat vertellen."

Sonja was opgelucht. Ze kwam niet over de muziekoverlast klagen.

"Kom, binnen. Ik heb net koffie gezet. Lust je een kopje?" vroeg ze vriendelijk.

Sonja zette de koffiekopjes op het tafeltje neer en de buurvrouw stak gelijk van wal.

"Sonja, we gaan verhuizen. We hebben kortgeleden een bod op een eengezinswoning uitgebracht. De koop is rond en we kunnen de woning op korte termijn betrekken. We hebben beneden met veel plezier gewoond, maar vinden de binnenstad van Rotterdam niet de meest optimale omgeving voor onze kleine jongen. Onze nieuwe woning heeft een tuin waar hij lekker vrij kan spelen. We gaan ons huis te koop zetten. Dat betekent voor jou dat er een nieuwe eigenaar komt, die gebruik gaat maken van de gedeelde zolderverdieping. Ons voorstel is dat de makelaar alleen met serieuze kopers even bij je aanbelt, zodat je een beeld krijgt met wie je zolderverdieping zal gaan delen."

Sonja vond het een prima idee van de buurvrouw.

De volgende morgen kwam Edward met een chagrijnig gezicht het kantoor binnenlopen, gooide zijn tas naast zijn bureau neer, plofte op zijn stoel en keek Sonja niet aan.

"Hé, gaat het een beetje? Het is vandaag een mooie dag."

Edward zei niets, stond weer op en liep naar het keukentje. De roddeltantes op de afdeling sloegen het tafereel met ingehouden adem gade. Sonja deed net of haar neus bloedde, pakte een dossier van de stapel, zette haar rekenmachine aan en ging aan het werk. Edward kwam met een kop koffie de kamer binnenlopen, ging weer achter zijn bureau zitten en staarde leeg voor zich uit. Hij dronk zijn koffie werktuiglijk op, draaide zich om naar zijn typemachine en begon de formulieren in te vullen. Een uur later kwam de koffiejuffrouw met de koffiekar langs en maakte een grapje.

"Zware nacht gehad jongeman," want ze zag het lege kopje en het chagrijnige hoofd van Edward. Als blikken konden doden, was de koffiejuffrouw dood geweest. Sonja vond het merkwaardig dat Edward als een blad van een boom was omgeslagen. Zo had ze hem nog nooit zo gezien.

's Avonds belde Esmeralda.
    "Sonja, ik moet met je praten. Kan ik vanavond bij je langskomen?"
    "Natuurlijk. Is er iets aan de hand?"
    "Ja, maar dat wil ik niet over de telefoon bespreken."

Later op de avond zat Esmeralda bij Sonja op de bank. Ze keek haar met een vreemde gezichtsuitdrukking aan. Sonja zei op een rustige toon: "Wat wilde je me persoonlijk vertellen?"
Esmeralda keek strak voor zich uit en zei de drie woorden: "Ik ben zwanger."
Sonja knipperde met haar ogen.
    "Hoe bedoel je?"
    "Nou, gewoon zwanger."
    "Van wie?"
    "Wat denk je?" zei Esmeralda geagiteerd.
    "Edward, Ronald of iemand die ik niet ken?"
    "Dat is nu juist het punt. In principe kan het alleen maar van Ronald of Edward zijn. Ik heb ze gisterenavond allebei opgebeld en verwachtte wel wat begrip. Ronald zei resoluut dat het niet zijn probleem was. Sonja, hij is niet zwanger en beseft niet wat dat voor mij betekent."
Theatraal hief ze haar handen omhoog. "Edward zei dat hij hier geen verantwoording voor kon nemen, maar dat had ik ook niet aan hem gevraagd."
Nu begreep Sonja het norse gedrag van Edward.
    "Hoe ver ben je en wil je het houden?"
    "Ik ben ongeveer zes weken zwanger en het is de bedoeling om het kindje te houden, want het is met liefde tot stand gekomen. Ik hoef niets van Edward en Ronald, want ik neem er zelf de verantwoording voor."
Sonja keek bedenkelijk: "Een praktische vraag; hoe ga je het organiseren en financieel allemaal regelen?"

"Ik kan mijn baan gewoon behouden en misschien vier dagen per week gaan werken. Mijn moeder past nu ook op de buurkinderen, dus die van mij kan er ook wel bij."

Esmeralda was te zelfverzekerd en dat baarde Sonja zorgen.

De volgende morgen kwam Edward weer als een stuk chagrijn de kamer binnenlopen. Sonja keek om zich heen en ze zag niemand in de ruimte.

"Edward, wat is er aan de hand? Je doet zo raar tegen me. Heeft het met Esmeralda te maken?"

"Zullen we even buiten op het bankje gaan zitten?"

Sonja knikte, trok haar witte bloesje recht, pakte een volle koffiebeker en liep gedistingeerd op haar hoge hakken naar buiten. Edward volgde en ze gingen beiden met de rug naar het kantoor zitten.

Edward zei nijdig: "Ik baal van die zwangerschap. Van wie is het nou? Van mij of van Ronald? Ik wil niet voor een kind van een ander zorgen en ik wil ook geen vrouw met een kind in mijn huis."

Edward keek getergd voor zich uit. De zwangerschap van Esmeralda had zijn beeld wreed verstoord en zijn imago als "vrije jongen" aangetast.

"Edward, Esmeralda wil niets van je. Ze wil alleen maar geaccepteerd worden."

"Sonja, het spijt me. Ik heb niets met die onzin. Ik heb besloten om met die happenings te kappen. Het voegt niets toe. We hebben een leuke tijd met elkaar gehad, maar we zitten over de houdbaarheidsdatum heen."

Sonja kon niet anders dan Edward gelijk geven. Ze stonden op en liepen zwijgend terug naar hun werkplek.

's Avonds voor de atletiektraining stoof Ronald gelijk op Sonja af en zei op een vijandige toon: "Sonja, ik wil geen woord over Esmeralda horen. Heb je me goed begrepen?"

"Mag ik vragen, waarom je zo'n agressieve toon aanslaat?" vroeg ze beheerst.

"Ik heb er een punt achter gezet, want ik ben tot de conclusie gekomen dat het over en uit is. Wat ik graag wil, is een toekomst opbouwen met een vrouw van wie ik hou. Je hebt duidelijk laten blijken dat je niet voor mij hebt gekozen."

Sonja besefte dat ze haar comfortabele relatie met Ronald had verspeeld. Ze had zijn wens genegeerd, omdat haar eigen belang prevaleerde. De liefde voor Ronald was al lang over om er nog werk van te maken.

"Ronald zullen we dit na de training uitpraten, omdat ik denk dat we elkaar een verklaring schuldig zijn.

"Nee Sonja. Ik kap er definitief mee en ook met jou."

Hij liet haar plompverloren staan en liep resoluut terug naar het middelpunt van het veld, waar de groep atleten voor de training bijeen stond.

Het was een week van uitersten. Op vrijdagmiddag tijdens het borreluurtje op de afdeling kwam het afdelingshoofd naar Sonja toe.

"Hoe is het met je? Heb je het hier nog een beetje naar je zin?"

Ze knikte, maar vond het een rare vraag, omdat ze kortgeleden nog een functioneringsgesprek had gehad. Het afdelingshoofd was toen zeer tevreden over haar prestaties geweest.

"Binnenkort zullen er personele verschuivingen plaatsvinden. Ik wil hier graag met je over van gedachten wisselen. Kom maandagmorgen om negen uur naar mijn kantoor, dan praten we verder."

Daarna ging het gesprek over op smalltalk.

Toen Sonja na het borreluurtje thuiskwam, werd ze opgewacht door de benedenbuurvrouw.

"Sonja, ik ben blij dat ik je zie, want er zijn vanavond al twee bezichtigingen. Om zeven en om acht uur. Ik heb de makelaar de instructie gegeven, dat hij bij je aanbelt voordat hij de zolderverdieping laat zien. Wij zijn niet thuis, omdat je de makelaar niet voor de voeten moet lopen. Voor morgenochtend om tien uur is er ook nog een bezichtiging gepland, maar dat is nog niet helemaal zeker, omdat de potentiële koper uit het buitenland komt."

Sonja begon toch een beetje nieuwsgierig te worden. Wat voor type kopers waren er op het huis van de benedenburen afgekomen?

Diezelfde avond maakte ze kort kennis met een ouder echtpaar en een jong stel. Het waren vriendelijke mensen. Het maakte voor Sonja echt niet uit wie de benedenwoning zou kopen en ze plofte daarna uitgeteld in haar bed neer.

De volgende ochtend stond Sonja bijtijds op en had zich aangekleed. Ze zou wel zien of de koper uit het buitenland zich nog zou melden.

Klokslag tien uur belde de makelaar aan. Hij had een man bij zich, die ze haar eigen leeftijd schatte. Een zeer knappe, maar ook gedistingeerde verschijning. Hij had blond haar, mooie heldere blauwe ogen en een goed postuur. De man droeg vrijetijdskleding van een duur merk. Hij gaf Sonja zelfverzekerd een hand en stelde zich voor als Charles Martinez. De makelaar draaide zijn verhaaltje weer af en vertrok naar boven. Sonja sloot de deur, ging er met haar rug tegenaan staan en dacht: Wouw, wat een vent, die mag van mij wel beneden komen wonen.

's Middags, toen Sonja een volle boodschappentas naar boven sjouwde en ze de buurvrouw bij de deur zag staan, vroeg ze naar de achtergrond van de bezoeker uit het buitenland.
"Ik weet niet veel van hem. Volgens de makelaar is hij op zoek naar een pied-à-terre in Rotterdam. Hij heeft geen haast en schijnt de tijd te nemen om iets geschikts te vinden."

Maandagmorgen om negen uur klopte Sonja bij het afdelingshoofd op de deur.
"Binnen! Ah, ben je daar. Ga zitten."
Sonja nam plaats aan zijn bureau en hij stak gelijk van wal.
"Binnen de Bank is een traject opgestart om talentvolle medewerkers in een ontwikkelingsplan op te namen. We hebben Edward de functie van assistent-filiaalhouder bij het Bankfiliaal Kralingen aangeboden, wat hij heeft geaccepteerd. Dit wordt over een paar dagen officieel gecommuniceerd. Omdat de positie van Edward openvalt, zou ik je als zijn opvolger willen benoemen. Misschien overval ik je hiermee, maar denk er over na. Kun je me uiterlijk woensdag laten weten of je de promotie accepteert."

Sonja was door het voorstel overvallen dat voor haar uit de lucht kwam vallen, maar ze was ambitieus en greep het aanbod gelijk aan.
"Het is een mooi voorstel wat ik gewoon niet kan afwijzen. Ik kom er voor woensdag officieel bij u op terug."

"Dat is prima. Wat ik nog wel kwijt wil, is dat Edward je voordroeg voor de functie. Hij vindt dat je daar de capaciteit voor hebt en dat je daar ook aan toe bent."

Toen Sonja op haar werkplek terugkwam wachtte Edward haar op met een brede grijns op zijn gezicht. Hij overhandigde een dossiermap. Ze bladerde er achteloos doorheen, totdat ze het memoblaadje zag.
"Zand erover, vanavond samen eten? Acht uur bij mij?"
Ze zette demonstratief een krul van goedkeuring door de tekst. Edward glimlachte tevreden en hij ging verder met zijn werk.

Sonja kon het niet laten, stak een fles Jack Daniels in haar tas en wandelde op haar gemak naar het huis van Edward, dat op tien minuten lopen van haar huis lag. Toen ze aanbelde en de deur opensprong, stond hij boven aan de trap te grijnzen. Bovengekomen zette Sonja de fles op de tafel en zei ze lachend: "Je bent een rat. Eerst negeer je me omwille Esmeralda en daarna steek je bij het afdelingshoofd een veer in mijn kont."
Edward glimlachte tevreden en pakte twee glazen.
"Ik heb een rijsttafel besteld, die wordt zo bezorgd," en hij schonk royaal whisky in de glazen.

Tijdens het eten was Edward serieus en hij begon te vertellen: "Sonja, ik zal bij het begin beginnen. Vanaf de eerste dag toen je bij de Bank binnenliep was ik verkocht. Zoals mannen jagers zijn, was je gelijk mijn prooi. Ik wist dat je een relatie had en probeerde je uit op die vrijdagavond in Rijswijk. Je nam gelijk het roer over door de eerste happening te organiseren. Ik vond dat een te gekke ervaring. Maar je weet dat dit soort buitensporige feestjes vroeg of laat fout aflopen.
Ik zag wel dat Ronald niet altijd gelukkig was met de situatie, omdat hij zijn pijlen op jou had gericht. Esmeralda vond hij leuk, maar ze was voor hem surrogaat. Voor mij eigenlijk ook. Wij wilden allebei jou exclusief. De zwangerschap van Esmeralda was de druppel die de emmer deed overlopen. Ronald belde me, begon te schelden en zei dat het allemaal mijn schuld was. Hij vond dat ik de verantwoordelijkheid voor Esmeralda op me moest nemen. Ik heb hem geprobeerd te sussen, maar hij was woest.

Ik heb spijt van mijn lompe gedrag ten aanzien van jou. Dat was onprofessioneel van me. Ik had me niet zo moeten laten gaan."

Edward legde zijn hand op de hand van Sonja. "Ik hoop dat ik het heb goedgemaakt door je bij het afdelingshoofd voor te dragen. Ik gun het je gewoon."

Sonja bedankte Edward en ze gaf hem een kus.

"Sonja, ik ben hopeloos verliefd op je en zou graag met je verder willen. Maar ik weet dat ik je nooit alleen zal hebben. Ik heb je nu van dichtbij meegemaakt en moet Ronald gelijk geven, je bent eigengereid. Op de een of andere manier kun je je niet echt aan iemand binden. Daarnaast is er ook je relatie met Esmeralda, die meer om het lijf heeft, dan een gewone vriendschap."

Zonder emotie keek Sonja Edward met haar grote blauwe ogen aan.

"Misschien heb je gelijk en ben ik er zelf nog niet uit wat ik wil. Laten we vrienden blijven en we zien wel wat het leven ons brengt."

Ze stond op en schoof de halfvolle bakjes van de rijsttafel bijeen om ze naar de keuken te brengen. Terwijl ze over de tafel gebogen stond, legde Edward zijn armen om haar middel en kuste haar nek.

"Ik ben blij dat ik naar een ander filiaal ga, want ik kan gewoon niet van je afblijven. Je bent een soort magneet."

Hij schoof haar rok omhoog, keek naar haar hoge hakken, de lange benen en het witte doorzichtige tangaslipje. Hij kon zich niet meer beheersen, schoof haar slipje naar beneden en wreef lustig over haar billen. Daarna riste zijn broek open en nam Sonja tussen de restanten van de rijsttafel.

Hoofdstuk 5

Sonja accepteerde officieel haar nieuwe functie. Kort daarna werd haar promotie op het prikbord aangekondigd. Felicitaties van haar collega's volgden. Een aantal vrouwelijke collega's vond het jammer dat Edward naar de vestiging Kralingen vertrok, maar zijn vertrek bood promotiekansen voor de opengestelde functie van Junior Medewerker Externe Relaties.

Jan de Haan had officieel op de functie gesolliciteerd. Hij werkte al jaren in een administratieve functie bij de Bank. Sonja werkte graag met hem samen. Ze adviseerde het afdelingshoofd om Jan te benoemen, wat gebeurde.

Sonja had in het weekend met Esmeralda afgesproken om te gaan winkelen. Ze liepen winkel in en winkel uit en keken naar babykleertjes. Sonja had hier niet zoveel mee, maar vond de kleine kledingstukjes wel grappig. Aan de buik van Esmeralda was nog niets te zien, maar ze was al serieus op zoek naar positiekleding.

Sonja stelde voor om een reisbureau binnen te lopen en te kijken of er aanbiedingen waren voor een zonnige vakantiebestemming. Esmeralda stemde in.

Bij het eerste beste reisbureau hing een grote poster op de voordeur met een aanbieding voor Gran Canaria, die ze belangstellend lazen. Ze besloten impulsief dat ze ervoor gingen en boekten de reis.

Toen ze het reisbureau uitliepen, keken ze elkaar aan en schoten als pubers in de lach. Na een vermoeiende maar voldane dag winkelen, aten en dronken ze nog wat in de stad. Daarna gingen ze naar huis, pakten een douche en kropen lekker bij elkaar in bed.

Het was een vreemde relatie die ze hadden. Op de een of andere manier konden ze niet buiten elkaar. De warmte, de genegenheid en het onvoorwaardelijk vertrouwen dat ze in elkaar hadden. Als ze samen waren en elkaar erotisch streelden, lag hun ultieme gevoel en bevrediging ver boven de seks die ze met mannen hadden. Dit was echte liefde.

Een paar weken later stond de benedenbuurvrouw weer voor de deur. "Komt het uit? Ik heb nieuws over de verkoop van ons huis."

"Ja hoor. Kom binnen, want ik ben nieuwsgierig," zei Sonja lachend.

"Degene die ons huis heeft gekocht, is niet het oudere stel, maar die man uit het buitenland. Het maakte voor hem niet uit of het huis een maand eerder of later opgeleverd zou worden. Het transport vindt op 1 september bij de notaris plaats.

Sonja was benieuwd naar de achtergrond van haar nieuwe buurman.

"Wat is het voor iemand? Ik heb hem in een flits voor de deur gezien. Het leek me een aardige man."

"Ik begreep van de makelaar dat hij in Nederland een bedrijf heeft, maar in het buitenland woont," zei de buurvrouw.

"Wat doet hij voor werk, als hij in het buitenland woont?"

"Volgens mij is hij de directeur van het bedrijf Scope, maar ik heb geen idee wat dat voor organisatie is. Het moet wel iets lucratiefs zijn, want hij kijkt niet op een cent."

"Komt hij alleen beneden wonen of komt zijn vrouw ook mee? Vroeg Sonja belangstellend.

"Als ik het goed heb begrepen, komt hij hier alleen voor zijn werk. Of hij een vrouw heeft weet ik niet," giste de buurvrouw.

De benedenbuurvrouw vertrok weer. De mysterieuze nieuwe benedenbuurman met de naam Charles Martinez hield Sonja bezig. Sonja had het vermoeden dat ze hem wel eens eerder had gezien, maar ze kon hem niet thuisbrengen.

Op een warme zomeravond in juli ging de telefoon.

"Hallo met Trudie Bakker," klonk gehaast. "Ik ben de moeder van Esmeralda. Ze heeft gevraagd of ik je wilde bellen. Ik zit in het ziekenhuis, omdat Esmeralda in de vooravond een miskraam heeft gehad. Ze is overstuur en ze vraagt naar je. Kun je vanavond nog naar Den Haag komen? Ze ligt in het Rode Kruis ziekenhuis."

Dat was schokkend nieuws.

"Trudie, ik kom er gelijk aan. Ben je er straks nog?" vroeg Sonja bezorgd.

"Ja, ik zal bij de receptie op je wachten."

Bij aankomst in het ziekenhuis liep Sonja naar de receptie, waar gelijk een vrouw op haar toesnelde.

"Hallo, ben jij Sonja? Ik ben Trudie." Ze pakte Sonja bij haar hand en hield deze met beide handen vast.

Sonja kon aan de rode haren zien dat Trudie de moeder van Esmeralda moest zijn, maar daar hield het op. Trudie zag er uit als een op leeftijd zijnde hippie met een bos lange onverzorgde rode haren. Ze droeg wijde loshangende kleding, waarvan de kleuren tot een grauwe kleur waren verwassen. Ze liep op een paar afgelopen gezondheidsslippers. Maar Trudie was sympathiek en zorgzaam. Sonja kon zich voorstellen dat ze het geen probleem vond dat Esmeralda zwanger was zonder dat er een vader in beeld was. Onderweg naar boven praatte Trudie heel zachtjes om niet tot overlast te zijn.

"Het gebeurde plotseling. We zaten na het eten aan de koffie, toen Esmeralda in elkaar kroop van de pijn. Ik zag gelijk dat er iets niet in orde was. Ze greep naar haar buik. Het eerste dat door mijn hoofd schoot was: een miskraam. Ze probeerde op te staan, maar begon hevig te bloeden. We hebben gelijk het ziekenhuis gebeld."

Voordat Trudie haar relaas had beëindigd waren ze bij de kamer van Esmeralda aangekomen. Sonja liep naar binnen en zag Esmeralda in het bed liggen. Ze stak haar armen naar Sonja uit en begon onbedaarlijk te snikken. Aan haar ogen kon Sonja zien dat dit niet de eerste huilbui was. Ze omhelsde Esmeralda.

"Hoe is het met je? Wat is er gebeurd?"
Esmeralda snotterde: "Ik ben mijn kindje kwijtgeraakt, ik ben mijn kindje kwijtgeraakt".

"Rustig maar, ik ben er."
Sonja kuste haar voorhoofd, ging naast het bed zitten en ze hield de hand van Esmeralda vast.

Na een paar dagen mocht Esmeralda naar huis en Sonja kwam elke avond na het werk bij haar langs. Trudie bivakkeerde ook bij Esmeralda, was begripvol en koesterde haar. Sonja vond het prettig om met Trudie te praten en had het gevoel dat ze haar als een soort dochter zag. Maar Sonja hield de boot af, omdat ze hier geen behoefte aan had.

Op een avond bespraken ze de denkbeeldige situatie hoe Esmeralda haar leven had moeten inrichten als er geen miskraam geweest was. Sonja leek het lastig om alleen, zonder vaderfiguur het huishouden te moeten regelen, maar Trudie zei zelfverzekerd: "De situatie is natuurlijk niet te vergelijken met het verleden, toen ik alleen voor

Esmeralda zorgde. Als je een beetje handig bent, kun je het als vrouw ook alleen af."

"Was de vader van Esmeralda in beeld, of wist je niet wie de vader was?" vroeg Sonja ad rem. Ze schrok van haar eigen directe uitspraak. Een hevige emotie laaide op in de ogen van Trudie, maar ze herpakte zich snel. "Hij wist van de zwangerschap af, maar hij wilde er geen verantwoordelijkheid voor nemen."

Trudie zweeg even en overdacht blijkbaar hoe ze het verhaal zou toelichten.

"Toen Esmeralda werd geboren waren er nog geen hippies, maar je kunt me wel als één van de voorlopers beschouwen. Ik verzette me tegen de materialistische consumptiemaatschappij die na de Tweede Wereldoorlog in opmars was. Je zag dat mensen binnen onze maatschappij zich steeds meer gingen richten op carrière, geld, bezit, status, maar ook macht. Ik was creatief, hield van plezier maken en vond dat je bezit onvoorwaardelijk met elkaar moest delen.

Door de vrije seks die ik er op nahield raakte ik zwanger. Het was in de tijd dat de anticonceptiepil nog niet beschikbaar was." Trudie keek met warme ogen naar Esmeralda, "de verwekker van Esmeralda was nog niet zo ver en hij had ook een andere vrouw bezwangerd. Hij koos voor haar en het traditionele gezinsleven."

Trudie nam een slok uit haar glas en keek naar beneden, alsof ze na al die jaren een verloren strijd verwerkte.

"Een aantal jaren later kwam de hippiebeweging op gang en sloot ik me met Esmeralda bij een woongroep aan, met als doel mijn bewustzijn te verbeteren. Hier maakte ik kennis met oosterse religie, mystiek en spiritualiteit. Toen LSD en Marihuana zijn intrede deed ben ik met Esmeralda uitgestapt.

Sonja en Trudie hadden met Esmeralda intieme gesprekken over het verlies van haar baby, maar na verloop van tijd probeerde Sonja de voorstelling van Esmeralda bij te stellen.

"Esmeralda, het is vreselijk wat je hebt doormaakt, maar wees nu eerlijk. Jij weet toch net zo goed als ik, wat we allemaal aan drank en drugs hebben gebruikt tijdens onze happenings, die bol stonden van de seks. Misschien was er iets niet goed met de zwangerschap en was dit een natuurlijk proces."

Hoofdstuk 6

Sonja en Esmeralda waren al vroeg in de morgen op Schiphol voor hun vlucht naar Gran Canaria.

Na aankomst op Las Palmas Airport werden ze door de hostess opgevangen en bij het kleinschalige bungalowpark afgezet. Ze drentelden met de koffers achter zich aan naar de bungalow, waar ze zich gelijk omkleedden.

Daarna wandelden ze op het gemak naar de kashba en ploften ze op het eerste beste terras neer. Ze bestelden een kan met Sangria. De ober schonk overdreven galant de glazen in. Met een lepel schepte hij behendig de vruchtjes in de glazen en zette de kan in het midden op de tafel. Toen hij wegliep, pakten ze hun glas, proostten op de eeuwige kuisheid en schoten ze hard in de lach.

"Sonja, ik ben blij dat we deze vakantie in een opwelling hebben geboekt. Het doet me goed om hier in de zon op het terras te zitten met een glas Sangria." Esmeralda nam gulzig een slok uit haar glas.

Sonja schoof haar zonnebril iets omhoog en keek Esmeralda ondeugend aan. Nadat de kan leeg was, haalden ze boodschappen en slenterden aangeschoten met volle plastic tasjes terug naar de bungalow.

De volgende dag wandelden ze tegen het middaguur naar de kashba om koffie te drinken en hadden veel bekijks. Ze droegen een kort broekje met een klein strak topje en hooggehakte open schoentjes. Hun lange losse haren hingen achteloos over de schouders. Mannen draaiden hun hoofd om en er werd regelmatig gefloten als ze passeerden. Esmeralda en Sonja genoten van alle aandacht en ze liepen met hun borsten pront vooruit.

Het bungalowpark was kleinschalig van opzet en de sfeer was gemoedelijk. De bungalow van Sonja en Esmeralda lag aan het zwembad. Lekker liggend in de zon kregen ze bezoek van twee jongemannen, die een paar bungalows verderop zaten. Ze kwamen uit Zweden en het waren voor Sonja en Esmeralda blonde goden. Het bleken twee broers te zijn. Ze heetten Kurt en Sven.

Een verkennend gesprek kwam op gang en ze vergeleken populaire popmuziek in Zweden met Nederland. In het zwembad speelden ze een potje waterpolo, waarbij eerst de mannen tegen de vrouwen speelden, wat Sonja en Esmeralda kansloos verloren. Daarna speelden ze fanatiek in een man-vrouwcombinatie, waardoor het spel spannend werd en er uitbundig werd gelachen.

Na afloop lieten Sonja en Esmeralda zich uitgeput op hun ligbed vallen. Sven haalde uit de bungalow een fles drank en bood ze ijskoude Aquavit aan. Sonja kende dit niet en vroeg wat het was.

"Dat moet je gewoon proeven," zei Kurt met een glimlach om zijn mond en hij schonk een laagje in vier plastic bekertjes.

Sven hief zijn bekertje omhoog en riep luid: "Skål" en dronk het in één teug leeg. Alle drie riepen in koor: "Skål" en dronken hun bekertjes ook leeg. Sonja en Esmeralda moesten hoesten van het sterke spul. Sven schonk weer een laagje in de bekertjes en alle vier riepen in koor: "Skål" en sloegen de bekertjes weer in één beweging achterover. Kurt vertelde dat het in Zweden de gewoonte was om de fles helemaal leeg te drinken. Sonja was resoluut en besloot niet verder te drinken op een lege maag. Ze stond op en liep naar de bungalow om chips te halen. Esmeralda liep gehaast achter haar aan en toen ze binnen waren, brieste ze: "Alles leuk en aardig. Ik sta nu al op mijn kop en het moet nog avond worden. Je weet, na mijn miskraam voel ik er weinig voor om vannacht met deze blonde goden in bed te belanden. Hier ben ik nog niet aan toe, maar als jij er zin in hebt, moet je dat vooral doen Sonja. Al neem je ze allebei."

"Esmeralda, ik weet niet wat er vannacht gaat gebeuren, maar met alle drank die er nu doorheen gaat, verwacht ik niet al te veel. Laten we gewoon lekker naar buiten gaan en maak je niet druk." In het voorbijlopen tikte ze met haar vinger tegen de bovenarm van Esmeralda.

De fles Aquavit bleef halfvol staan en die avond gingen ze met z'n vieren uit eten. Na afloop bezochten ze de disco. Sven had een voorkeur voor Sonja en sloeg zijn arm losjes om haar middel. Hij zei iets, wat ze door de harde muziek niet kon verstaan. Zijn mond was vlakbij haar gezicht. Ze gaf hem spontaan een kus. Sven trok Sonja met zijn sterke armen tegen zich aan en zoende haar vol op de mond. Ze voelde zijn handen over haar billen glijden.

Sonja had zin in hem.

"Ga je mee naar de bungalow?" vroeg ze, terwijl ze aan zijn lippen likte. Sonja zag het verontwaardigde gezicht van Esmeralda, die naast Kurt stond, maar dat deerde haar niet.

"Neem je ze mee naar onze bungalow?" zei ze snibbig in een onbewaakt moment.

Sonja knikte en zoog op haar wijsvinger.

Waarop Esmeralda haar bedachtzaam aankeek.

"Misschien heb je gelijk, ze zijn lekker."

Tot de grote verbazing van Sonja nam Esmeralda in de bungalow het initiatief en zette vier glazen op het tafeltje klaar. Daarna schonk ze Jack Daniels in en deelde de glazen uit.

Esmeralda dronk overmoedig haar glas in één teug leeg. Alle drie volgden. Sonja merkte dat Esmeralda als een blad van een boom was omgeslagen. Ze schonk de glazen opnieuw in en ging bij Kurt op zijn schoot zitten, schoof haar topje langzaam omhoog waardoor haar borsten tegen zijn neus floepten. Hij pakte ze met beiden handen vast, duwde ze tegen elkaar en likte over haar stijve tepels. Daarna schoof hij haar rokje omhoog en kwam handen te kort, omdat Esmeralda geen slipje aan had.

Sven keek geamuseerd naar zijn broer en stond op. "Kom, we gaan naar mijn bungalow," zei hij zachtjes en sloeg zijn arm om Sonja. Ze vertrokken geruisloos.

Sven trok Sonja in de slaapkamer naar zich toe en ze voelde zijn erectie tegen haar onderbuik prikken. Ze kon het niet laten, ging op haar knieën zitten en nam hem in haar mond. Sven was al die tijd rustig overgekomen, maar nu hij met Sonja seks had, was hij niet meer zo beheerst en ramde er tot genot van Sonja hard op los.

Midden in de nacht werd Sonja wakker, sloop geruisloos uit bed en liep naakt naar haar eigen bungalow. Ze trof Esmeralda diep slapend in de armen van Kurt aan. Ze was mooi, zoals ze in het binnenvallende maanlicht lag. Ze kuste haar zachtjes op de mond en Esmeralda opende haar ogen. Ze glimlachte naar Sonja, maakte zich voorzichtig los van Kurt en ging op de rand van het bed zitten. Sonja zat op haar hurken voor het bed, wreef zachtjes over haar haren, kuste haar voorhoofd en fluisterde: "Hoe is het met je? Gaat het?"

"Ja, het gaat goed. Geen probleem, maar die Kurt is echt zwaar geschapen." Esmeralda gebaarde met haar handen. Sonja keek naar het mooie lichaam van Kurt, die in het maanlicht op zijn rug lag. Ze zag zijn grote penis over zijn heup liggen en raakte bij het aanzicht al opgewonden.

Ze liepen zachtjes naar de woonkamer en kusten elkaar teder. Sonja stelde voor: "Zullen we met z'n tweeën bij Kurt of juist bij Sven gaan liggen?"

"Ik denk niet dat ze jaloers zijn, maar ik wil Sven ook nog uitproberen," zei Esmeralda en ze liet haar vingers teder over de borst van Sonja glijden. Sonja kuste haar, draaide zich om, liep naar de slaapkamer en ging op de plaats van Esmeralda liggen.

Kurt was verbaasd toen hij wakker werd, want Sonja was al aan hem begonnen. Hij wreef in zijn ogen en het leek of hij aan zichzelf twijfelde, maar Sonja ging op hem zitten en bereed hem als een ervaren amazone.

De rest van de vakantie waren ze alle vier onafscheidelijk. Ze maakten verschillende tripjes over het eiland en de nachten waren intensief.

Het afscheid van Kurt en Sven viel zwaar, maar ze wisselden adressen en telefoonnummers uit. Kurt beloofde dat hij Esmeralda en Sonja voor de Kerstdagen in Zweden zou uitnodigen.

Op kantoor startte er voor Sonja een nieuwe fase. De Bank had aangekondigd een aantal werkprocessen te gaan digitaliseren. Op haar eerste werkdag stond een computercursus gepland. Sonja keek er naar uit, want ze had veel over digitaliseringsprocessen gelezen. Het sprak haar aan en het gebruik van een computer leek haar handig. De Bank had een externe locatie afgehuurd om op korte termijn alle medewerkers van een basiscursus te voorzien.

Tijdens de lunch zag Sonja Edward bij het buffet staan. Hij zag haar ook en liep op haar af.

"Je ziet er goed uit. Op vakantie geweest? Zullen we hier gaan zitten?" en ze gingen aan het eerste beste lege tafeltje zitten.

"Ik ben met Esmeralda op Gran Canaria geweest."

"Hoe gaat het met haar?" vroeg Edward belangstellend.

"Ik weet niet of je van de laatste feiten op de hoogte bent, maar Esmeralda heeft een paar maanden geleden een miskraam gehad. In de vakantie is ze weer een beetje opgeknapt. Ze had genoeg afleiding. We hebben veel bekeken en lekker lui in de zon gelegen. Wat wil een mens nog meer?"

Edward glimlachte: "Nog leuke contacten opgedaan?"

"Hoor ik jaloezie?" Sonja keek hem onderzoekend aan. "Je komt altijd leuke mensen tegen, waar je gezellig mee kan kletsen."

"Wat zijn je plannen voor vanavond?" vroeg Edward. "Zullen we samen een hapje gaan eten?"

Sonja keek bedenkelijk. "Edward, ik weet niet of dat handig is. We weten allebei waar dit op uitdraait. Je wilt me, maar ook weer niet. Ik wil best met je eten, maar dan blijft het bij eten."

"Ok, deal. Dan kunnen we lekker over de Bank kletsen, zonder dat er collega's meeluisteren. Zeven uur in De Lange Weg?"

"Afgesproken," en ze zetten hun lege borden op de afruimband bij de spoelkeuken.

Het etentje met Edward in De Lange Weg was onderhoudend. Hij vertelde veel over zijn nieuwe functie in het filiaal Kralingen. Edward vond het een nadeel dat de medewerksters daar al op leeftijd waren, want er was niemand die zijn status als fel begeerde vrijgezel bevestigde.

Na het eten wandelden ze terug naar het huis van Sonja. Edward gaf Sonja bij de voordeur een afscheidskus en probeerde zijn hand onder haar truitje te friemelen, maar Sonja keek hem streng aan.

"Je kunt het weer niet laten Edward. Dat wordt hem niet, want het is voor even leuk en daarna begin je weer te klagen dat ik niet exclusief beschikbaar ben. Je mag meekomen naar boven, maar je weet wat de consequenties zijn."

Hij keek haar met zijn verleidelijke donkere ogen aan: "Je hebt gelijk, maar ik wil je vannacht neuken. Eenmalig, zonder beloftes."

Sonja schudde haar hoofd en ze liet hem binnen. De nacht met Edward was explosief, want hij had coke gescoord. Ze snoven en konden geen genoeg van elkaar krijgen.

Het was al een geruime tijd doodstil in de benedenwoning. Totdat Sonja op een avond uit haar werk thuiskwam. De benedendeur stond wagenwijd open en er lag troep op de trap. Door de openstaande deur van het appartement was te zien dat de hele woning was gestript. De muren waren kaal en geëgaliseerd, de vloerbedekking was verwijderd en alle oneffenheden waren tot de laatste spijker gladgestreken.

Er stond een breedgeschouderde man met bolle wangen, gekleed in een rode overall in de gang. Hij had een grote gereedschapskist in zijn hand en stond op het punt om te vertrekken.

"Goedenavond mevrouwtje, we zijn klaar voor vandaag. We gaan de rommel op de trap nog opruimen. Morgen beginnen we na negen uur, omdat de vloerdelen nog niet zijn afgeleverd. We willen de vloer in één dag afmaken. Is het een probleem als we morgenavond tot negen uur doorgaan?"

"Nee hoor. Wanneer is de woning gereed voor bewoning?"

"We hopen voor het einde van de maand. De keuken wordt volgende week gezet. De eigenaar wil alles voor 1 december afgerond hebben."

Sonja knikte begripvol, wenste de man veel sterkte en vervolgde haar weg naar boven.

Esmeralda had de uitnodiging van Sven en Kurt ontvangen om de kerstdagen in Zweden door te brengen. Sven had een paar foto's bijgevoegd van een huis in de sneeuw aan een bevroren meer. Het leek op een idyllisch wintertafereel dat vaak op kalenders wordt afgebeeld. Sonja zag er tegenop om met de auto over de gladde wegen naar Zweden te rijden. In goed overleg met Esmeralda besloten ze om de nachttrein te nemen en reserveerden ze de plaatsen. Na de boeking belden ze Kurt op, om hun komst te bevestigen.

Een paar dagen voor het vertrek naar Zweden liep Sonja haar nieuwe benedenbuurman bij de voordeur tegen lijf. Hij stelde zich vriendelijk voor. Sonja was van hem gecharmeerd. Hij had de uitstraling van een filmster, maar hij had ook iets gereserveerd, iets onbereikbaars. Dit was een man, die zijn gevoelens onder controle had en waarvan op zijn gezicht niet af te lezen was, wat er in zijn hoofd omging.

"Ik heb de woning gisteren betrokken en wil mijn bovenbuurvrouw uitnodigen voor een rondleiding en een drankje. Schikt het de eerste week van januari?"

"Dat komt prima uit."

Sonja wist dat ze dan weer uit Zweden terug zou zijn.

"Leuk je ontmoet te hebben, we spreken elkaar volgend jaar," zei ze enthousiast.

Charles glimlachte beleefd: "Dat is dan afgesproken."

Sonja vervolgde haar weg naar boven. Haar hart bonkte hevig. Wat een man. Zou hij nog vrijgezel zijn? Ze hoopte van wel, maar gezien zijn knappe verschijning, betwijfelde ze dat.

Sonja zag op tegen de lange treinreis naar Zweden, maar tijdens het laatste gedeelte van de reis denderde de trein door een schitterend betoverend sprookjeslandschap. De grote dennenbomen torsten een dikke sneeuwdeken. Onder de bomen lag een maagdelijk ongeschonden wit sneeuwtapijt.
Gepakt en gezakt stapten ze uit de trein. Ze hadden naast de warme kleding en de sterke drank, ook kerstcadeautjes voor Sven en Kurt meegenomen.
Sonja en Esmeralda liepen het station uit en zagen een grote zwarte Volvo aan de overkant van de straat staan. De portieren sloegen open en Kurt en Sven stapten uit. Sonja en Esmeralda herkenden ze bijna niet in hun dikke jassen en mutsen op het hoofd. Na een hartelijke begroeting stapten ze in de auto en reden ze door het winterlandschap naar het huis in de bossen.
Kurt vertelde onderweg dat hun ouders thuis waren. Ze zouden de eerste kerstdag gezamenlijk doorbrengen. Bij een donkerrood houten huis met een dik sneeuwpak op het dak en een kringelende rookpluim uit de schoorsteen, parkeerde Kurt de auto.

Sven stelde trots zijn ouders, Anita en Dag voor. Anita was een keurig gesoigneerde slanke vrouw, die vriendelijk en gedistingeerd overkwam. Dag oogde als een zakenman, maar gedroeg zich voor een Scandinaviër uitzonderlijk joviaal.
De woonkamer lag over de hele breedte van het huis en keek uit over het meer, dat nu een grote egale witte vlakte was. In de hoek van de kamer, onder de kerstboom lagen mooi ingepakte kerstcadeautjes en Sonja vroeg zich af, of het versiering was of echte cadeautjes waren.

De kerstdagen in Zweden waren aangenaam. Sonja en Esmeralda kregen mooie cadeautjes. Het kerstdiner was volgens de traditie met typische Zweedse gerechten door Anita klaargemaakt.
Anita en Dag spraken goed Engels, waardoor de communicatie zonder problemen verliep. Het viel Sonja op dat de gesprekken gestructureerd

verliepen. In tegenstelling tot Nederland waar gasten soms onbeleefd door elkaar heen kletsen.

Dag was benieuwd naar de posities van Sonja en Esmeralda in het bedrijfsleven, terwijl Anita alles over de families wilde weten. Sven en Kurt waren in tegenstelling tot de vakantie op Gran Canaria niet erg spraakzaam, maar luisterde aandachtig.

De logeerkamer was voor Sonja en Esmeralda klaargemaakt, maar ze sliepen bij Kurt en Sven, waarbij Esmeralda haar keus op Sven had laten vallen.

Overdag maakten ze wandelingen door de bossen en volgden ze de sporen van elanden en herten. Na één van de uitjes volgde een sneeuwballengevecht. Ze maakten plezier en het was een onbezorgde tijd.

Oud- en Nieuw vierden ze in de binnenstad van Stockholm. Sonja en Esmeralda werden bij de vrienden van Kurt en Sven geïntroduceerd. Na een lange nacht van feesten lagen ze 's ochtends vroeg in bed en bleven hier de hele dag liggen.

Afscheid nemen viel zwaar toen ze de volgende dag op de trein naar Nederland stapten. Onderweg zei Esmeralda bloedserieus tegen Sonja dat ze eigenlijk bij Sven in Zweden wilde blijven.

"Je kunt niet zomaar in Zweden blijven, want je hebt een baan waar je wordt terugverwacht. Je zult eerst wat zaken moeten uitzoeken, voordat je dit soort impulsieve besluiten neemt. Denk er eerst maar eens goed over na, wat je nu wilt met je leven."

Hoofdstuk 7

Na een dag hard werken stak Sonja de sleutel in het slot van de benedendeur terwijl ze tegelijkertijd naar binnen viel. Op hetzelfde moment had haar nieuwe buurman Charles Martinez de deur vanuit de binnenkant geopend. Sonja lag op haar knieën voor zijn voeten. Hier baalde ze van, omdat ze niet graag op haar knieën voor een man lag, laat staan een man als Charles Martinez. Hij excuseerde zich, bood zijn hand aan en trok haar omhoog.

"Je hebt je toch niet bezeerd?"

"Nee hoor, het ziet er alleen een beetje knullig uit," zei Sonja met een rood hoofd van ergernis.

"Kan ik je vanavond een kopje koffie aanbieden voor het ongemak?" vroeg Charles met een pak papieren onder zijn arm.

"Ik moet deze documenten wegbrengen, maar ik ben om acht uur weer terug."

Sonja was geïrriteerd en wilde hem impulsief afwimpelen, maar haar nieuwsgierigheid won het.

"Dat is prima. Ik ben na acht uur bij je," en ze liep met een tevreden glimlach rond haar mond naar boven.

Kort na acht uur belde ze aan. Charles opende hoffelijk de deur en begeleide haar naar de woonkamer. De woning had een metamorfose ondergaan. Ze zag moderne kunst aan de muur hangen, een strakke inrichting en het onmiskenbare ontwerp van Jan des Bouvrie.

"Wat lust je? Koffie of een glas wijn?"

"Ik lust wel een glas wijn."

Waarop Charles naar de achterkamer liep en een fles opende.

Nadat hij de gevulde glazen op het salontafeltje had neergezet, gaf hij spontaan een rondleiding door zijn appartement. Sonja kon het niet laten en ze bekeek geïnteresseerd zijn slaapkamer, die recht onder de hare lag. Op het bed lag een typische donderblauwe geruite mannendekbedhoes. Ze had er wel wat voor over om hier een nachtje onder te liggen.

Na de rondleiding nipte Sonja genoeglijk van haar glas wijn en hoorde ze op de achtergrond jazzmuziek. Charles bekeek haar belangstellend aan en vroeg: "Waarom heb je voor Rotterdam gekozen en wat vind je leuk aan de stad, want aan je accent hoor ik dat je uit Den Haag komt."

Sonja had gelijk het gevoel dat er een oordeel over haar werd geveld. Ze besloot zich in te houden en niet kortaf te reageren.

"Je hebt gelijk, ik kom uit Den Haag. Vanwege mijn werk bij de Bank ben ik in Rotterdam gaan wonen. Maar Charles, wie ben jij en waarom heb je besloten om het appartement beneden te kopen?"

Hij glimlachte innemend: "Ik woon op verschillende plaatsen. Het is maar net waar ik opdrachten oppak. Rotterdam was een logische keuze tussen Amsterdam en Antwerpen. Ik heb de makelaar opdracht gegeven om een selectie te maken, waar dit appartement tussen zat."

"Wat doe je voor werk, omdat je op verschillende plaatsen woont en werkt"

"Ik werk in de consultancy en ben veel op reis, omdat mijn opdrachtgevers in verschillende landen zitten."

"Waar woon je echt?"

"In Portugal."

Sonja zag aan zijn gezicht dat hij er schik in had. Charles gaf netjes antwoord op al haar vragen, maar liet niet het achterste van zijn tong zien. Ze had het gevoel dat hij belangrijker was dan hij zich voordeed. Sonja classificeerde Charles als een man met inhoud, ondanks dat hij bewust een neutrale pose aannam. Zijn gebronsde huid, blauwe ogen, brede kaaklijn met een mooie volle mond. Het blonde haar met een natuurlijke slag. Hij moest sportief zijn.

Ze smolt voor hem als boter, maar ze wist zeker dat Charles geen vrijgezel kon zijn. Hij was te mooi.

Geraffineerd probeerde ze hem uit te horen of hij een relatie had, maar Charles omzeilde slinks haar vragen en hevelde het gesprek behendig over naar haar eigen privésituatie. Ze vertelde ingetogen dat haar relatie kortgeleden was beëindigd en over de uitjes met haar hartsvriendin Esmeralda.

Nadat Sonja haar glas had leeggedronken vertrok ze naar boven, omdat ze de volgende ochtend weer vroeg op moest en het gevoel had dat Charles de gelederen gesloten hield.

De volgende morgen, toen Sonja bij de Bank naar binnen liep besloot ze onderzoek naar Charles Martinez te doen. Misschien kon ze informatie over zijn bedrijf vinden.

Tijdens de lunchpauze liep ze naar het archief en ging op zoek naar Scope. Maar ze kon niets vinden. Wel vond ze een klantdossier waarin een transactie met Scope had plaatsgevonden. Sonja zag dat Charles Martinez de eigenaar en directeur was. Er was een grote som geld naar Scope overgemaakt. Charles moest bijzondere kennis van zaken hebben als er zulke grote bedragen voor opdrachten werden overgemaakt.

Toen Sonja op vrijdagavond een volle boodschappentas naar boven sjouwde, opende Charles zijn voordeur.

"Geef die tas maar aan mij, die breng ik wel voor je naar boven," en hij pakte de tas van Sonja over.

"Bedankt. Er zitten te veel flessen in," zuchtte ze. "Ik had ze over twee tassen moeten verdelen."

Charles bracht de boodschappen naar boven, liep de gang in en keek vertwijfeld rond waar hij de volle tas zou neerzetten.

"Oh, graag in de keuken," en Charles zette de tas voor de koelkast neer.

"Kan ik je een glas wijn of iets anders aanbieden?

"Wijn is prima," en ze zag hem onopvallend met zijn ogen haar interieur opnemen.

Ze pakte een fles wijn en de opener uit de kast en gaf deze aan Charles. Hij glimlachte naar Sonja, maakte de fles open en schonk de glazen in.

Sonja kreeg er niet echt een vinger achter wat Charles nu precies voor werk deed, want hij was niet erg mededeelzaam als het over de inhoud van zijn opdrachten ging. Ze kwam niet verder dan ICT-Consultancy bij grote en complexe bedrijven en dat hij op directieniveau strategisch advies uitbracht.

Ze had zich voorgenomen om niet de indruk te wekken dat ze voor hem beschikbaar was. Het type man als Charles hield ervan de situatie te controleren. Hij was zo knap. Als ze hem wilde veroveren moest het initiatief van zijn kant komen en dat was iets wat Sonja niet graag uit handen gaf. Voor Charles had ze het graag over.

Nadat de fles wijn leeg was, stond Charles op, bedankte haar voor de gastvrijheid en liep de trap af naar zijn eigen appartement. Sonja sloot de deur achter hem en ze leunde met haar rug tegen de deur. De ontlading voor haar gevoelens voor Charles. Ze had maar één behoefte en dat was seks met hem. Maar dat zat er niet in, omdat hij niet één signaal had afgegeven dat hij iets met haar wilde.

Sonja kon haar gevoelens niet kwijt en miste haar vriendin Esmeralda. Ze nam een impulsief besluit, belde Kurt en vroeg of hij zin had om een weekend naar Rotterdam te komen. Hij was aangenaam verrast, accepteerde het aanbod en vond het leuk om Sonja op korte termijn te zien. Kurt was voor Sonja plezierig, omdat ze geen verplichtingen aan elkaar hadden.

Esmeralda had definitief voor Sven en Zweden gekozen. Ze hadden impulsief besloten om hun relatie met een huwelijk te bekronen. Sven was een rustige persoonlijkheid, die kortgeleden als een high potential bij een grote auto-importeur was binnengehaald. Het geëmancipeerde beleid in Zweden voldeed aan de levensvervulling van een vrouw als Esmeralda.
Sonja was totaal verrast geweest dat ze op zo'n korte termijn een definitief besluit had genomen, maar ze gunde het Esmeralda. Het ruige leven van de afgelopen jaren en haar miskraam hadden haar blijkbaar aan het denken gezet en de voorkeur voor een stabiele invulling gegeven. Sonja miste de nabijheid van Esmeralda, haar zoete geur en zachte huid. Ze wist dat ze nu een ander leven leidde en ze wilde dat absoluut niet verstoren.

Sonja stortte zich weer volledig op haar werk en samen met haar collega Jan de Haan namen ze een groot deel van de werkzaamheden tijdens de vakantieperiode voor hun rekening. Onder leiding van Sonja werd de planning voor 1986 opgesteld, verschillende doorgelicht en het investeringsmodel bepaald. Jan had er zin in, was een harde werker en had goede, maar ook realistische ideeën.

De volgende digitaliseringsslag werd bij de Bank aangekondigd. Het afdelingshoofd verzocht Sonja om langs te komen.
"Ha Sonja, neem plaats. Ik wil graag met je praten. We zijn erg tevreden over je prestaties en de manier waarop je Jan de Haan begeleidt, maar we zitten met een uitdaging. We zouden je graag voor 50% willen inzetten als projectleider op één van de automatiseringsprojecten. Het is de bedoeling dat je een aantal zware accounts blijft managen, maar dat zal maximaal 50% van je werkzaamheden beslaan. We verzwaren de taken van Jan de Haan en breiden het team uit met een extra junior."

Sonja hoefde niet lang na te denken, want ze had wel oren naar het voorstel van het afdelingshoofd. Ze stelde vragen over de praktische invulling en de tijdslijnen, die het afdelingshoofd uitgebreid toelichtte.

"Ik zal de afspraken schriftelijk vastleggen en voor het einde van de week ligt het voorstel op je bureau," zei hij resoluut.
Sonja bedankte hem voor het vertrouwen dat hij in haar had.

De assistente van personeelszaken kwam met de agenda in haar hand naar Sonja toe. Ze plande accuraat de noodzakelijke cursussen in, zodat Sonja zich goed kon voorbereiden op haar nieuwe taken.
Voor de nieuw te benoemen junior nam Sonja Jan de Haan in vertrouwen. Hij tipte Leny Kromhout. Sonja was verbaasd, omdat ze aan het blok met de roddeltantes zat. Jan stelde Sonja gerust. Leny was klantgericht, niet benauwd om lastige klanten te woord te staan en ze loste problemen proactief op. Na een goed gesprek met personeelszaken werd Leny als junior aan het team toegevoegd.

Kurt landde op Schiphol. Sonja was op vrijdagmiddag uit haar werk naar het vliegveld gereden. Het was druk tijdens de spits, maar Sonja was gelukkig net op tijd. Ze stapte uit de auto toen Kurt de aankomsthal uitliep. Hij zag Sonja, liet zijn tas op de grond vallen, omhelsde haar en deed een stap achteruit.

"Wel, wel, wel, wat zie jij er anders uit. Ik val wel op strenge kantoordames," en Kurt trok Sonja weer tegen zich aan.

Kurt keek belangstellend rond in het appartement van Sonja en sprak zijn bewondering uit. Toen ze haar slaapkamer showde, staarde Kurt naar het bed. Hij pakte haar hand, trok Sonja naar zich toe en kuste haar. Hij smaakte heerlijk. In de tussentijd maakte hij de knoopjes van haar blouse open en begon haar borsten te zoenen. Langzaam kleedde hij Sonja uit en genoot van haar lichaam. Hij legde haar op bed en schoof haar benen uit elkaar en bracht zijn grote penis naar binnen. Hier had Sonja naar uitgekeken. Ze zuchtte van genot en zette haar gedachten even op stand nul.

In het weekend hadden ze naast de ongeremde seks ook lange gesprekken over de ontwikkelingen op IT-gebied. Kurt werkte als programmeur voor een softwarebedrijf in Zweden en Sonja vertelde hem over de stap die ze als parttime projectleider op ICT-projecten na de zomervakantie ging maken. Het was een interessant onderwerp waar ze niet over uitgesproken raakten.

Esmeralda en Sven kwamen ter sprake en Kurt peilde Sonja.

"Zou je ook niet in Zweden willen wonen en werken? Er is genoeg werk voor jou en ik zou het ook leuk vinden."

Sonja schudde haar hoofd: "Nee Kurt, Zweden lijkt me leuk voor een vakantie. Het liefste ben ik in Nederland, want ik hou nu eenmaal van de hectiek van de Randstad. Ik moet er niet aan denken om permanent in de bossen te wonen. Misschien zou ik in Stockholm kunnen aarden. Zou je niet in Nederland willen wonen en werken? Misschien vind ik dat wel leuk."

"We hebben allebei precies het omgekeerde. Ik hou van de natuur en vind een paar weken in de stad wel leuk, maar daarna moet het afgelopen zijn."

Hij trok Sonja naar zich toe en kuste haar.

"We zijn allebei een beetje eigenwijs. Zullen we ooit tot elkaar komen en een toekomst hebben? Maar dan moet je me toch eens uitleggen hoe dat nu met Esmeralda zit? Hebben jullie een relatie gehad?"

Sonja was gelijk op haar hoede.

"We zijn hartsvriendinnen. We delen alles met elkaar," zei ze luchtig.

"Wat bedoel je precies met die uitspraak? Want jullie zijn zo aan elkaar verknocht, dat het lijkt of jullie hetzelfde zijn. Soms heb ik het gevoel dat jullie iets meer met elkaar hebben. Meer dan je nu wilt toegeven."

Kurt keek Sonja onderzoekend aan, wat haar ongemakkelijk gevoel gaf.

"We zijn niet jaloers op elkaar. Op Gran Canaria, waar je zelf bij was, hebben we partners gewisseld, omdat we jullie allebei aantrekkelijk vonden."

Sonja trok nonchalant haar schouders op, maar Kurt was nog niet klaar.

"Heb je wel eens seks met Esmeralda gehad?"

Sonja bedacht dat het geen zin had om er omheen te draaien.

"Ja, zo heb ik Esmeralda leren kennen. Ik trof haar in het verleden onverwachts bij mijn toenmalige vriend in bed aan."

"Accepteerde je dat dan?"

"Tja, het klinkt bizar, maar het was een vriendschappelijke relatie. We hadden geen verdere plannen."

Kurt keek Sonja ongelovig aan. "Jullie twee zijn een stel apart," en schudde meewarig zijn hoofd.

Zaterdagnacht bezochten Kurt en Sonja een nachtclub in Rotterdam. Op de dansvloer was het dringen en Sonja zag tot haar grote verbazing de nieuwe junior, Leny Kromhout uitbundig dansen. Ze was nog het meest verbaasd over de metamorfose van Leny. Op kantoor droeg ze altijd een bloesje dat tot het bovenste knoopje was dichtgeknoopt en lange broeken waar geen vorm in zat. Nu stond ze in een kort rokje en een zeer laag uitgesneden topje, zonder BH uitdagend midden op de dansvloer te dansen.

Ze zag Sonja en kwam gelijk op haar aflopen. "Hé, Sonja, hoe is tie?" Voordat Sonja antwoord kon geven, keek Leny Kurt aan en vroeg ze brutaal: "Zou je me niet eens aan je vriend voorstellen?"

Kurt keek aangenaam verrast naar het enthousiasme dat Leny uitstraalde, maar verstond geen Nederlands. In het Engels vertelde Sonja aan Kurt dat Leny haar collega was. Leny was even uit haar element, omdat er Engels werd gesproken, maar knipoogde brutaal naar Kurt.

Leny had de nodige glazen wijn op en was continu bezig om de aandacht van Kurt te trekken. Ze wilde steeds met hem dansen. Het liefst langzame nummers, waar ze zich dan strak tegen Kurt aandrukte. Sonja betrapte zich erop dat ze een beetje afgunstig was. Het leek wel of Leny bewust aan het provoceren was. Maar Leny kon niet weten dat haar relatie met Kurt alleen uit wederzijds plezier bestond en geen verdere betekenis had.

Op weg naar huis vroeg Sonja aan Kurt wat hij van Leny vond.

"Een leuke chick voor een nachtje, maar ik ben nu bij jou," en hij trok Sonja jongensachtig tegen zich aan.

Op zondagavond klopte Charles onverwacht bij Sonja op de deur.

"Kom binnen."

Sonja zag dat Charles naar de mannenschoenen in de gang keek.

"Heb je visite? Anders kom ik een andere keer terug."

"Ik heb visite, maar kom binnen."

Charles liep de kamer binnen en zag Kurt zitten, gaf hem een hand en stelde zich voor als de benedenbuurman. Sonja vertelde dat haar beste vriendin met de broer van Kurt ging trouwen. Ze bracht het nieuws luchtig, maar baalde dat Charles nu zou denken dat Kurt haar vriend was. Aan de andere kant gaf het wel de indruk dat ze niet wanhopig op een man uit was.

"Ik heb net koffie gezet, lust je een kopje?

Ze zag Charles twijfelen. Hij wilde niet onbeleefd zijn en accepteerde het aanbod. Nadat Sonja de kopjes op het tafeltje had gezet, richtte hij zich tot Sonja.

"Ik heb een verzoek. Over twee weken heb ik een bijeenkomst met invloedrijke ondernemers. Je hebt inhoudelijke kennis van de financiële sector. Zou je me kunnen adviseren tijdens deze gesprekken?"

"De financiële sector is een containerbegrip. Om welke specifieke kennis gaat het?" vroeg Sonja belangstellend.

Charles gaf achtergrondinformatie over de partijen die op zijn verlanglijstje stonden. Het interesseerde Sonja en ze vroeg waar deze bijeenkomst werd gehouden.

"Het is een prestigieus gala, waar de hele financiële wereld bijeenkomt. De kosten voor gepaste kleding en de kapper kun je bij mij declareren," zei Charles er gelijk achteraan.

Sonja was sprakeloos. Beroepsmatig kende ze dit soort bijeenkomsten, maar deze lagen ver buiten haar bereik. Hier was de crème de la crème van de financiële wereld vertegenwoordigd.

Charles wendde zich tot Kurt en vroeg of hij bezwaar had. Kurt zei lachend: "Ik ben een goede vriend van Sonja en dat zijn niet mijn zaken."

"Oh" zei Charles, "ik dacht dat je haar vriend was."

Sonja moest inwendig lachen. Charles was uitgekookt.

Na de koffie nam hij afscheid van Kurt en bij de deur zei hij tegen Sonja: "Madge, mijn PA, komt je 's middags om vier uur ophalen voor de kapper en ze helpt je bij het uitzoeken van gepaste kleding.

Sonja keek Charles met een schuim hoofd aan: "Ik had nog geen "ja" gezegd en er rolt al gelijk een schema uit."

Er viel een ongemakkelijke stilte en Charles keek haar gefronst aan. Voordat hij kon reageren zei ze: "Maar ik accepteer je aanbod en kijk er naar uit. Moet ik me op bepaalde financiële thema's voorbereiden?"

Sonja zag een minieme emotie in zijn ogen, want Charles was overvallen door haar ad rem opmerking.

"Niet specifiek, maar ik praat je onderweg wel bij over de actoren, hun stokpaardjes en waar ik jouw advies bij nodig heb."

Toen Sonja de woonkamer binnenliep, keek Kurt haar met een zuinige glimlach rond zijn mond aan.

"Wat kijk je? Ik zie een vals trekje om je mond."

"Dat klopt, want nu ben ik afgunstig. Zoals jij zaterdagnacht van Leny baalde, baal ik nu van Charles. Hij is op je uit. Hij kickt op je. Het straalt van hem af. Het gaat hem niet om je financiële kennis. Hij wil met je pronken en daarna pakt hij je."

Deel II – Geen gewone liefde

Hoofdstuk 8

Klokslag vier uur ging de bel en Madge, de PA van Charles stond voor de deur. Madge was een klein kordaat vrouwtje van rond de vijftig jaar oud, met een streng gezicht en een directieve houding. Ze had kort grijs gemêleerd haar en droeg een beige regenjas, die met een ceintuur strak was dichtgesnoerd.

De eerste indruk die Sonja van Madge kreeg was een toegewijde moeder van drie zonen, die bij school wachtte totdat haar kinderen naar buiten kwamen. Ze had in ieder geval geen dochters, want dan had ze er niet zo kleurloos uitgezien.

Sonja vroeg aan Madge of ze nog iets moest meenemen.

"Nee, je hoeft niets mee te nemen, alleen je goede humeur," en ze stapten in de grote zwarte taxi. Sonja vroeg waar ze naar toe gingen en Madge vertelde dat ze op weg waren naar een beauty salon in Amsterdam. Madge was niet erg spraakzaam. Sonja moest de woorden uit haar trekken.

Ze stopten voor het hek van een grote villa waar Madge aanbelde. De gastvrouw zei op een overdreven manier dat ze welkom waren en opende het hek. Tijdens het passeren van het openslaande hek zag Sonja een bordje met het opschrift: Schoonheidssalon.

Bij binnenkomst lichtte de gastvrouw het programma toe. "Geschikte kleding uitzoeken, accessoires bepalen, massage, schoonheidsspecialiste en de kapper."

Sonja werd naar een soort woonkamer geleid, waar een gevuld kledingrek klaarstond. In een vitrinekast zag ze mooie accessoires liggen. Een vriendelijke jongeman kwam zelfverzekerd de ruimte binnenlopen en stelde zich voor als John. Hij nam gelijk de leiding.

"Maatje 34?, schoenmaat 38?, bustehouder maat 65B?" Sonja knikte, want dit klopte allemaal.

John liep naar het kledingrek en haalde er drie verschillende avondjurken uit. De jurken waren van soepelvallende stof met een schitterende snit. John liep naar Sonja toe, hield ze alle drie voor en humde, alsof het niet naar zijn zin was. Hij had een theatrale uitdrukking op zijn gezicht en gebaarde druk met zijn rechterhand.

"Deze roomkleur staat het mooist bij je blonde haar en je gebruinde huid, maar cerise geeft je meer pit. Zwart vind ik te klassiek."

John mummelde in zichzelf: "De roomkleur geeft je de uitstraling van een fotomodel."

Hij liet Sonja de roomkleurige zijden avondjurk passen. De jurk stond schitterend. Ze draaide zich een paar keer uitgebreid voor de spiegel rond. John pakte bijpassende schoenen, die onder het kledingrek klaarstonden en vroeg ze te passen. Ze zaten te strak, waarop hij een andere maat pakte. Uit de vitrinekast pakte John een parelketting, die hij in eerste instantie voorhield en daarna tevreden om haar nek vastmaakte. Hij ging op afstand staan en bekeek Sonja met zijn handen in zijn heupen.

Via de spiegel vroeg hij aan haar: "Wat vind je ervan?"

"John, ik ben sprakeloos. Ik herken mezelf niet meer. Je bent een expert."

Sonja was aangenaam verrast dat ze door een simpele kleurcombinatie een totale metamorfose had ondergaan.

Er werd op de deur geklopt. De gastvrouw opende de deur. Voordat ze iets kon zeggen, stak John zijn hand op en zei: "Nog vijf minuten." De gastvrouw knikte en sloot de deur.

Sonja kleedde zich voorzichtig uit en gaf de kledingstukken en accessoires aan John.

"Als straks je haar is gedaan, zorg ik ervoor dat alles bij elkaar klaarligt."

Toen Sonja alle behandelingen achter de rug had, aangekleed was en zichzelf in de spiegel bekeek, zag ze een totaal andere vrouw. De kapster had haar haren voor een deel opgestoken. De rest was gekruld en hing over het midden van haar rug, waardoor ze de uitstraling van een fotomodel had.

Er werd op de kamerdeur geklopt en de gastvrouw zei dat de taxi was gearriveerd. Sonja liep voorzichtig op haar hakjes naar de taxi en ze zag Charles achterin zitten. De chauffeur opende het portier en liet Sonja instappen. Ze zag een contente uitdrukking in zijn ogen toen ze naast hem plaats nam.

"Je ziet er schitterend uit," complimenteerde Charles.

Onderweg praatte Charles Sonja snel en vakkundig bij over de verschillende zakenrelaties, die ze zouden ontmoeten en over haar rol in de gesprekken. Charles was ook geïnteresseerd in haar evaluatie na afloop. Hij zou Sonja introduceren als zijn persoonlijke adviseuse. Maar het zat Sonja niet lekker, omdat ze contractueel van de Bank geen financiële activiteiten bij andere organisaties mocht uitoefenen. Was Charles een organisatie of een persoon?

De taxi stopte bij de entree. Charles keek liefdevol naar Sonja, alsof ze vandaag waren getrouwd en het feest op losbarsten stond. Ze stapten uit en liepen over de rode loper naar binnen. Sonja zag dat mensen haar aanstaarden en dat gaf een vreemd gevoel.

Als ze wilde, kon Sonja de hele avond Champagne drinken. De bediening serveerde continue volle glazen. Charles introduceerde Sonja bij zijn relaties. Met sommige voerde ze een interessant gesprek, omdat ze dat vanuit haar eigen functie gewend was. In de tussentijd hield ze Charles subtiel in de gaten en kon ze aan zijn gezicht aflezen welke relaties tot zijn doelgroep behoorden. Ze ontmoette blaaskaken, die een bak met lucht verplaatsten, zonder dat het iets om het lijf had. Ze zag dat Charles het op prijs stelde als ze op bepaalde momenten in de gesprekken aanhaakte. Hij gaf haar dan vervolgens de leiding in het gesprek.

Als ze geen gesprekken voerden observeerde ze Charles. Ze vond hem een knappe verschijning. Sonja vond dat het gezicht van Charles weinig emotie vertoonde. Het leek wel of hij zijn mimiek en motoriek volledig onder controle had. Ze merkte wel dat hij trots was, omdat ze door veel mannen werd bewonderd om haar schoonheid.

Toen Sonja in de toiletruimte haar handen waste werd ze door een oudere dame aangesproken. De dame was welgemanierd en sprak geaffecteerd. Ze vroeg of Sonja de vriendin van Charles was. Ze had de vrouw verbaasd aangekeken en gezegd dat ze zijn adviseuse was. Waarop de dame zei dat ze Charles vanavond voor het eerst sinds jaren weer met een gelukkige uitstraling op zijn gezicht had gezien. Sonja droogde haar handen af en ze keek de vrouw bezorgd aan.

"Is er dan iets gebeurd, waardoor hij ongelukkig was?"

De oudere dame droogde haar handen zorgvuldig af en overwoog blijkbaar wat ze zou gaan zeggen.

"In de relaties waren vrouwen altijd op zijn geld uit. Het valt me vanavond op dat hij voor het eerst sinds een lange tijd ongedwongen met vrouwelijke gasten praat. Ik trok hieruit de conclusie dat jullie een relatie hadden."

De oudere dame keek Sonja vriendelijk aan: "Ik wil je overigens complementeren met je schoonheid en je kledingkeuze." Het leek alsof ze knipoogde. "Ik kan je verzekeren dat vanavond menig persoon afgunstig is."

"Dank u voor het compliment."

Sonja verliet de toiletruimte en ging op zoek naar Charles. Hij moest een vermogende vrijgezel zijn, die blijkbaar niet misbruikt wilde worden vanwege zijn status en geld, dacht Sonja toen ze op hem af liep.

Na een voldane avond praatten ze in de taxi na over het gala.

Thuisgekomen opende Charles de benedendeur en liet hij Sonja voorgaan. Op de eerste etage, bij zijn voordeur bedankte hij Sonja voor de geslaagde avond en dat ze tijd voor hem had willen vrijmaken. Sonja hoopte stilletjes op een heerlijke nacht met Charles, maar hij gaf haar met een gestrekte arm een hand. Hieruit maakte ze op dat er niets meer ging gebeuren. Het gesprek met de oude dame in de toiletruimte lag nog vers in haar geheugen.

"Waar vindt de evaluatie plaats," vroeg Sonja. "Bij jou of bij mij?"

"Bij mij," zei Charles met een serieus gezicht.

"Welterusten en tot morgen dan," en ze liep in haar elegante creatie de trap op naar haar eigen appartement.

Op zondagmiddag belde Sonja bij Charles aan en dronken ze heel burgerlijk een kopje thee. Sonja gaf haar kijk op de gesprekken die ze met de relaties hadden gevoerd. Charles was geïnteresseerd in één van de relaties, die Sonja als blaaskaak had gedefinieerd. Ze hadden een stevige discussie over de geloofwaardigheid en betrouwbaarheid van deze persoon en Sonja onderbouwde waarom ze geen zaken met deze man zou doen. Nadat alle gesprekken waren geëvalueerd, bedankte ze Charles voor zijn gastvrijheid en vertrok teleurgesteld naar boven.

Maandagmorgen op kantoor stoven de roddeltantes gelijk op haar af.

"Zo fotomodel. Wat deed jij op het gala met de knapste vrijgezel die op deze aardkloot rondloopt? Hoe heb je die nu weer aan de haak geslagen? Heb je een relatie met Charles Martinez? Je weet wel hoe je geheimpjes moet bewaren," zeiden ze met een volle bewondering voor Sonja.

Sonja voelde zich overvallen. Dit had ze niet verwacht.

"Charles Martinez is mijn benedenbuurman. Hij had me gevraagd of ik hem op het gala wilde vergezellen. Hij is niet mijn vriend." Lachend voegde ze toe: "Jammer hè, geen vette roddels."

In de vooravond belde Edward verontwaardigd. "Sonja, wat heb ik nu weer op de televisie gezien? Je zag er schitterend uit, maar ik ben jaloers. Heeft die Charles aan je lichaam gezeten? Natuurlijk, geen vrouw kan deze man afwijzen."

"Edward toch. Ik heb geen relatie met Charles. Hij heeft me met niet één vinger aangeraakt. Dat zegt eerder iets over jou. Maar misschien moeten we het daar straks eens over hebben?"

Edward grinnikte hardop: "Zo ken ik je weer. Heb je zin om langs te komen? Neem jij een fles Jack D. mee? Want de mijne is leeg."

"Edward, je bent een beest. Ik ben rond acht uur bij je."

Sonja had behoefte aan een man. Ze had op het gala de nodige lustige blikken te verwerken gehad en ze was op stap geweest met een mooie rijke man, maar had vervolgens alleen in bed gelegen.

Edward stond in zijn loshangende blouse en korte broek bovenaan de trap te wachten toen ze aanbelde en keek haar verlangend aan. Voordat ze haar tas kon neerzetten, pakte hij Sonja beet en kuste haar gulzig op de mond. Hij keek haar recht in de ogen en zei met een schorre stem: "Ik ben ontzettend jaloers, want ik kan het niet verdragen wanneer ik je met een andere man zie."

Sonja schoof haar handen onder zijn openhangende blouse en kneep daarna zachtjes in zijn tepels.

Edward zuchtte: "Zullen we maar gelijk maar de slaapkamer gaan?" waarop hij haar optilde, naar de slaapkamer bracht en op bed neerlegde. Hij trok haar slipje uit, duwde haar knieën omhoog en kreunde: "Lekker nauw, hier heb ik naar uitgekeken," en neukte Sonja.

"Ik mis je," zei Edward, toen ze genoeglijk in zijn armen lag. "Jij bent de enige vrouw die me echt kan bevredigen. Ik was zo jaloers toen ik je met die kerel op de televisie zag.

"Edward, ik heb je al eerder verteld; Charles is mijn benedenbuurman. Ik had geen idee dat het gala op de televisie uitgezonden zou worden. Eerlijk gezegd heeft het me verbaasd dat hij niets heeft geprobeerd."

"Oh, dus als de gelegenheid er was geweest, had je het goed gevonden dat hij zijn lul in je had gestoken."

Sonja moest om zijn jaloezie lachen en gaf hem een tik op zijn neus.

In de nazomer boekte Sonja een last minute naar een Grieks eiland. Ze was er aan toe om even afstand van alle hectiek te nemen. Het was druk op de Bank geweest. Er waren nieuwe lastige klanten, maar ook de nodige veranderingen op de werkvloer, zoals de oplevering van een nieuw computersysteem.

Ze ging alleen en had een paar boeken in haar koffer gestopt. De warme zon maakte veel goed. Ze maakte uitstapjes over het eiland, bezocht musea en hield haar gemak. Maar het was ook een vakantie om over haar leven na te denken. Hoe zag ze de toekomst? Vrijgezel blijven of op zoek gaan naar de juiste partner om een huwelijk aan te gaan en kinderen te krijgen?

Wat wilde Charles? Sonja kon er geen vinger achter krijgen. Het intrigeerde haar, maar irriteerde ook, want ze had geen grip op de situatie.

Edward, hij was lekker, maar dit kon geen stand houden. Zeker het overdadige cokegebruik dat ze er tijdens hun seksuele uitspattingen op nahielden. Omdat de ontmoetingen met Edward niet gestructureerd plaatsvonden, maakte Sonja zich niet al te veel zorgen dat ze verslaafd zou raken. Het doorkruiste wel haar gedachten en ze wist diep in haar hart dat ze hiermee moest stoppen. Maar ze kon geen afscheid van Edward nemen. Het was haar zwakte voor zijn explosieve seks met na afloop het ultieme gevoel van genot, dat haar naar hem deed verlangen. Haar doel was Charles, maar hier had ze nog wel wat werk te verrichten, voordat ze zijn hart veroverd zou hebben. Een echt plan had Sonja niet voorhanden, want Charles beheerste tot nu toe het proces tot in de kleinste details en dat irriteerde Sonja mateloos.

Na een ontspannen vakantie ging ze weer gemotiveerd aan het werk op de Bank, waar de plannen voor het nieuwe jaar uitgewerkt moesten worden.

Esmeralda had Sonja voor de kerstdagen uitgenodigd. Sonja vloog naar Zweden en Kurt haalde haar van het vliegveld op. Hun ontmoeting was hartelijk en hij omhelsde Sonja bij aankomst. Tijdens de autorit was Kurt een en al oor, omdat Sonja hem vol enthousiasme over het automatiseringsproject bij de Bank vertelde.

Het was een prettig weerzien met Esmeralda, die Sonja vol trots haar woning binnenloodste. Ze woonde in een karakteristieke Zweedse rijtjeswoning met een grijze houten voorgevel. De woonkamer had een entresol, waar het woongedeelte was ingericht met een luie hoekbank voor de televisie. Het zag er relaxed uit door de lichtinval van de hoge ramen. De benedenverdieping zag er netjes uit, alsof deze zithoek alleen bij officieel bezoek werd gebruikt. Ze gingen beneden in de mooie witte bank zitten, die symmetrisch was versierd met wel twintig kleine gekleurde kussentjes.

Sonja keek belangstellend in de rondte en ze complimenteerde Esmeralda met de inrichting van haar woning. Die op haar beurt trots was en dat ook uitstraalde.

Er stond een traditionele Zweedse koffietafel klaar, die er heerlijk uitzag. Onder de koffie praatten ze elkaar bij, over wat ze de afgelopen maanden hadden gedaan. Sven stond op om in de schuur hout voor de open haard te halen. Kurt liep mee om hem te helpen sjouwen.

Esmeralda had een geheimzinnige uitdrukking op haar gezicht en troonde Sonja mee naar de bovenverdieping, onder het motto dat ze haar huis wilde showen. Ze had een nieuwtje, maar wilde in het begin niet zeggen wat het was en ze hield de spanning erin.

Ze opende de deur van haar slaapkamer, die minimalistisch was ingericht, met blauwe wanden, een houten vloer, witte gordijnen en een mooie witte luxe sprei op het bed.

Vanuit het niets zei Esmeralda trots: "Ik ben weer zwanger. Wil je mijn buik zien?"

Sonja was verrast en feliciteerde Esmeralda. Ja, ze wilde haar buik wel zien. Toen Esmeralda haar shirt omhoog trok was er nog niet veel te zien, omdat ze net twee maanden zwanger was. Esmeralda schoof haar joggingbroek naar beneden, waarop Sonja met haar handen heel zachtjes over de onderbuik van Esmeralda wreef. Esmeralda sloot haar ogen, opende haar mond en Sonja kon het niet laten, om haar lippen te beroeren.

Met haar ogen dicht fluisterde Esmeralda smachtend: "Ik mis je Sonja," en ze lieten zich achterover op het bed vallen. Er was geen weg meer terug. Esmeralda schopte haar broek uit, draaide zich om en kuste Sonja gepassioneerd. Sonja rook haar zoete lucht en kon zich ook niet meer beheersen. Ze trok haar trui uit en begon Esmeralda erotisch te kussen, waarop ze haar benen spreidde en hardop kreunde van genot.

Op dat moment klapte beneden de keukendeur dicht. Ze keken elkaar verschrikt aan. Esmeralda kleedde zich werktuiglijk aan, maar haar hele lichaam straalde nog een onweerstaanbare erotische sensitiviteit uit. Sonja lag nog op haar rug met haar blouse open. Ze had een gelukzalig blik in haar ogen. Esmeralda kroop over haar heen en likte over haar tepel en zei zachtjes: "Kom, voordat er zo iemand naar boven komt."

Sonja richtte zich langzaam op. Esmeralda pakte haar hand en trok haar van het bed omhoog. Ze knoopte de blouse van Sonja dicht en mompelde: "We halen het nog wel een keer in," en ze kleedde zichzelf snel verder aan.

Esmeralda vertrouwde Sonja toe, dat haar huwelijk met Sven in het voorjaar gepland stond.

Na de feestdagen zette Kurt Sonja op het vliegveld van Stockholm af en hij vond het jammer dat ze niet langer kon blijven. Sonja beloofde dat ze in ieder geval voor het huwelijk van Sven en Esmeralda minimaal een week naar Zweden zou komen. Ze opperde om samen met hem een zomervakantie te boeken en lekker twee weken van elkaar te genieten zonder verplichtingen. Kurt vond het een prima idee en stemde in.

Na de evaluatie van de Gala-avond had Sonja Charles niet meer gezien. Maar op Nieuwjaarsdag hoorde ze beneden weer gestommel. Niet veel later ging de bel en Charles stond voor de deur.

"Goedemiddag buurvrouw, de beste wensen voor 1986," en hij gaf Sonja een hand en kuste haar drie keer.

"Kom binnen, wil je wat drinken?"

Charles liep met haar mee en ging op de bank zitten. Sonja vond hem vandaag minder formeel. Ze hield de fles Jack Daniels omhoog.

"Is deze goed?"

"Ja, lekker," en hij glimlachte ontspannen.

Ze leunden allebei achterover in de bank. Charles proefde van de whisky. "Goed spul, maar daar kwam ik niet voor, want ik heb een verzoek. Ik zou je graag willen uitnodigen voor twee belangrijke bijeenkomsten in Londen. Op het gala is gebleken dat je over goede mensenkennis beschikt en inzicht hebt in waardevolle transacties. Naar aanleiding van jouw expertise heb ik een paar lucratieve deals gesloten. Jouw neus voor transacties was toch fijner dan de mijne."

"Dan ga je me dan toch zeker wel een deel van de buit uitbetalen?" grapte Sonja.

"Dat zou ik eigenlijk wel moeten doen, maar laten we dat op een ander moment bespreken. Zou je me over twee weken op twee bijeenkomsten in Londen kunnen adviseren?"

Sonja was op de punt van de bank gaan zitten en zei gedecideerd: "Charles, ik voel me gevleid, maar ook een beetje gebruikt. Jij weet net zo goed als ik, dat ik een concurrentiebeding bij de Bank heb, dus begeef ik me op glad ijs. Ik vond het gala te gek en je hebt me verwend. Je had behoefte aan advies dat jou geen windeieren heeft gelegd. We staan voor dat betreft quitte. Aan je verzoek om mee naar Londen te gaan en actief een rol te spelen in een businessdeal, kleeft voor mij een risico. Het is de droom van elke ambitieuze vrouw, maar mijn aanwezigheid op het gala is door de Bank met argusogen gevolgd. Iedereen had de beelden op de televisie gezien. Ik ben door mijn baas ondervraagd over mijn rol en ik heb het afgedaan met het excuus dat je mijn benedenbuurman bent en dat je met spoed een tafeldame nodig had. Die dobber gaat voor Londen niet meer op."

"De bijeenkomst in Londen is besloten, dus buiten het zicht van de pers en jouw werkgever. De keuze is aan jou."

Sonja vond Charles wel doorduwen, maar na een paar glazen whisky was ze toch om.

Zijn mooie blauwe ogen keken haar belangstellend aan, maar ze twijfelde over zijn bedoelingen. Was het haar bijdrage in Londen of wilde Charles meer?

Sonja vroeg serieus wat de dresscode voor deze bijeenkomsten was, waarop Charles met zijn hand wuifde en gelijk zei dat ze zich daar geen zorgen over moest maken, want daar was Madge voor.

Onverwachts stond hij op en bedankte Sonja voor haar gastvrijheid. Hij gaf haar vluchtig een kus op de wang, en weg was hij. Haar hart bonkte en ze snakte naar meer, maar Charles moest heel subtiel verleid worden en dat kostte tijd.

Op de Nieuwjaarsreceptie bij de Bank liep Sonja Edward tegen het lijf. Ze moest om hem grinniken, want hij was in zijn element. Hij stond breed in de belangstelling bij de dames. Tussen de bedrijven door zei hij uitgelaten dat hij graag weer eens een weekendje met Sonja wilde doorbrengen. Maar Sonja zat met het tripje naar Londen in haar achterhoofd en ze stelde voor om later in de maand af te spreken.

"Je hebt toch niets met die lul, die beneden je woont?" zei Edward als een gebeten slang.

"Zit hij nog achter je aan? Ik kan hem niet uitstaan."

"Edward, wat ben je toch een opgewonden standje. Kom, we gaan lekker de dansvloer op, dan maken we al die dames die aan de kant staan jaloers."

Vlak voordat Sonja naar huis ging, excuseerde Edward zich voor zijn onbehouwen gedrag eerder op de avond. Na de nodige glazen wijn probeerde Sonja hem serieus aan te kijken, maar dat lukte niet meer. Ze kon zijn donkere ogen niet weerstaan.

"Moet ik vanavond alleen naar huis lopen, Edward?"

Hij grinnikte: "Ik zal je veilig thuis afleveren."

Op zondagmiddag, toen Edward en Sonja redelijk nuchter waren, overdacht Sonja de situatie. Kon ze ooit van Edward loskomen? Hij was als een magneet en de beloning was onbeheerst en explosief. Als ze maar lang genoeg uit elkaars buurt bleven ging het redelijk goed. Sonja twijfelde aan zichzelf. Was ze wel normaal? Waarom kon ze niet zoals Esmeralda een serieuze relatie met een man aangaan. Kurt was een serieuze man, die haar een goed leven kon bieden. Edward was onbeheerst. Dag in dag uit met hem doorbrengen zou uitputtend zijn.

Op zondagavond klopte Charles op de deur, terwijl Edward nog op de bank zat. Ze liet hem binnen. Charles moest ongetwijfeld aan de houding van Edward hebben gezien dat hij jaloers was. Het waren de uitstekende contactuele eigenschappen van Charles, die de jaloezie van Edward in goede banen leidde.

Charles zei op een zakelijke toon dat hij de specificaties voor Londen kwam bespreken. De gezichtsuitdrukking van Edward sprak boekdelen. Sonja besefte dat ze met vuur speelde, want ze kon niet wegkomen met het argument dat ze financieel advies ging geven, omdat Edward dit bij de Bank aanhangig zou kunnen maken. Met een neutrale stem zei ze dat ze ging winkelen in Londen. Edward keek haar verwonderd aan, maar reageerde niet. Charles had de boodschap begrepen en gaf Sonja de gegevens van haar vlucht door. Tot een gesprek kwam het niet en Charles vertrok weer naar beneden. Bij de deur zei hij zachtjes: "Ik bel je dinsdagavond rond zeven uur om de details van het programma door te geven."

Hij legde zijn hand op haar schouder en keek haar innemend aan.

Toen Sonja de kamer binnenliep barstte Edward los: "Je laat je daar toch niet neuken door die Charles hè?"

"Edward, stop hier nu mee. Hij heeft me nog nooit met een vinger aangeraakt. Kom, gaan we lekker naar bed, morgen moeten we vroeg op om op tijd op de Bank te zijn."

Hoofdstuk 9

Zoals afgesproken, belde Charles om zeven uur.

"Hallo Sonja, hoe is het met je?"

"Goed hoor."

"Heb je een goede reis op de ferryboot naar Engeland gehad?"

"Het waaide nogal. Ik heb meer in mijn hut gelegen, dan dat ik aan boord heb rondgelopen. Je vlucht vertrekt om acht uur van Schiphol. Ik kom je persoonlijk in Londen van het vliegveld afhalen."

Het was even stil en Charles vervolgde: "Ik kreeg zondag de indruk dat je vriend het tripje naar Londen niet kon waarderen."

"Edward is niet mijn vriend, maar een collega bij de Bank die wel eens voor een kopje koffie langskomt. Hij gedraagt zich altijd bezittelijk, maar dat stelt niets voor."

"Oh, dat is dan helder. Ik heb het volgende programma in petto. We gaan direct van het vliegveld naar de Country Club. Hier overnachten we. Op vrijdag staan twee meetings gepland. Het diner heb ik hier ook gereserveerd. Zaterdagmorgen vertrekken we naar Londen en dan ben je vrij om te doen waar je zelf zin in hebt. Zaterdagavond zijn we bij mijn oom Robert op zijn Manor uitgenodigd, even ten zuiden van Londen. Maandagmorgen om elf uur vlieg je terug naar Amsterdam."

"Charles, wat een vol programma. Ik moet het even laten bezinken, maar het lijkt me tof. Moet ik nog iets meenemen?

"Maak je geen zorgen, Madge is al volop met alle voorbereidingen bezig."

Sonja moest slikken, want dit had ze nog nooit meegemaakt.

Op donderdagavond gespte ze haar veiligheidsgordel vast en binnen een uur landde het vliegtuig in Londen. In de ontvangsthal wachtte Charles haar op in een spijkerbroek en een dikke winterjas. Hij liep naar Sonja toe, gaf haar een hand en een vluchtige kus op haar wang.

"Welkom in een koud en nat Groot-Brittannië."

Sonja liep met hem mee naar zijn grote Landrover en stapte in. Het gesprek in de auto ging over algemeenheden zoals de heenvlucht. Op de snelweg nam Charles de afslag naar een provinciale weg. Na een lange tijd sloeg hij af op een smal bochtig weggetje. Het was aardedonker en Charles reed behoedzaam. Ineens doemde een spaarzaam verlichte parkeerplaats op en Sonja zag aan de rechterkant een enorm landhuis tussen de bomen liggen. De verlichting scheen vanaf de grond op de oude gevel, waardoor het landhuis er sprookjesachtig uitzag. Het leek wel een decor uit een middeleeuwse film.

Op de parkeerplaats stonden Jaguars, Landrovers en Porsches geparkeerd. Hier moest zich een vermogend gezelschap ophouden. Charles parkeerde zijn auto, maakte het portier open en hielp Sonja bij het uitstappen.

De butler, die Sonja en Charles had zien aankomen, opende de voordeur toen ze vlakbij waren. Het was een karakteristieke butler, zoals Sonja uit de televisieseries kende. Hij droeg hagelwitte handschoenen en zei met een stijve mond en bekakt accent: "Good evening Mr. Martinez," en hij liep met een opgeheven kin naar de balie, pakte een sleutel en gaf deze aan Charles.

"The key of the guest room sir."

Hij draaide zich om en liep terug naar zijn post.

Al lopend door de gang vertelde Charles dat Madge morgenochtend om acht uur voor de deur zou staan om Sonja met de kledingkeuze voor de bijeenkomsten te helpen. Toen ze voor de kamerdeur stonden overhandigde Charles haar de sleutel.

"Ik zie je morgenochtend om tien uur bij de eerste bespreking. Deze vindt plaats in de kleine zaal naast de library."

Ze keek naar Charles en vond hem onweerstaanbaar. Maar ze zag aan zijn houding dat hij niets van plan was. Wat zou Sonja ervoor over hebben om vannacht samen met hem in bed te liggen. Hij glimlachte naar haar, draaide zich om en liep naar zijn eigen kamer.

Sonja opende de kamerdeur en keek in de kamer rond, die in Victoriaanse stijl was ingericht. Klassiek en deftig, met een mooi hemelbed en laaghangende draperieën. Aan het voeteneinde van het bed stond een antieke houten kist van mooi houtsnijwerk, waarop een vaas met grote verse bloemen stond. Ondanks de koude winternacht, deed de zoete bloemengeur haar aan de zomer denken.

Aan de andere kant van de kamer stond een gevuld kledingrek. Sonja liep er naar toe en zag dat er aan alle kledingstukken gekleurde labeltjes waren bevestigd. Op het salontafeltje lag een A-viertje met de verklaring van de kleuren. Elk dagdeel correspondeerde met een kleur. Ze keek nieuwsgierig naar de kledingstukken en haalde er een paar uit het rek. Voor morgenochtend hing er een zakelijk mantelpakje klaar. Ze bekeek het jasje en zag het label van Chanel. Wouw, hier droomt toch elke vrouw van? Maar het allermooiste kledingstuk was voor zaterdagavond bij het diner van oom Robert op de Manor. Het was een koningsblauwe fluwelen jurk met blote schouders en een grote split. Sonja hing de jurk voorzichtig terug in het rek. Dit moest een vermogen kosten. Waar had ze dit aan te danken? Waarom deed Charles zoveel moeite voor haar? Er waren toch genoeg vrouwen die letterlijk aan zijn voeten lagen?

Onbewust moest Sonja aan de dame op het gala denken. Was dit de tactiek van Charles om haar te testen. Zou ze zich laten beïnvloeden door zijn roem en geld? Sonja liep met haar beautycase naar de badkamer en wist niet wat ze zag toen ze de deur opende. De badkamer was betegeld met gitzwarte tegels, had goudkleurige kranen en in het midden stond een antiek bad. Ze draaide de kraan open en liet het bad vollopen. In het warme bad kwamen haar gedachten tot rust. Sonja voelde zich meegezogen in een nieuwe wereld waarin ze haar weg nog moest vinden.

De volgende ochtend vroeg, werd er zachtjes op de kamerdeur van Sonja geklopt. Het was de ontbijtservice. De bediende deed het raam dicht, draaide de radiator half open en liep naar Sonja toe. Hij pakte een paar kussens, schudde ze op en plaatste deze achter haar rug. Daarna zette hij het volle blad op het nachtkastje en schoof het naar haar toe. Sonja liet het uitgebreide Engelse ontbijt goed smaken en ze overdacht wat de dag haar zou gaan brengen.

Veel tijd had ze niet, want om klokslag acht uur stond Madge voor de deur. Ze begon gelijk met organiseren.

"Goedemorgen Sonja. Heb je goed geslapen? Ah, ik zie dat je al hebt ontbeten. Zo te zien heb je de kleding al bekeken. Vond je het wat?

Sonja was verbaasd, omdat ze alles netjes had teruggehangen. Wat een control freek was die Madge.

"Ga je nu douchen? Hier is je badjas," zei Madge gebiedend. Ze leek wel een moeder, die zich over haar dochter ontfermde. Haar eigen moeder was nooit zo streng geweest. Maar Sonja moest toegeven, wat Madge regelde was perfect. Ze kleedde zich onder het toezicht oog van Madge aan. Voor de spiegel raakte ze niet uitgekeken. Ze leek wel een model.

"Je kunt deze combinatie de hele dag aanhouden. Tijdens het informele diner kun je het jasje door dit wollen vestje vervangen," adviseerde Madge.

"Je ziet er schitterend uit, want je bent knapper dan menig model, omdat je gewoon jezelf bent. Blijf ook jezelf, want dat maakt je authentiek. Ik denk dat dit wel aan jou is toevertrouwd. Morgenmiddag zie ik je weer. Ik ben in Londen om je te helpen met de voorbereidingen voor het diner. Prettige dag!"

Sonja kon Madge nog maar net bedanken en weg was ze.

De butler bij de receptie zag Sonja aankomen lopen, liep haar tegemoet en begeleidde haar naar de vergaderruimte. Charles stond bij het raam en keek naar buiten. Toen hij Sonja zag stapte hij energiek op haar af.

"Heb je goed geslapen? Je ziet er schitterend uit."

Voordat Sonja antwoord kon geven, vervolgde hij: "Er komen zo drie ondernemers die vertraging hebben vanwege het slechte weer. Hun aandeelhouders willen investeringsmodellen voor elektronische betalingssystemen zien. Ze zullen straks toelichting op hun business geven."

Kort daarna werd er op de deur geklopt en de butler liet twee mannen en een vrouw binnen. Ze waren zakelijk gekleed en spraken geaffecteerd. Sonja luisterde naar Charles, die accentloos Engels sprak en ze voelde zich de mindere in dit gezelschap. Was dit wel een wijze beslissing van Charles om haar in dit overleg te introduceren?

Sonja moest in het begin alle zeilen bijzetten, omdat er onbekende terminologie werd gebruikt. Het lukte haar vrij snel om een goed beeld van de materie te krijgen en ze stelde uitstekende vragen. Dat kwam door de interne ICT-opleiding bij de Bank, waardoor ze de verbanden tussen de verschillende onderdelen herkende.

Na twee uur werd de sessie afgerond. Charles besprek de actiepunten en zou het initiatief nemen voor een vervolgafspraak.

Toen de ondernemers waren vertrokken, pakte Charles zijn kladblok en bekeek aandachtig zijn aantekeningen. "Zullen we onze aantekeningen vergelijken, want ik ben benieuwd naar jouw analyse."

Sonja had vanuit haar financiële achtergrond aantekeningen gemaakt, maar de aantekeningen van Charles waren meer technisch van aard. Ze hadden een kleine discussie over de interpretatie van bepaalde details, maar sloten naar volle tevredenheid het onderwerp af.

Charles keek op zijn horloge. "Het is half één. De lunch staat klaar. Ga je mee?"

Sonja zat ontspannen aan de lunch en genoot van de luxe om haar heen. Charles bereidde haar voor op het volgende overleg. Ze keek hem aan en vond hem zo mooi, een man voor wie ze op haar knieën zou vallen. Terwijl ze at en naar Charles luisterde dwaalde haar gedachten af en dacht ze aan de woorden van Kurt. Wanneer zou hij haar verleiden?

De hele Country Club ademde de sfeer van een adellijke klasse uit. De mensen gedroegen zich welgemanierd en zagen er goed verzorgd uit. Vanwege haar zakelijke achtergrond bij de Bank wist Sonja hoe ze hiermee moest omgaan en ze gedroeg zich zelfverzekerd en gepast.

Na de lunch wandelden ze naar een ruimte die op een grote huiskamer leek. Er waren kleine zitjes met de typische Engelse gebloemde bekleding en een apart rokersgedeelte met grote leren fauteuils. Charles zei mensen gedag en stelde Sonja voor als zijn business associate uit Nederland.

In het zitje praatte Charles voor de verandering niet over de afgelopen sessie, maar hij was benieuwd naar haar functie bij de Bank. Sonja vertelde enthousiast over het nieuwe ICT-project wat ze binnenkort zou oppakken.

Het overleg in de middag was tegenovergesteld aan de ochtend. Er kwamen twee eenvoudige geklede jongemannen de ruimte binnenlopen. Sonja vond het nerds. Het bleken Amerikanen te zijn. Aan hun taalgebruik leidde ze af dat ze hoger opgeleid waren. Het bleken de eigenaren van een start-up te zijn, die computergames ontwikkelden.

De investeerders van deze start-up hadden een afspraak met Charles gemaakt, met het verzoek om een analyse over de marktpotentie te maken.

De mannen haalden grote A2-vellen uit een koker en rolden ze over de tafel uit. Er stonden symbolen op, die Sonja nog nooit eerder had gezien en ze begreep uit het gesprek dat dit de structuur van een computerspel was. Ze hoorde termen, waarvan ze vermoedde dat het een programmeertaal was. Ze was onder de indruk van de geconcentreerde gezichten. Charles pakte een grote viltstift en begon op een flip-over nieuwe modellen te schetsen. Eén van de mannen pakte een andere kleur viltstift en maakte aanvullingen.

Nadat de mannen waren vertrokken keek Sonja gefascineerd naar Charles.

"Ik ben totaal verrast, want ik had geen idee wat hier allemaal bij komt kijken. Hoe lang ben je hier al mee bezig? Je praat zo soepel over dit onderwerp."

"Ik heb deze mannen een tijdje geleden tijdens een studentenbijeenkomst in Boston ontmoet. Ik was toen ook gefascineerd over de materie waarmee ze bezig waren. Wat vond je er verder van?" vroeg hij belangstellend.

"Dit is een totaal nieuwe wereld voor mij. Ik vond de sessie leerzaam, maar kon helaas geen bijdrage leveren," zei Sonja spijtig.

Het diner in de Country Club was stijlvol en de gesprekken aan tafel met de kennissen van Charles waren informeel. Sonja merkte dat ze werd getaxeerd op haar niveau en achtergrond. Er waren mannen die hun ogen niet van haar af konden houden, maar ze zag ook jaloezie bij een vrouwelijke kennis, die haar geen blik waardig gunde. Na het diner verplaatsten ze zich naar de lounge. Charles glimlachte tevreden naar Sonja.

"Jack?" Sonja knikte en ze kreeg het gevoel dat zijn houding minder formeel was. Charles liep naar de bar en kwam met twee glazen Jack Daniels terug. Maar hij keek weer serieus.

"Ik zal je bijpraten over morgenavond. We zijn uitgenodigd bij mijn oom Robert van Teylingen. Hij heeft een belangrijke rol in mijn leven gespeeld. Toen ik acht jaar oud was, zijn mijn ouders bij een verkeersongeluk om het leven gekomen. Hun auto is overgereden door een vrachtauto die niet meer op tijd kon remmen. Ze waren op slag dood en als enig kind ben ik door Robert opgevangen en geadopteerd. Mijn ouders hadden een eigen bedrijf en Robert heeft met de hulp van familieleden de zaak opgepakt en voortgezet. Hij is vrijgezel en heeft zelf geen kinderen, maar als ik in Londen ben probeer ik altijd bij hem langs te gaan.

Robert is een echte kunstliefhebber en hij zal je ongetwijfeld gaan uithoren over je culturele kennis. Er zullen morgenavond ook gasten uit de kunstwereld aan tafel zitten. Trek je hier niet te veel van aan."

Sonja nam een paar slokjes van haar whisky en vroeg: "Zijn er gevoelige onderwerpen die vermeden moeten worden?"

"Nee, voel je vooral vrij om over de onderwerpen te praten die je liggen," zei Charles resoluut.

"Wat hadden je ouders voor bedrijf?"

"Het kledingmerk Teint was van hen. Ze hebben het opgezet en wereldwijd uitgerold."

"Ik wist niet dat Teint een Nederlands merk was, want ik dacht dat het Amerikaans was," zei Sonja verbaasd.

"Robert heeft het uiteindelijk aan Amerikanen verkocht en dat zie je in de hele jeanslijn terugkomen. In het verleden volgde ik de ontwikkelingen op de voet, maar dat doe ik de laatste jaren niet meer."

Sonja was moe van alle indrukken die ze had opgedaan en alle informatie die ze had opgenomen. Ze had de hele dag op haar spitsroeden gelopen en stelde voor om te gaan slapen. Voor de kamerdeur bedankte Charles Sonja voor haar waardevolle bijdrage en benadrukte dat ze er vandaag beeldschoon had uitgezien. Sonja hoopte dat er vannacht iets zou gebeuren, maar hij gaf haar een vluchtige kus op de mond, draaide zich om en verdween naar zijn eigen kamer. Sonja keek plompverloren voor zich uit, want ze had niet eens de kans gehad om Charles verleidelijk in zijn ogen te kijken.

Als eerste schopte ze haar hoge hakken uit en liet haar kleren op de grond vallen. Daarna draaide ze de badkraan open, liet het klassieke bad vollopen en spoot er een flinke scheut badolie in. Ze bekeek zichzelf in de enorme spiegelwand en vond dat ze er supersexy uit zag. Als Edward haar zo zou zien, zou ze binnen de kortste keren onder hem liggen. Terwijl het bad volliep, liep ze naar de minibar en bekeek de inhoud. Ah, er stond whisky, maar dan wel Schotse. Ze schonk twee flesjes leeg in een mooi geslepen kristallen glas, stapte in bad met het glas in haar hand, nam een slok en deed haar ogen dicht. Ze kreeg de puzzel van Charles niet opgelost en ze nam zich voor om het allemaal maar over zich heen te laten komen.

De volgende ochtend liep Sonja naar het kledingrek en keek naar de kleurcode voor zaterdag. Er hing een casual outfit klaar, wat ze aantrok. Daarna klopte ze op de deur van Charles.

"Ik kom eraan!" en hij opende zijn kamerdeur.

Tijdens de autorit naar Londen vroeg Sonja naar de achtergrond van de gasten, die gisterenavond bij het diner aan tafel zaten. Charles vertelde wie er belangrijke posities in het financiële hart in Londen hadden en wie er aanhang waren. Het was Sonja opgevallen dat Charles een behendige netwerker was, die zijn schaarse momenten uitstekend benutte.

In een drukke straat met stoplichten sorteerde Charles voor en reed vervolgens over het trottoir, de ingang van een particuliere parkeergarage binnen. Hij parkeerde op een van de weinige beschikbare parkeerplaatsen en daarna liepen ze naar de lift. Charles stak een sleutel in het dashboard, drukte op het bovenste knopje en de lift zoefde omhoog. Ze stapten uit in de gang van zijn appartement.

Charles bezat een penthouse in het hart van Londen. Sonja keek nieuwsgierig in de rondte. Dit was een schitterend appartement. De inrichting was modern en ze was ervan overtuigd dat het door een binnenhuisarchitect ingericht moest zijn. Er werd niet echt in het appartement geleefd, want het was te netjes en het oogde steriel.

Het was allemaal zo tegenstrijdig. Ze hadden de afgelopen dagen intensief met elkaar opgetrokken en dat schepte een band. Ze hadden geen relatie met elkaar, maar zo voelde het wel aan. Ze onderdrukte haar gevoelens voor Charles, maar haar lichaam snakte naar hem. Sonja twijfelde nog steeds of er naast de zakelijke relatie, een persoonlijke relatie in het verschiet lag.

Gelukkig kwam Madge binnenlopen, die gelijk dominant begon te organiseren.

"Ik heb alle kleding en accessoires al in de logeerkamer klaargelegd." Sonja stond op en salueerde, alsof Madge de generaal uit het leger was. Charles en Madge schoten in de lach.

"Waar is de logeerkamer?" vroeg Sonja.

"Aan het einde van de gang links."

Sonja zag de koningsblauwe fluwelen jurk met toebehoren op het bed klaarliggen en ze wreef zachtjes met haar hand over de zachte stof. Daarna stapte ze onder de douche en nam de tijd. Haar gedachten namen een loopje over wat er vanavond van haar verlangd zou worden en ze probeerde de stukjes van de puzzel bij elkaar te krijgen. Maar hoe groot was de puzzel en hoeveel stukjes ontbraken er nog?

Charles gedroeg zich op zakelijk niveau warm, besprak inhoudelijk zijn zakenrelaties, deelde gevoelige informatie en nam haar mee naar de Country Club, dat voor hem een intieme omgeving was. Zijn affectie was hoffelijk, maar ook afstandelijk. Hij had geen enkele insinuatie gemaakt om een liefdesrelatie aan te gaan.

Ze droogde zich af, liep de logeerkamer in en kleedde zich aan. Toen Sonja voor de spiegel stond, klopte Madge zachtjes op de deur en vroeg of ze mocht binnenkomen.

"Natuurlijk, kom binnen!"

Madge pakte een haarborstel en borstelde het lange blonde haar van Sonja strak naar beneden, pakte een fluwelen diadeem en plaatste deze op haar hoofd. Daarna pakte ze een bijpassende wollen omslagdoek en sloeg deze over haar blote schouders. Sonja gaf Madge een kus en bedankte haar. Madge schrok en weerde zich af, maar Sonja zag in haar ogen dat ze het waardeerde. Dit was waarschijnlijk te intiem voor Madge.

Sonja keek haar onderzoekend aan en vroeg: "Hoe lang werk je al voor Charles?"

Madge was even vertwijfeld of ze antwoord zou geven en ging op het bed zitten.

"Ik werk al vijftien jaar voor de familie en de laatste jaren exclusief voor Charles."

Sonja besloot om eerst het vertrouwen van Madge te winnen en haar daarna over Charles uit te horen.

"Volgens mij is het prima werken voor Charles, want hij lijkt me iemand die zijn medewerkers veel vrijheid geeft. Ik ben onder de indruk van de garderobe die je voor mij hebt verzorgd."

Sonja zag dat Madge verlegen werd. Ze had haar ogen neergeslagen.

"Vind je het echt mooi?" vroeg Madge. Sonja knikte.

"Verzorg je meer van dit soort kledingsessies?"

"Dit is de eerste keer dat John en ik een gecombineerde zakelijke- en privécollectie hebben samengesteld. In het verleden hebben we een paar keer een privécollectie verzorgd."

Sonja twijfelde even, maar besloot toch om Madge verder uit te horen.

"Is het niet moeilijk om voor Charles te werken? Hij zit veel in het buitenland. Volg je hem ook?"

"Nee hoor. Ik pendel tussen Nederland en Engeland. Je zult me hoogstzelden in Portugal tegenkomen."

Sonja stootte Madge vriendschappelijk aan. "Alleen Londen staat in mijn agenda. Is Portugal mooi?" Madge glimlachte, maar Sonja zag ook gelijk iets gereserveerds in haar ogen.

"Woont daar de vrouw van Charles?" vroeg Sonja.

Madge wilde iets zeggen, maar ze slikte het in.

"Charles heeft geen vrouw," zei ze gereserveerd.

Sonja kreeg een glimlach rond haar mond en keek Madge ondeugend aan.

"Denk je dat ik een kans maak?"

Ze zag dat Madge niet goed raad wist met haar vraag, maar in haar eerlijkheid zei ze neutraal: "Ik heb Charles nog nooit zo toegewijd meegemaakt."

Waarna ze van het bed opstond, weer in haar directieve rol schoot en gebaarde dat Sonja moest opschieten.

Charles stond in de kamer klaar en Sonja zag aan zijn ogen dat hij overrompeld was toen ze de kamer binnenliep.

"Je ziet er geweldig uit. Ik denk dat Robert je hand vanavond niet meer zal loslaten, want hij is een liefhebber van het vrouwelijk schoon," zei Charles.

"Je bent vanavond mijn tafeldame, dus voor hem niet beschikbaar," zei hij zelfingenomen.

Om zeven uur stapten Sonja en Charles uit de taxi voor de Manor van Robert. Nadat ze zich van hun dikke winterjassen hadden ontdaan, kwam Robert ze in de grote hal enthousiast tegemoet lopen.

"Fijn dat jullie zijn gekomen ondanks het barre weer."

Hij keek Sonja aan, pakte haar hand en kuste galant de bovenkant. Zijn ogen lieten haar niet meer los.

"Ik heet je van harte welkom en ik heb er naar uitgekeken om vanavond kennis met je te maken. Ik heb van Charles vernomen dat je hem financieel adviseert."

Hij wendde zich tot Charles en gaf hem een amicale klop op zijn schouder.

"Kom verder."

De gasten druppelden binnen en werden aan Sonja voorgesteld. Het waren mensen uit de kunstwereld, zakenrelaties van Robert en er was een neef met zijn mannelijke partner. Sonja werd als de business associate van Charles geïntroduceerd. Ze dronken in stijl voor het diner een glas sherry en Sonja voelde dat alle ogen op haar waren gericht.

Robert was een knappe verschijning, het type als Charles. Ze schatte hem rond de vijftig jaar oud. Hij was een vriendelijke en joviale man, maar ze had het gevoel dat dit slechts een pose was om haar op het gemak te stellen. Hij zocht regelmatig haar gezelschap op en stelde heel geraffineerd vragen over haar achtergrond. Hoewel Sonja de indruk had, dat hij dit allang had laten uitzoeken.

Het diner bij Robert was ongedwongen. Er werd vrijuit gesproken en kritische discussies werden niet uit de weg gegaan. De gerechten waren heerlijk en er werd nog lang nagetafeld. Sonja zag dat Robert Charles onopvallend wenkte, waarna ze de kamer verlieten. Ze was met haar buurman in gesprek, maar ze zag uit haar ooghoek dat ze onafhankelijk van elkaar de ruimte weer binnenkwamen. Aan hun gezichten was niets af te lezen. Er was geen emotie die verraadde, waarover ze hadden gesproken.

Tegen middernacht werden ze door de chauffeur van Robert naar het appartement in Londen gereden. Bij binnenkomst draaide Charles de sfeerverlichting aan. Sonja liep de enorme living binnen, ging voor het grote raam staan en keek naar buiten. Het was een weids uitzicht over de stad. Een zee van lichtjes. Het fascineerde haar, zo hoog boven de grond, uitkijkend over een feeërieke buitenwereld. Charles liep naar de bar en hield een fles omhoog. "Deze toch?"

Sonja schoot in de lach: "Kan niet missen. Die fles stond zeker toevallig vooraan?"

Charles glimlachte innemend en hij schonk een laagje whisky in de glazen. Er klonk muziek uit de speakers. Sonja herkende gelijk de zwoele stem van Barry White, "... I've heard people say that ... Too much of anything is not good for you, baby ..."

Ze kreeg haar glas van Charles aangereikt en keek weer naar het betoverende lichtdecor buiten. Luisterend naar de zwoele stem van Barry White nam ze een slok.

Charles observeerde Sonja en vroeg zachtjes: "Waar denk je aan?"

"Ik voel me bevoorrecht, wat ik zie, hoor en voel."

Charles nam een slok uit zijn glas, pakte haar glas aan en zette beide glazen op de vensterbank neer. Hij legde zijn arm om haar heup en trok haar zachtjes naar zich toe. Ze wiegden op het ritme van de muziek en Charles fluisterde tegelijk de tekst mee in haar oor: "... Girl, all I know is every time you're here ... I feel the change ... Somethin' moves ... I scream your name ... Do whatcha got to do ..."

Hij beroerde met zijn neus haar neus en het leek of hij met zijn mond haar mond zocht. Daarna raakte hij haar lippen aan, maar voordat Sonja zijn kus kon beantwoorden, liet hij zijn lippen in haar hals afdalen. Hij schoof de fluwelen jurk een klein stukje over haar schouders naar beneden, kwam weer met zijn mond terug en kuste teder haar lippen. Ze beantwoordde zijn kus met haar ogen dicht. Hij pakte haar hand en leidde haar naar zijn slaapkamer, die sfeervolle verlicht was en waar een groot bed stond.

Zonder haast te maken, kuste hij haar opnieuw en ze beantwoordde zijn kus. Maar hij maakte zich los en zei zachtjes: "Je bent mooi, blijf staan." Charles maakte haar ceintuur voorzichtig los, schoof de schouders van haar jurk verder naar beneden en de jurk glee soepel langs de satijnen onderjurk naar de grond. Hij maakte voorzichtig de ketting om haar hals los en legde deze netjes op het tafeltje. Daarna riste hij de onderjurk open en liet deze ook naar de grond glijden. Ze stond nu in haar koningsblauwe satijnen gordeltje met kousen op een paar hoge hakken voor hem. Sonja werd gek van verlangen, want hij raakte haar verder niet aan, terwijl haar lichaam snakte naar zijn tedere handen. Charles ging op het bed zitten, trok Sonja naar zich toe, kuste haar buik, liet zijn tong met kleine likjes over haar gladde venusheuvel naar beneden schuiven en wreef zachtjes met zijn handen over haar billen. Sonja sloot haar ogen en pakte met beide handen het hoofd van Charles vast. Hemels.

Charles fluisterde: "Kom liggen," en Sonja liet zich achterover in het midden van het enorme bed glijden. Hij kleedde zich uit en Sonja zag een goddelijk lichaam met een enorme erectie. Hij kroop langzaam over haar heen, kuste haar borsten, pakte haar armen en duwde ze omhoog. Ze gaf zich volledig over en genoot van Charles met volle teugen.

Na afloop rolden er tranen van emotie uit haar ogen. Charles zag dit, veegde ze teder weg en vroeg: "Is er iets? Heb ik je pijn gedaan?"
Sonja schudde haar hoofd, "ik heb een gevoel in mijn lichaam dat ik nog niet eerder in mijn leven heb ervaren."
Het waren tranen van geluk, waarop Charles haar ogen kuste en haar mond weer opzocht.

Het was buiten somber en koud. Sonja en Charles spendeerden de hele zondagochtend in bed. Na een warm bad gingen ze de stad in om een hapje te eten. Aan tafel waren er weinig woorden nodig. Ze keken elkaar verliefd aan.
"Charles, ik heb een heerlijk weekend gehad en hoop niet dat dit eenmalig is."
Sonja had behoefte aan een bevestiging. Ze wilde voorkomen dat ze zich op een vervolg verheugde, wat er misschien niet zou komen.
Charles schraapte zijn keel: "Vanaf het moment dat je de deur voor de makelaar opende, was ik verkocht. Ik kon je niet meer uit mijn gedachten bannen. Ik had me voorgenomen, als ik over een langere periode nog hetzelfde voor je zou voelen, ik ervoor zou gaan. Je mag het eerlijk weten dat er momenten zijn geweest dat ik amper van je kon afblijven. Ik moest me bedwingen om je niet in mijn armen te nemen.
Ik heb te veel in relaties meegemaakt en had me voorgenomen om het nu goed te doen. In mijn vorige relaties was het mijn lange afwezigheid in het buitenland het grote struikelblok. Je bent zelfstandig, direct, hebt een eigen mening en het type dat hiermee kan omgaan. Laat ik het zo formuleren; ik zou graag een relatie met je willen aangaan. Laten we het een kans geven."
Sonja keek hem verliefd aan, haar droom kwam uit.
"Charles, bij mij was het precies hetzelfde. De eerste keer toen ik je zag, bonkte mijn hart als een gek, maar je was altijd zo afstandelijk. Ik wist niet wat ik met je moest beginnen, maar mijn hart wilde je."
Hij liet haar hand los, stak zijn hand onder zijn trui en pakte iets uit zijn borstzakje. Het was een klein donkerblauw fluwelen zakje en hij gaf het aan Sonja.

"Het is misschien nu nog hartstocht, maar laten we er voor gaan."
Sonja maakte het fluwelen zakje voorzichtig open. Er zat een gouden kettinkje in met een hangertje in de vorm van een hart. Op de achterkant van het hart stonden de letters C en S door elkaar heen gegraveerd.

"Charles, dat hoeft toch helemaal niet. Je hebt me de afgelopen dagen al genoeg verwend. Ik voel me een beetje schuldig."

"Dat hoeft niet Sonja, want dit is een aandenken aan een geweldig weekend. Ik heb ook een verwachting te managen. De komende maanden ga ik voor een opdracht naar de Verenigde Staten."
Charles stond op, pakte het kettinkje uit haar hand, deed het om haar nek en gaf een kus op haar wang.

Maandagmorgen namen ze afscheid op het vliegveld in Londen. Ze kusten elkaar innig en Sonja was intens gelukkig, maar ook verdrietig, want ze zou Charles de komende maanden niet meer zien.

Hoofdstuk 10

"Op 25 april gaan we trouwen," zei Esmeralda enthousiast door de telefoon.

"Lukt het je om op die datum vrij te krijgen? Kurt kijkt naar je uit. Ik denk dat hij toe is aan een vaste relatie. Jullie moeten eens goed met elkaar praten. Sonja, ze hebben ook financiële instellingen in Zweden. Ik zou het te gek vinden, als je hier ook komt wonen," kwetterde Esmeralda aan een stuk door.

"Ben je er nog? Ik hoor je niet meer."

"Ik ben er nog, maar ik kwam er niet meer tussen. Je ratelde aan een stuk door. 25 april moet wel lukken. Ik zal morgen op kantoor mijn verlof indienen. Esmeralda, ik moet je iets vertellen. Ik heb de man van mijn leven ontmoet."

Het was stil aan de andere kant van de lijn. Esmeralda zuchtte theatraal.

"Sonja, hoe zit het nu met Kurt, want hij is ervan overtuigd dat jullie iets leuks in de zomervakantie gaan doen," zei ze verontwaardigd.

"Maar uhh, wie is de gelukkige?"

"Ik wil het nog even stil houden, omdat we elkaar pasgeleden hebben leren kennen. Omdat je mijn hartsvriendin bent, vertrouw ik het je toe. Het is Charles, mijn benedenbuurman. Ik ben het afgelopen weekend bij hem in Londen geweest en heb een super weekend gehad," zei Sonja en ze raakte niet uitgepraat.

"Zeg alsjeblieft niets tegen Kurt, want dat vertel ik hem zelf wel. Ik wil Charles graag meenemen naar jullie huwelijk, maar dat moet ik nog eerst met hem bespreken."

Esmeralda was nieuwsgierig en ze wilde alles over Charles weten, iets wat Sonja tot in de kleinste details vertelde.

Edward stond onverwacht bij Sonja voor de deur en vroeg of hij boven mocht komen. Ze liet hem binnen en bedacht dat dit een uitgelezen moment was om een punt achter hun ad-hoc relatie te zetten.

Voordat Sonja iets kon zeggen hield Edward zijn vlakke hand als een stopteken omhoog, liep naar de kast, pakte de fles Jack Daniels, schok twee glazen in en reikte Sonja een glas aan. Hij wachtte even, nam een grote slok en bleef uitdagend voor Sonja staan.

"Ik weet genoeg, die lul heeft je geneukt, het is over tussen ons. Maar ik wil toch graag gepast afscheid nemen."

Edward pakte een zakje coke uit zijn borstzak en keek Sonja met omfloerste ogen aan. "De laatste keer Sonja."

Ze hield ervan als Edward emotioneel opgewonden was, maar het gouden kettinkje voelde als een loden last om haar hals en ze dacht aan Charles.

"Edward, ik ben verliefd op Charles. Stop dat zakje maar weg, ik wil niet meer."

Edward luisterde niet, zette zijn glas neer, riste zijn gulp open en haalde zijn penis eruit. Sonja gebaarde met haar hand dat hij hiermee moest stoppen en ze wendde haar hoofd af.

"Zo ken ik je niet. Je hebt me nog nooit geweigerd," zei Edward nijdig. Hij wilde haar hoofd zachtjes naar beneden duwen, maar Sonja zei geëmotioneerd: "Edward stoppen, ik wil niet meer. Dat ligt niet aan jou, maar het gaat nu niet."

Waarop Edward heftig reageerde: "Je laat je wel door die lul naaien en mij laat je hier staan."

Hij probeerde Sonja bij haar arm te pakken en zei smekend: "De laatste keer? Kom, je vindt het lekker. Ik weet het."

Sonja liep geëmotioneerd naar de voorkamer en ging voor het raam staan. Haar hart bonsde als een gong en ze zou nu niets liever willen dan met Edward in het bed duiken. Want als hij heftig reageerde, betekende dat altijd explosieve seks. Ze voelde aan het gouden kettinkje om haar nek en dacht aan Charles. Ze kon hem niet bezoedelen. Hij had Sonja voor het eerst in haar leven het gevoel van echte liefde gegeven, iets wat Edward haar nooit zou kunnen bieden. Ze keek naar buiten, maar ze zag niets. Een emotioneel gevecht vond in haar lichaam plaats.

Edward was achter haar aangelopen en ze hoorde dat hij zijn gulp dichtritste. Hij ging achter haar staan, sloeg zijn armen rond haar buik en legde zijn kin op haar schouder.

"Aan wie denk je?"

"Charles."

Waarop Edward in haar nek zuchtte: "Sonja, Sonja toch, lekker wijfje van me. Ik zou er zoveel voor over hebben, om nog een keer met je naar bed te gaan. We hebben het er al zo vaak over gehad dat het vroeg of laat over zou zijn. Nu het zover is, kan ik het niet accepteren. Dat zal wel komen, omdat ik mijn rivaal in de ogen heb gekeken. Ik ben gewoon jaloers, want ik word gek van de gedachte dat hij aan je borsten en je mooie gladde schaamlipjes heeft gezeten. Laten we samen het laatste glas heffen en ik beloof je dat ik je niet meer zal provoceren. OK?"

Sonja draaide zich om en ze keek Edward recht in zijn ogen aan. Ze wreef zachtjes met haar duim over zijn mond. "Dat is goed, kom," en ze liepen terug naar de woonkamer.

Edward pakte de glazen en schonk ze bij. Ze gingen tegen elkaar op de bank zitten. Edward was nu de rust zelve en zijn hanerige gedrag was over.

"Jij bent de enige vrouw op de hele wereld op wie ik echt verliefd ben. Ik ben een versierder en kan niet van vrouwen afblijven. Ze zijn een soort zuurstof voor mij. Je bent de enige vrouw in mijn leven, die niet aan mijn hoofd zeurt, over met wie en wanneer ik op stap ben. Ik ben stik jaloers op die Charles, want hij is zo vermogend, waar ik niet aan kan tippen. Ik zie hem als mijn rivaal. De eerste keer toen ik hem ontmoette, zag ik in zijn ogen dat hij niet zou rusten, totdat je in zijn fijnmazige net verstrikt zou raken. Hij heeft je van me afgepakt en ik heb verloren. Zo voelt het aan."

Toen de glazen leeg waren, stond Edward op en Sonja liep met hem mee naar de deur. Ze kuste elkaar bij de deur en namen afscheid.

"Als goede vrienden?"

"We blijven goede vrienden met intieme herinneringen."

Hoofdstuk 11

Charles belde Sonja elke week uit Boston. Hij was belangstellend en wilde weten hoe het met haar ging. Vervolgens vertelde hij open over de voortgang van zijn project. Op deze zaterdagavond was er goed nieuws, want het project liep ten einde en Charles zou volgende week naar Nederland komen. Maar Sonja baalde, omdat ze de hele week voor de ICT-projectgroep in Utrecht zou zijn. Charles had er luchtig om gelachen en had gezegd: "Wat is nu een werkweek op een mensenleven?"
Sonja bezwoer dat wanneer ze op vrijdagmiddag klaar was, meteen naar huis zou komen.

Op maandagmorgen meldde Sonja zich bij de balie op het hoofdkantoor van de Bank in Utrecht. Het programma was intensief en de dagen duurden lang. Te lang naar de zin van Sonja, want Charles was continue in haar gedachten.
's Avonds aan de bar praatte Sonja met een paar collega's over de voortgang van het programma en de toepasbaarheid. Het was gezellig. Sonja lette niet op de tijd en ze vertrok pas tegen middernacht naar haar hotelkamer. Ze stak de sleutel in het slot. Toen ze haar kamerdeur opende zag ze tot haar verbazing dat er licht brandde. Charles lag op bed en keek haar met een triomfantelijk gezicht aan. Sonja sloot de deur, schopte haar pumps uit, kroop op handen en voeten vanaf het voeteneinde over Charles heen en kuste hem hartstochtelijk.
Ze voelde zich intens gelukkig.
"Hoe ben je in mijn kamer gekomen?" vroeg ze verbaasd.
"Ik heb beneden bij de receptie gezegd dat ik je vriend was en dat je me verwachtte. De receptionist vertelde dat je nog aan het diner zat en zonder iets te vragen, opende hij de deur voor mij."
Sonja vond het prettig om tegen Charles aan te liggen en zijn sterke maar ook rustige lichaam te voelen. Hij hield haar vast en hij koesterde haar. Het voelde geborgen. Als ze nu bij Edward had gelegen waren ze ongetwijfeld al in elkaar verstrengeld geweest.
"Wat is jouw schema voor de komende tijd?" en ze keek Charles hoopvol aan.
"De komende weken ben ik in Nederland. Daarna hangt het van mijn vervolgopdracht af."

"Dan zie ik je niet veel."

"Dat is nu juist het punt waar eerdere relaties op stukliepen. Ik was er te weinig voor mijn vriendinnen. Het verlangen is in het begin groot, maar vervaagd in de loop van de tijd. Ik heb mezelf voorgenomen om het niet meer zover te laten komen."

Charles keek Sonja serieus aan, "ik meen het echt, dit overkomt me niet meer."

"Waar woon je het liefst? Want Rotterdam is een tussenpost en ik had de indruk dat je ook niet in Londen woonde."

"Het liefst ben ik in mijn geboorteland Portugal. Mijn huis ligt in het noorden, vlakbij de Spaanse grens. Het bizarre is dat ik daar het minst ben. Ik heb drie appartementen in Rotterdam, Londen en Boston. Dat zijn de plaatsen waar ik projecten draai, advies geef of juist kennis en informatie ophaal."

Charles wreef met zijn vingers over het gezicht van Sonja en liet zijn wijsvinger op haar mond rusten.

"Je moet eens weten, hoe vaak ik aan je denk. Je lange blonde haar, je mooie blauwe ogen en je sensuele mond, die ik het liefst de hele dag zou willen kussen."

Hij boog naar Sonja toe en kuste haar teder op haar mond.

"Ik baalde alleen van die kerels die bij je op de bank zaten. Die Zweed vond ik wel aardig en oprecht, maar die arrogante kwast die zo ontzettend bezitterig was, kon ik niet waarderen."

"Oh Edward. Hij is een collega van me met wie ik een lange tijd heb samengewerkt. Ik heb hem gezegd dat ik een relatie met je heb en dat ik niet meer wil dat hij langskomt, wat hij heeft geaccepteerd. Ze zag aan Charles dat hij gerustgesteld was.

"Ik zou het leuk vinden als je eind augustus met me mee gaat naar Portugal, want ik wil je mijn huis laten zien."

Sonja glimlachte tevreden, want hier had ze naar uitgekeken.

"Je aanbod om mee naar Portugal te gaan, kan ik natuurlijk niet afslaan, maar ik heb ook een verzoek aan je. Mijn vriendin Esmeralda gaat trouwen met de broer van Kurt. Heb je zin om volgende week mee naar Zweden te gaan voor de trouwerij?"

"Ik kan me volgende week vrijmaken en zou het leuk vinden om met je vriendin kennis te maken."

Hij kuste Sonja, stak zijn hand voorzichtig onder haar lange blonde haar door en trok haar hoofd naar zich toe. Met passie kuste hij haar en Sonja liet Charles de leiding nemen. Hij kleedde haar uit en streelde haar lichaam totdat ze het niet meer kon houden. Ze spreidde haar benen en smachtte naar zijn penis, die ze langs haar been naar binnen voelde glijden.

In de ochtend baalde Sonja, omdat ze aan de slag moest in de projectgroep. Ze zat er niet meer met haar hoofd bij. Charles beheerste haar gedachten.
Sonja moest aan Kurt denken en had een verwachting te managen. Ze besloot hem 's avonds te bellen om te vertellen dat de plannen waren gewijzigd.

"Ik had op je gerekend," zei Kurt geïrriteerd.
Sonja haalde diep adem: "Kurt ik moet je iets vertellen. Ik heb sinds kort een relatie met Charles, mijn benedenbuurman. Hij komt mee naar de trouwerij."
Het werd stil aan de andere kant van de lijn.
"Sonja, ik kan dit niet waarderen en dat is nu precies waar ik de laatste keer op doelde. Hij was op je uit. Ik zag het aan hem. Maar ik rekende erop dat we samen de zomervakantie zouden doorbrengen, want dat had je zelf voorgesteld. Het gaf mij de indruk dat onze relatie toch iets meer om het lijf had."
Er volgde een discussie over de intentie van de relatie, tot het iets met elkaar hebben en de realiteit ervan. Kurt was het er niet mee eens. Dat kwam, omdat hij overvallen was door de mededeling van Sonja. Ze hadden elkaar niet veel meer te vertellen en ze beëindigde het gesprek.
Sonja belde Esmeralda en vertelde dat Kurt was geïnformeerd en dat ze met Charles naar de trouwerij zou komen.

Na aankomst in Zweden reden Sonja en Charles bij Sven en Esmeralda langs. Esmeralda omhelsde Sonja overdreven amicaal en heette Charles van harte welkom.
"Kom binnen, leuk dat jullie even langskomen. Ik ben druk, druk, druk, maar ga nu tijd voor jullie vrijmaken."
De zwangerschap was al behoorlijk gevorderd en Esmeralda had een dikke buik. Sonja zag de verbazing op het gezicht van Charles. Hij zag Esmeralda voor het eerst.

"Jullie lijken wel zussen. Zijn jullie familie van elkaar?" Ze schudden tegelijk het hoofd. Dit was niet de eerste keer dat deze vergelijking werd gemaakt.

Na de koffie vroeg Esmeralda of Sonja de babykamer wilde zien en ze vertrokken naar boven. Ze showde het babykamertje als haar heiligdom. Het zag er fris wit uit, met grenen meubeltjes en er hingen lieflijke gordijntjes voor de ramen. Sonja pakte een paar kleine speeltjes van de commode op, bekeek ze, glimlachte en wilde iets tegen Esmeralda zeggen die haar ongegeneerd begluurde.

"Wat een stuk is die Charles. Ik zou hem wel eens in bed willen voelen."

Sonja reageerde geschokt: "Je bent zwanger, je gaat trouwen en je bent gelukkig. Esmeralda, wat is er met jou aan de hand?"

Verontwaardigd reageerde ze: "Zo moet je het niet zien. Ik vind Charles gewoon een lekker stuk en in het verleden deelden we wel meer onze vriendjes in bed. Jij hebt per slot van rekening ook met Sven seks gehad. Het lijkt me gewoon leuk om Charles op een andere manier te leren kennen."

Esmeralda pakte de hand van Sonja, trok haar naar zich toe en gaf haar een kus op de mond. Sonja voelde de dikke buik tegen haar lichaam, maar Esmeralda duwde haar tong in de mond van Sonja, die de kus beantwoorde. Ineens maakte Sonja zich los. Ze voelde zich verward en keek Esmeralda geschokt aan, maar die grijnsde schalks.

"Je bent echt verliefd op Charles hè? Maar je hoeft niet bang te zijn hoor, dat ik jacht op hem maak."

Ze wreef over haar dikke buik en knipoogde naar Sonja. Daarna liep Esmeralda naar de kast en pakte ze haar bruidsjurk, die ze vanmiddag zou dragen. Sonja bewonderde de jurk. In de tussentijd maakte Esmeralda haar omslagjurk open. Ze had alleen een slipje aan en pakte de hand van Sonja en legde deze op haar warme dikke buik. Sonja voelde bewegen en keek Esmeralda verrast aan. Daarna hurkte Sonja en kuste haar buik. Toen Sonja met haar hoofd omhoogkwam, drukte Esmeralda de warme lippen van Sonja zachtjes tegen haar volle borsten en ze begon zachtjes begon te kreunen. Sonja werd verleid, maar ze had er moeite mee en maakte zich los. Ze bleven nog even met de gezichten tegen elkaar aan staan toen Sonja zei: "Je mag Charles best een keer lenen, maar niet nu."

Esmeralda lachte tevreden, tikte met haar wijsvinger op de mond van Sonja en maakte haar omslagjurk weer vast.

Op de trouwlocatie stonden alle huwelijksgasten buiten in de zon te wachten. Sonja zag Anita en Dag staan en liep naar ze toe. Ze feliciteerde ze en stelde Charles voor. Er ontstond een formeel gesprek, maar uit haar ooghoek zag ze Kurt naderen. Voor de vorm gaven ze elkaar een hand, maar de sfeer voelde gespannen. Terwijl Charles onderhoudend met Anita en Dag sprak, stapten Sonja en Kurt een paar meter opzij.
Kurt keek naar de grond en zei: "Het is jammer dat we allebei te eigenwijs waren en niet voor elkaar onder wilden doen. Het doet me pijn als ik naar Esmeralda kijk, want ze lijkt zoveel op jou. Ik was ervan overtuigd dat er voor ons een toekomst was. We hebben dezelfde passie voor de IT. Misschien had ik een project in Nederland moeten aannemen. Ik besefte pas te laat dat je rigoureus in je besluitvorming bent."
Sonja keek Kurt bedenkelijk aan. "Ik had echt de indruk dat je niet uit Zweden weg wilde."
Ze stonden zwijgend tegenover elkaar.
"Als ik naar Nederland was gekomen, had je dan onvoorwaardelijk voor mij gekozen?"
Sonja slikte, maar was eerlijk. "Nee, je bent meer dan een vriend voor mij, maar ik ben niet verliefd op je."
Daarna zei Kurt niets meer en sloten ze zich zwijgend bij het groepje aan. Gezamenlijk liepen ze het stadhuis binnen.

Esmeralda en Sven arriveerden, stapten uit de trouwauto en liepen het stadhuis binnen. Ondanks haar dikke buik, schitterde Esmeralda. Ze had een mooie bruidsjurk aan en was schitterend opgemaakt. De ceremonie stond op het punt om te beginnen. Sonja zat naast Charles en overdacht het gesprekje wat ze met Kurt had gehad. Ze luisterde maar met een half oor naar de Zweedse toespraak.
In tegenstelling tot de formele toespraak van de ambtenaar van de burgerlijke stand, was het uitbundige huwelijksfeest. Een band speelde populaire dansnummers en de dansvloer liep vol. Zelfs de oude tantes van Sven dansten op de muziek. Er werd veel gelachen en gedronken.
Esmeralda zocht Sonja regelmatig op en was overmoedig.
"Sonja wanneer ga jij met die goddelijke engel van je trouwen?"

Ze sprak luid en Sonja keek verschrikt om zich heen, maar niemand reageerde.

"Het is nog veel te vroeg om dit soort uitspraken te doen," fluisterde Sonja.

"Ik zou het wel weten," zei Esmeralda en ze pakte Sonja bij de hand. "Charles is de hoofdprijs, die je moet verzilveren. Hij is knap om te zien, heeft een goddelijk lichaam waar ik spontaan fantasiebeelden bij krijg en hij is ontzettend rijk."

Sonja maakte haar hand los. "Dat moet je niet zeggen, want dat vind ik niet leuk."

"Sorry, ik zal dat niet meer zeggen. Kusje Sonja?" en ze gaf Sonja demonstratief een kus op haar wang.

Ook Charles stortte zich in het feestgewoel. Het viel Sonja op dat hij zich natuurlijk tussen de gasten bewoog. Maar het kon niet uitblijven. Halverwege de avond stond Charles met Kurt te praten en het viel Sonja op dat ze serieus met elkaar in gesprek waren.

De volgende dag in de auto op weg naar Nederland zei Charles: "Ik heb het naar mijn zin gehad. Het was geen opgeklopte boel. Allemaal prettige mensen, die gewoon zichzelf waren. Ik heb een interessant gesprek met Kurt gehad. Wist je dat hij veel inhoudelijk kennis heeft van nieuwe programmeertalen, die nodig zijn voor toekomstige integratietrajecten? Ik zou hem eigenlijk willen inhuren voor een project in de Boston."

Het overviel Sonja, want dat was het laatste wat ze had verwacht.

Een paar weken later belde Sven. Esmeralda was van een dochter bevallen. Haar naam was Britt. De bevalling was prima verlopen, en moeder en dochter maakten het goed. Sonja belde haar gelijk op. Esmeralda was intens gelukkig, want het leven ging voor haar nu pas echt beginnen. Ze had de hulp van haar moeder Trudie ingeschakeld, die in de tussentijd in Zweden was neergestreken.

Charles was kort na de trouwerij voor zijn werk naar Londen vertrokken. Hij had beloofd om Sonja mee naar Portugal te nemen als hij uit Londen terug was.

Hoofdstuk 12

Sonja nam alleen een klein koffertje met persoonlijke spullen mee naar Portugal. Charles had haar op het hart gedrukt dat Madge alles al had geregeld.

Ze werden op het vliegveld van Porto door Martim afgehaald. Hij was de man die het landgoed voor Charles beheerde en hier samen met zijn vrouw Aznii woonde. Martim was klein en gedrongen, had een getaande bruine huid en kwam nors over. Sonja zag aan hem dat hij blij was om Charles weer te zien. Hij knikte beleefd, pakte het koffertje van Sonja over en zette het achter in de auto.

Martim reed een dorpje binnen en sloeg af op een kasseien pad dat bergopwaarts kringelde. Het steeds smaller wordende pad met zijn stenen wallen zag er middeleeuws uit. Achter de wallen lagen oude boerderijtjes. Martim stopte bij een kleine uitsparing om een oud vrouwtje met een kar met takkenbossen te laten passeren. De kar werd getrokken werd door een ezeltje, die zijn vracht langzaam naar beneden torste. Bij een ommuurd landgoed stopte Martim, opende de poort en reed de binnenplaats op. Sonja kwam ogen te kort. Voor haar lag een schitterend oud landhuis in Portugese stijl. Ze zag een grote boomgaard met citrusvruchten, waaronder een geelgroen grastapijt lag. Het grote terras was volledig overdekt door een dik pak druivenbladeren. Grote trossen donkere druiven hingen er als een stilleven tussen.

Op de binnenplaats liepen twee blaffende honden, die Martim in een hok stopte. De woning van Martim en Aznii maakte deel uit van de stenen ommuring. Naast de woning van Martim stond een primitief hekwerk van gespannen gaas, waarachter kippen scharrelden.

Charles opende de terrasdeur en liet Sonja voorgaan. Het interieur had een koloniale ambiance uit een ver verleden en ze volgde Charles op de voet. Er stonden goedgevulde donkere houten boekenkasten en er hingen grote imposante schilderijen met afbeeldingen van nobele mensen uit een ver verleden. Aan de andere kant van de ruimte stond een mooie massieve eettafel, waarboven een antieke kroonluchter hing. Alles wees erop dat deze woning vroeger bewoond was. Op de oude dressoirkast zag Sonja ingelijste foto's staan. Aan de kleding van de gefotografeerden trok Sonja de conclusie dat Charles uit een familie met aanzien moest komen.

"Sonja, wil je wat drinken?" Charles stond met een fles wijn in zijn hand.

"Wat jij neemt, neem ik ook."

Ze lachte hem tegemoet en ging in een van de grote banken zitten.

"Wie zijn die personen op die schilderijen?"

Charles kreeg een genoeglijke glimlach om zijn mond, ging naast haar zitten en leunde in de bank achterover. Hij was trots.

"Dat zijn mijn voorouders. Dit landgoed is vanaf de achttiende eeuw familiebezit. Vanuit Nederland zijn er banden met Groot-Brittannië en via de wijn- en Porthandel zijn mijn voorouders in Porto terecht gekomen. Gevluchte Spaanse adel heeft de familie verrijkt en dat verklaart mijn achternaam Martinez. Mijn blauwe ogen en blonde haar heb ik van mijn Noord-Europese voorouders geërfd. Het schilderij aan de linker kant, met die nors kijkende man, is de Spaanse tak en naamgever Martinez. De dame aan de rechterkant is een van de grondleggers van onze Nederlandse dynastie, ze was uitgehuwelijkt aan een edelman in Londen."

Sonja luisterde aandachtig en ze vroeg zich af of haar toekomst hier lag, omdat ze niet tot deze klasse behoorde. Nadat Charles was uitgesproken, stond ze op en liep naar het dressoir met fotolijstjes, want Sonja had een gelijkenis met Charles gezien.

"Zijn dit je ouders?"

Charles kwam naar haar toe en pakte het lijstje zorgvuldig op.

"Dat zijn mijn ouders. Deze foto is een half jaar voordat ze verongelukten gemaakt."

Sonja keek naar Charles. "Je lijkt op je vader, de vorm van het gezicht en de blik in je ogen."

Charles staarde naar de foto, zette het lijstje behoedzaam terug zonder zijn ogen van de foto af te halen.

"Ik zal je de rest van het huis laten zien."

Het hele landhuis was authentiek, schitterend ingericht, maar ook goed onderhouden. Aznii stond in de keuken en begroette Sonja met een zwaar Engels accent. Ze was uit hetzelfde hout gesneden als haar echtgenoot Martim. Haar stevige gedrongen kuiten staken kordaat onder het witte jasschort uit. Ze verontschuldigde zich naar Sonja en er volgde een waterval van Portugese woorden. Charles sprak soepel terug, waarvan Sonja niets van begreep. Aan zijn ononderbroken zangerige toon maakte ze op dat hij het Portugees perfect beheerste.

Aznii knikte tevreden, pakte een volle boodschappentas en plaatste de boodschappen in de koelkast. Daarna vertrok ze naar haar eigen huis. Charles schonk de glazen weer vol en ze liepen door de openstaande terrasdeuren het terras op. Het was koel onder het dikke bladerendek. Sonja zette haar glas neer en plukte een paar druiven van een grote tros. De druiven smaakten zoet en ze glimlachte naar Charles.

"Dit lijkt wel de hemel. Droom ik?"

Charles liep naar haar toe, trok haar teder tegen zich aan en fluisterde: "Kom, ik heb zin in je," en hij nam Sonja mee naar zijn slaapkamer.

Ze kleedden zich uit en Charles legde Sonja op bed neer. Hij begon haar ontspannend te masseren, wat overging in een sensuele betasting, die hemels was. Zoveel tederheid had ze nog nooit ervaren. Hij drong tergend langzaam in Sonja, dreef haar tot een hoogtepunt, waarvan ze nooit had geweten dat seks zoveel gevoelens kon losmaken. Ze had tranen in haar ogen van genot.

Madge had de collectie weer tot in de puntjes verzorgd. Toen Sonja de slaapkamerkast opende zag ze dat de kast volhing met kleding, accessoires en bijpassende schoenen. Ze moest inwendig lachen om alle labeltjes met kleurcodes. Maar Sonja werd er ook verlegen van.

"Ik kan dit niet accepteren. Dit kost gewoon veel te veel. Ik voel me ongemakkelijk. Je bent me toch niet aan het compenseren voor wat er in andere relaties fout ging?"

Charles verhief zijn stem: "Sonja, alsjeblieft," want hij wilde niet tegengesproken worden.

"Andere vriendinnen heb ik verwend, maar ook verwaarloosd door er niet voor ze te zijn. Achteraf gezien kan ik alleen maar blij zijn. Je bent voor mij een geschenk uit de hemel. Ik wil je verwennen. Laat me." Charles pakte een frivool roze jurkje uit de kast en hield het voor. Sonja moest om hem gniffelen.

"Steek je haar voor een deel op, want dat staat je elegant," en Charles kleedde zichzelf aan.

De vakantie in Portugal was relaxed. Ze leerde Charles beter kennen en het klikte. Sommige dagen lagen ze ongedwongen op het strand, bezochten ze de vrienden van Charles of kregen ze bezoek. 's Avonds aten ze meestal buiten de deur, maar Aznii stond erop om ook een paar keer te koken.

Charles stelde voor om op de laatste avond een strandwandeling te maken. Ze liepen hand in hand het strand op en ploegden door het mulle zand naar de waterlijn. Daar bleven ze een tijdje staan en keken naar de grote Atlantische vloedgolven, die op het strand uiteenspatte. Het strand was bijna leeg op een grote kolonie meeuwen na, die zich bij een lagune ophield. Ze liepen omarmd langs de vloedlijn en wilden het moment van samenzijn zo lang mogelijk vasthouden. De rode avondzon schitterde boven het water. Ze gingen op een rots zitten en lieten hun voeten in het schuimende water bungelen.

"Charles, ik heb de mooiste vakantie van mijn hele leven genoten. Ik ben intens gelukkig," en ze keek hem verliefd aan. "Dit is een moment in mijn leven wat ik voor altijd zou willen vasthouden."

"Dat geldt ook voor mij, want dit is de eerste keer in mijn leven dat ik geen zin heb om weer aan het werk te gaan," zei Charles.

Ze liepen langzaam terug naar de vloedlijn en Charles ging op een door het water opgestuwde zandwal zitten. Sonja ging tussen zijn benen zitten en rustte tegen hem aan. Ze keken naar het laatste stukje ondergaande zon over de uitgestrekte Atlantische Oceaan.

Sonja hoorde iemand hijgend naderen. Ze draaide zich om en zag dat het Martim was. Hij had een zwarte tas in zijn hand en overhandigde deze aan Charles. Hij bedankte Martim in het Portugees, die gelijk rechtsomkeer maakte.

"Wat is er aan de hand? Wat zit er in die tas? Ben je wat vergeten?"

Charles keek Sonja geheimzinnig aan, maakte de tas open en pakte een doosje met champagneglazen.

"Jij hebt Jack D. en ik heb Dom P."

Charles pakte de ijskoude Champagnefles uit de tas en ontkurkte deze. Hij schonk de glazen in en overhandigde Sonja een glas.

"Charles, wat romantisch om de vakantie met Champagne bij een schitterende zonsondergang af te sluiten."

Charles zette zijn lege glas in het zand neer en Sonja zette haar glas ernaast. Hij keek haar aan en zei zachtjes: "Ik hou van je.., ik hou van je..., ik hou van je...." Ze keek hem lachend, maar ook een beetje verlegen aan.

"Wil je met me trouwen?"

Het leek wel of het niet doordrong, want dit was het laatste wat Sonja verwachtte. Ze zag dat hij het meende en zei volmondig: "Ja, ik wil met je trouwen."

Charles zei niets, pakte een zwart doosje en opende het.

"Ik wil je graag deze verlovingsring schenken," en schoof de ring om haar vinger.

Sonja was sprakeloos. Het was een diamanten gouden ring. Haar hand beefde van emotie.

"Dit was de verlovingsring van mijn moeder en is al heel lang in de familie. Ik heb de datum van vandaag in de ring laten graveren. De andere datum is de trouwdatum van mijn ouders."

"Dank je wel," stamelde Sonja en er rolden tranen van emotie over haar wangen.

Hoofdstuk 13

"Laten we de trouwdatum prikken. Robert heeft voorgesteld om het huwelijk in Groot-Brittannië te laten plaatsvinden. Kun jij je hierin vinden?"

Sonja vond het geen probleem.

"Het tweede punt wat ik graag met je wil bespreken, moet helaas worden besproken. De constructie van ons huwelijk. Hiermee bedoel ik de financiële afspraken. Het zal je niet zijn ontgaan dat ik als erfgenaam over een familiekapitaal beschik. Ik zou graag op huwelijkse voorwaarden willen trouwen, omdat ik het onroerend goed en het kapitaal binnen de familie wil houden. Als we kinderen krijgen, worden die automatisch erfgenaam, maar als het tot een echtscheiding komt, wordt het familiekapitaal niet versnipperd. Ik wil een speciaal trust voor je laten inrichten, waardoor je nooit met lege handen komt te staan. Verder neem ik alle kosten voor het huishouden voor mijn rekening."

Sonja was overvallen door de woordenstroom van Charles en ze keek bedachtzaam voor zich uit. Haar hersenen werkte koortsachtig. Het was allemaal te mooi geweest dat Charles Martinez, een steenrijke erfgenaam met haar wilde trouwen. Maar als het trust goed ingericht zou worden, moest het geen probleem zijn.

"Ik kan me voorstellen dat je het voorstel met een adviseur wilt bespreken. Doe dit op mijn rekening, want dat vind ik geen probleem," zei Charles zakelijk.

"Ik waardeer dat je open kaart speelt. Het voorstel wil ik graag met een adviseur bespreken, maar die hebben we ook op de Bank. In principe ben ik akkoord met de constructie. Ik zal de invulling bespreken en kom er bij je op terug."

Het gesprek met de adviseur was verhelderend. Hij vond het een royaal aanbod dat hij niet eerder was tegengekomen, waarop Sonja definitief akkoord ging met de huwelijkse voorwaarden.

Sonja had met Charles afgesproken dat ze haar baan bij de Bank zou opzeggen, omdat het lastig zou worden om haar positie te handhaven. Ze had voor Charles gekozen en wilde zoveel mogelijk bij hem zijn. Hij had Sonja voorgesteld om voor hem op internationale basis te gaan werken, waarin ze had toegestemd.

Het had een aantal maanden geduurd, maar de benodigde papieren om in de Verenigde Staten aan de slag te gaan waren binnen. Sonja vertrok in het nieuwe jaar met veel enthousiasme voor haar eerste opdracht naar Boston. Ze was gedetacheerd bij een financiële instelling, die bezig was met de implementatie van financiële software.

Tegelijk met Sonja startte ook Kurt in Boston. Hij was door Charles met mooie beloften overgehaald, want er was een ruim aanbod aan opdrachten, waaruit Kurt uitgebreid zijn keuze had kunnen maken. Hij ging als softwareontwikkelaar bij een grote multinational aan de slag. Charles had voor woonruimte bemiddeld. Het viel Sonja op dat Kurt en Charles het goed met elkaar konden vinden en buiten het werk regelmatig met elkaar optrokken.

Toen haar eerste klus erop zat, was Sonja beduusd over de hoeveelheid geld die ze in een betrekkelijk korte periode had verdiend. Ze was trots op haar bankafschriften en met pijn in haar hart dacht ze aan haar vader, die altijd hard had gewerkt voor een karig loontje. Wat zou ze hem nu graag wat toegeschoven hebben.

De voorbereidingen voor het huwelijk met Charles waren in volle gang en Sonja had regelmatig met Madge telefonisch overleg. Madge had de volledige organisatie op zich genomen en dat gaf rust.

Sonja vloog voor Charles uit naar Londen om haar trouwjurk uit te zoeken, die volledig op maat gemaakt zou worden. Madge ontfermde zich over Sonja als een zorgzame moeder. Ze hield wel emotioneel gepast afstand, maar dat kon Sonja niet deren, want Madge met haar strakke regie was een geschenk uit de hemel.

Op haar trouwdag zag Sonja er schitterend uit. De witte strakke trouwjurk had blote schouders en met haar lange, slanke lichaam leek ze op een model van een luxe Frans modehuis. Om haar nek droeg ze een witgouden ketting met prachtige saffieren, die in harmonie waren met haar grote blauwe ogen. Sonja droeg het diadeem en de sluier, die de moeder van Charles ook tijdens haar huwelijk had gedragen.

De trouwerij vond plaats in Groot-Brittannië, in een historisch dorpje vlakbij de Manor van Robert. Het eeuwenoude stadhuis creëerde een middeleeuwse ambiance. Alle gasten waren in stijl gekleed en stonden in het stadhuis voor de banken te wachten, toen Sonja aan de hand van Robert naar binnen werd geleid. Charles stond klaar en keek Sonja verlangend aan.

De huwelijksceremonie was volgens Engelse traditie statig en stijlvol. De toespraak was formeel, tot het moment dat Charles de trouwring om de vinger van Sonja schoof. Tranen van emotie rolden over haar wangen, toen ze naar haar hand keek. Charles pakte een zakdoekje uit zijn zak en wreef de tranen vakkundig weg. Daarna kuste hij de bruid. Sonja was emotioneel diep geroerd. Daarna werd er gezongen en liepen Charles en Sonja langzaam hand in hand naar buiten.

Het huwelijksfeest werd op de Manor van Robert gehouden en was overdonderend. Alles was gehuld in buitensporige luxe. De ambiance, maar ook de sfeer was perfect. Een groot buffet stond klaar en aan Champagne was geen gebrek. Het was een sprookje. De sieraden die Sonja droeg, waren erfstukken van de familie Martinez. Het was een onvergetelijke dag, die in het geheugen van Sonja stond gegrift.

Alle oud-collega's van de Bank waren gekomen. Sven, Esmeralda en Kurt waren er ook. Sonja zag dat haar oud-collega's met volle teugen genoten. Ze onderhield contact met haar gasten en sprak met iedereen meerdere keren. De roddeltantes raakten niet uitgepraat en vonden het geweldig dat ze waren uitgenodigd.

Leny had Sonja apart genomen en had in haar oor gefluisterd dat ze altijd had gedacht dat ze met Edward zou trouwen. Met een vette knipoog zei ze dat ze jaloers was, omdat Sonja de hoofdprijs had binnengesleept. Daarna keek ze Sonja serieus aan.

"Hoe zit dat nu met die Kurt? Je hebt hem toen in die nachtclub in Rotterdam voorgesteld en nu zie ik hem hier weer rondlopen. Ik vind hem een lekker ding. Is hij te versieren?"

"Leny, hij is vrijgezel en wie weet?" en ze liepen gniffelend weer terug naar het feestgewoel.

"Sonja, je ziet er fantastisch uit. Ik heb je gemist."

Esmeralda wreef met haar hand over de blote schouder van Sonja. Daarna pakte ze haar hand met de diamanten ring.

"Wouw, hier droom ik alleen maar van."

Ze liet de hand van Sonja niet los en keek haar verwachtingsvol aan. Maar Sonja ging niet in op haar smachtende blik. Ze verwarde Sonja de laatste tijd, alsof ze hun geheime liefdesrelatie weer nieuw leven wilde inblazen.

Martim en Aznii waren ook gekomen en logeerden bij Robert op de Manor. Ze waren feestelijk gekleed en Sonja vermoedde dat Madge hier de hand in had gehad. Martim en Aznii liepen samen rond, praatten niet veel, maar Sonja zag ze glunderen. Af en toe nam Charles ze op sleeptouw.

Robert hing de hele avond als een klamme vlieg om Sonja heen. Bij elke gelegenheid introduceerde hij haar bij invloedrijke relaties. Robert vond het belangrijk dat Sonja de juiste contacten legde. Het was hem te prijzen, want dit opende deuren voor haar toekomst. Maar Robert wilde ook steeds met haar dansen en Sonja vond hem klef. Ze vermoedde dat hij haar uitprobeerde en daar hield Sonja niet van.

Na een romantische huwelijksnacht vertrokken Charles en Sonja op huwelijksreis naar de Malediven. Ze had er naar uitgekeken. Dit was voor Sonja een onbereikbare vakantiebestemming. De Malediven overstegen haar beeldvorming en vakantievisioenen. De witte stranden en azuurblauwe zee waren nog spectaculairder dan in de vakantiefolder. Wat haar verwachting overtrof was de waterbungalow, die Charles had geboekt.

Vanuit de bungalow, die van alle luxe was voorzien, keken ze uit over een schitterende blauwe zee. Er was een glasplaat in de vloer aangebracht, waaronder ze de vissen konden zien zwemmen. In de avond brandden er lichtjes onder de glazen plaat waardoor er een sprookjesachtige sfeer ontstond.

Ze maakten boottochten, waarbij ze snorkelden. Er waren ook dagen dat ze op het mooie witte strand onder een parasol op de ligbedden neerstreken en zich lieten bedienen.

De nachten waren romantisch in het grote bed. Door de openstaande deuren hoorden ze het geluid van de omslaande golven op het rif. Deze huwelijksreis was voor Sonja de ultieme beleving van het geluk.

Charles en Sonja voerden ook gesprekken over wat ze van het leven verwachten. Charles was tijdens deze gesprekken serieus, maar ook open naar Sonja. Hij vertelde dat hij in de puberteit zijn ouders had gemist, ondanks dat Robert hem uitstekend had opgevangen. Charles had een kinderwens en wilde graag in harmonie met zijn kinderen leven. Iets wat hij zelf als een gemis zag. Hij sprak zijn zorg uit dat hij het jammer zou vinden als hij geen nazaten zou krijgen. Naast zijn wensen vertelde hij ook over een verwarrende droom, die hem bezighield.

"Sonja, ik droom nooit, of liever gezegd, ik kan mijn dromen in de ochtend nooit navertellen. Kortgeleden heb ik een vreemde droom gehad, die diepe indruk op mij heeft gemaakt en die ik niet begrijp."
Sonja keek gebiologeerd naar Charles, die zijn verhaal vervolgde.

"Ik zat op de bank en de hele kamer was rood gekleurd. Er werd op de kamerdeur geklopt, maar ik kon deze niet openen, want de deurkruk ontbrak. Iemand probeerde een vel wit papier onder de deur door te schuiven. Alleen het puntje stak onder de deur door. Ik kon het pakken, maar niet naar binnen trekken of afscheuren. Of ik nu op de deur bonkte of schreeuwde, er was niemand die antwoord gaf. Raar hè."
Sonja keek hem bedenkelijk aan. "Hoe vaak heb je dit gedroomd"

"Twee keer. Wellicht heeft het te maken met het onverwerkte verdriet uit je verleden. Die rare droom heeft een vervolg, want als ik weer op de bank ga zitten en mijn ogen sluit, blijkt de deur wel open te kunnen. Er komt een vrouw met rood haar en vuurrood gestifte lippen naar binnen. Ze draagt een schitterende rode avondjurk en komt langzaam met een vriendelijke glimlach rond haar mond op me aflopen. Ze pakt mijn hand en trekt me langzaam uit de bank. Ze hypnotiseerde me met haar mooie groene ogen en kust me. Ineens is ze weg, alsof ze nooit heeft bestaan. Als ik mijn hand langs mijn lippen veeg, zijn ze vuurrood. De eerste keer schrok ik, omdat ik dacht dat het bloed was, maar tweede keer had ik door dat het lippenstift was. Het rare was, dat op het moment dat de vrouw verdween, ik niet meer in de kamer, maar op het strand aan de waterlijn stond en naar de ondergaande zon keek, net zoals wij in Portugal deden."

"Wanneer heb je deze droom voor het laatst gehad?" vroeg Sonja.

"Eergisteren, de nacht voordat we trouwden," zei Charles bedenkelijk.

"Misschien is het een goed voorteken, omdat je me aan het strand ten huwelijk vroeg," en Sonja kuste Charles teder op zijn mond. Daarna keek ze hem ondeugend aan.

"Ik zie geen rode lippen Charles."
Hij trok Sonja jongensachtig naar zich toe.

De zomer brachten ze in Portugal door, waar Charles dag en nacht aan het werk was. Hij zat hele dagen in zijn werkkamer en voerde lange intercontinentale telefoongesprekken. Als de deur van zijn werkkamer op een kier openstond hoorde Sonja hem praten.

In de koelte onder het dikke druivenbladeren dak hadden Sonja en Charles een behoorlijke discussie over de afstemming van de locaties voor de toekomstige opdrachten. Ze probeerden de agenda's op elkaar af te stemmen, wat niet soepel verliep. Charles keek Sonja aan en bleef haar gefixeerd aankijken.

"Wat is er? Wat kijk je?" zei ze snibbig.

"Je ziet er goed uit en het lijkt wel of je gezicht wat voller is. Ik zie iets aan je, wat ik niet kan thuisbrengen. Je draagt ook weer het kettinkje met het hartje. Leuk."

Sonja draaide bij en legde haar handen open op tafel. Charles legde zijn handen erin en keek haar vragend aan.

"Ik ben zwanger," zei ze trots. Charles knippende met zijn ogen, stond gelijk op, trok Sonja voorzichtig uit haar stoel en nam haar in zijn armen.

"Oh Sonja, je maakt me de gelukkigste man van de hele wereld."

Hij keek intens gelukkig en zei geëmotioneerd: "Ik ga het van de daken schreeuwen."

Sonja was superblij, maar temperde Charles.

"Ik ben pas vier weken over tijd en laten we hier even mee wachten, totdat we iets meer zekerheid hebben."

Ze bekeken samen de uitkomst van de zwangerschapstest die positief was. Charles was trots en hij straalde het uit.

Na maanden, tijdens een bezoek aan het ziekenhuis in Porto bekeken ze de beelden van de echoscopie. Charles hield de hand van Sonja vast toen ze naar de zwart-witbeelden van de bewegende baby keken. De arts wees op het scherm de armpjes, beentjes en het hoofdje aan. Zelfs het hartje zagen ze kloppen. Charles was emotioneel toen ze naar huis reden. Het was voor hem het eerste echte teken van leven.

De buik van Sonja was dik en helde naar voren. Ze stond voor de spiegel en hield haar handen onder haar buik. Ze was trots op haar zwangerschap, maar moest regelmatig aan haar eigen vader en moeder denken die lang geleden overleden waren. Hoe graag had ze hen deelgenoot van haar geluk willen maken. Om haar zinnen te verzetten en de negatieve gevoelens van het gemis van haar ouders uit haar gedachten te bannen ging ze winkelen. Ze keek naar babykleertjes, kinderwagens en alles wat van nut zou kunnen zijn.

In de tussentijd had ze besloten welke kamer tot babykamer ingericht moest worden. Charles ruimde de kamer leeg. Ze huurden een schilder in en lieten de bestelde meubeltjes afleveren.

Sonja stond in de badkamer in haar slipje en blote buik toen Charles kwam binnenlopen. Hij omarmde Sonja van achteren en kuste haar teder in de nek. Hij liet zijn handen over haar dikke buik naar beneden glijden en fluisterde in haar oor: "Dit zijn de mooiste dagen van mijn leven," en hij zuchtte van voldoening.

Ze bestelden de geboortekaartjes en maakten samen de verzendlijst klaar. Sonja had nu een hele dikke buik en sliep slecht, omdat de baby onrustig was. Kort daarna was het zover. De vliezen braken en Charles bracht Sonja naar het ziekenhuis in Porto.

De bevalling vond in mei plaats en Sonja vond het nog een hele klus, maar ze was zielsgelukkig met haar zoon Patricio. Charles liep van trots naast zijn schoenen, want er was een mannelijke erfgenaam om de familielijn voort te zetten. Ze ontvingen veel felicitaties. Robert in Groot-Brittannië was tevreden met de familie-uitbreiding en had ze overladen met luxeueze cadeaus. Ondanks dat ze in Portugal woonden, kregen ze veel kraambezoek van vrienden en kennissen.

Charles kuste Sonja op haar voorhoofd toen ze op de bank Patricio de borst gaf.

"Ik vind het zo mooi dat je besloten hebt om Patricio zelf te voeden. Dit doen niet veel vrouwen in onze klasse."

Maar de eerste periode viel niet mee voor Sonja. Haar leven stond op zijn kop. In de zakelijke wereld kon ze projecten uitstekend managen, maar een baby kent geen procedures en zoekt zijn eigen weg. Ze had wel eens met kleine Britt gespeeld, maar na de geboorte van Patricio, was ze als een blad van een boom omgedraaid en getransformeerd tot een moederdier. Ze raakte niet over Patricio uitgepraat. Charles verwende Sonja bij elke gelegenheid.

Na een half jaar pakte Sonja de draad weer op en startte ze voorzichtig op een klein project. In eerste instantie voor een paar weken in Rotterdam, maar Sonja was blij om weer thuis te zijn en de kleine

Patricio in haar armen te sluiten. Daarna werd de doorlooptijd van de projecten langer en wisselde ze regelmatig het thuisfront met Charles af. Het kwam een enkele keer voor dat ze tegelijk van huis waren. Aznii had de zorg van Patricio met volle toewijding op zich genomen.

Hoofdstuk 14

1999

Patricio was tien jaar oud toen Esmeralda, Sven en Britt in Portugal arriveerden om de zomervakantie door te brengen. Britt was een lastige puber van dertien jaar oud. Af en toe speelde ze met Patricio, maar dat kon haar niet boeien. Ze wilde in de tuin aan het zwembad zonnen, maar dan lag ze weer ontevreden te mokken. Het huis van Sonja en Charles lag afgelegen en daar kreeg ze niet de aandacht van leuke jongens. Sven en Charles besloten om Britt en Patricio mee naar het strand te nemen, zodat Esmeralda en Sonja tijd voor zichzelf hadden en de voorbereidingen voor de barbecue konden treffen.

Esmeralda zwaaide ze uit, liep naar binnen en zocht Sonja. Die liep op dat moment met een dienblad vol met kopjes en glazen naar de keuken. Esmeralda hielp de vuile kopjes in de vaatwasser te zetten.

"Zo, eindelijk even alleen," zuchtte Esmeralda.

Sonja keek haar glimlachend aan. "Gelijk heb je."

Ze bleven in elkaars blik hangen. Het leek wel of ze elkaar hypnotiseerden. Esmeralda liet haar vingers over de schouders van Sonja glijden en schoof haar bikinibandjes naar beneden.

"Het is jarenlang goed gegaan," zei Sonja hees.

"We waren er toch overheen? Laten we hiermee stoppen Esmeralda." Maar ze bleef Sonja aankijken en liet haar vingers over de borst van Sonja glijden, die haar ogen sloot en haar mond opende.

"Ik ben er nog helemaal niet overheen, ik bemin je nog steeds," fluisterde Esmeralda en ze ging tegen Sonja aanstaan, duwde haar mond tegen de mond van Sonja, die het toeliet.

"Ik heb zin in je," en ze kuste Sonja, die opgewonden raakte en zichzelf niet meer onder controle had.

Ze liepen naar de slaapkamer en trokken hun bikini's uit. Esmeralda duwde Sonja zachtjes achterover op het bed. Ze voelde de vingers en de mond van Esmeralda erotisch over haar lichaam gaan en ze kronkelde heftig door het bed. Ze kon zich niet meer beheersen en likte Esmeralda totdat ze gilde van genot. Sonja legde verschrikt haar hand op de mond van Esmeralda en keek in een reflex om zich heen. Er was gelukkig niemand thuis.

Na afloop schonk Sonja de glazen vol met Jack Daniels, die ze net zoals vroeger in de happenings, in bed leegdronken.

"Hier was ik nu echt aan toe," zei Esmeralda met een zoete glimlach. Terwijl ze voorover boog en zachtjes in de tepel van Sonja beet, die zich weer lustig achterover liet vallen. Ze rolden als aangeschoten verliefde tieners door het bed.

Suf van de whisky gingen ze onder de parasol op een ligbed bij het zwembad liggen. Later op de middag liet Sonja zich in het zwembad glijden. Terwijl ze in het water afkoelde, hoorde ze de auto van Charles op de oprijlaan. Britt en Patricio lieten de tassen op het grasveld vallen en sprongen gelijk in het zwembad. Charles had een afgemeten uitdrukking op zijn gezicht en liep zonder iets te zeggen naar binnen. Hij was teleurgesteld of boos.

Omdat Charles niet meer naar buiten kwam besloot Sonja hem binnen op te zoeken. Ze vermoedde dat hij een belangrijk telefoontje van een opdrachtgever had aangenomen.

"Charles, waar ben je?"
Sonja kreeg geen antwoord en ze liep naar de bibliotheek, waar ze Charles achter zijn bureau vond met een gespannen uitdrukking op zijn gezicht.

"Ben je aan het werk? We zijn bij het zwembad plezier aan het maken en vinden het leuk als je er ook bij komt."
Charles keek haar met een ijskoude blik aan en zei afgemeten: "Ik kom zo."

"Is er iets gebeurd? Ben je boos?"
"Nee, er is niets. Ik kom zo."
Charles keek Sonja niet aan toen hij antwoord gaf. Ze vond het opmerkelijk, omdat hij altijd hoffelijk en welgemanierd was.

Sonja liep bedenkelijk terug naar de tuin en ze vroeg aan Sven hoe het op het strand was geweest. Hij vertelde vol enthousiasme wat ze allemaal hadden gedaan; zoals zwemmen en voetballen. Ze hadden ook met surfplankjes over de grote golven gegleden.

De rest van de vakantie was Charles chagrijnig en Sonja merkte dat hij iets onderdrukte, door af en toe gemaakt gezellig te doen. Nadat Sven,

Esmeralda en Britt weer naar Zweden waren vertrokken, stortte Charles zich volledig op zijn projecten en was veel weg. Sonja had het gevoel dat hij haar ontweek.

Beiden hadden nieuwe projecten aangenomen en werden volledig door hun werk geabsorbeerd. Ze hadden elkaar in geen weken gezien.

Sonja had een project in Londen en ze trof Charles op de Country Club aan, waar een ontmoeting met een belangrijke opdrachtgever stond gepland. Ze hadden afgesproken om de presentatie samen voor te bereiden om de prestigieuze opdracht binnen te slepen. Tijdens deze sessie had Sonja voor het eerst het gevoel dat ze weer een beetje tot elkaar kwamen. De nacht brachten ze samen door. Sonja had hier naar uitgekeken, maar besloot niet meer te vragen waarom Charles zich zo afstandelijk had gedragen.

Na de geslaagde presentatie vertrok Sonja naar Amsterdam, waar ze een afspraak had met een zakenpartner voor een toekomstige vervolgopdracht. Na afloop van de afspraak zag Sonja dat Esmeralda haar voicemail had ingesproken. Ze was in Nederland bij haar moeder Trudie op bezoek.

Sonja belde Esmeralda terug en ze spraken bij Sonja thuis in Rotterdam af. Sonja wist dat ze met vuur speelde, want ze was de laatste keer in Portugal nog niet vergeten, waar ze haar lusten voor Esmeralda de vrije ruimte had gegeven.

Die avond zette Sonja oude muziek van vroeger op en schonk ze de glazen royaal met Jack Daniels in. Ze lagen op de bank behaaglijk tegen elkaar aan en haalden oude herinneringen op.

"Heb jij Ronald of Edward nog wel eens gezien?" vroeg Esmeralda.

"Nee, ik denk dat ik Edward twaalf of dertien jaar geleden voor het laatst heb gezien."

"Zullen we hem eens bellen om te horen wat hij nu doet en of hij getrouwd is?" zei Esmeralda met een ondeugende toon in haar stem. Sonja had hier geen zin in, omdat ze bang was in zaken verwikkeld te raken, waar ze niet op zat te wachten.

Vlak voordat ze naar bed gingen belde Charles. Sonja keek naar Esmeralda en zuchtte demonstratief: "Hallo liever, slaap je nog niet? Hoe is het met Patricio?" zei ze met een zoete stem.

"Met Patricio gaat het goed en ik ben nog aan het werk. Waar ben je nu?"

"Thuis in Rotterdam, hoezo?" zei Sonja geïrriteerd, maar ze wist dondersgoed waarom Charles die vraag stelde.

"Is Esmeralda bij je?"

"Die komt morgen, dan gaan we winkelen," loog ze.

"Morgenavond om elf uur land ik in Porto, kom je me halen?"

"Ja, ik zal Patricio meenemen," zei Charles gerustgesteld.

Nadat Sonja het telefoongesprek had afgesloten, keek Esmeralda haar verbaasd aan.

"Wat is er aan de hand en waarom zien we elkaar morgen pas?"

Sonja vertelde dat ze dit voor de lieve vrede had gezegd, omdat Charles zich achterdochtig gedroeg. Ze schonk de glazen weer vol en zette de muziek harder. Sonja kleedde zich uit en liet haar kleding op de grond vallen.

"Kom, laten we lekker gaan douchen. Dan gaan we weer naar bed, net zoals vroeger."

Na het douchen liep Sonja naar de slaapkamer, waar ze uit de onderste lade van haar kast een doosje pakte en opende. Er zaten verschillende vibrators in, die ze vroeger met Esmeralda gebruikte. Ze koos de favoriet van Esmeralda uit en legde hem demonstratief op het hoofdkussen klaar. Toen Esmeralda de slaapkamer kwam binnenlopen, zag ze hem liggen en slaakte een kreet. Sonja pakte de vibrator, stak hem in haar mond en likte er erotisch aan, waarop Esmeralda de vibrator gulzig van Sonja overpakte en inbracht.

De volgende ochtend gingen ze winkelen, wat ze afsloten met een uitgebreide lunch in de binnenstad. Esmeralda zei dat ze zich gisterenavond goed had gevoeld en plezier had gehad. Daarna kwamen de onthullingen. Ze was teleurgesteld en de liefde voor Sven was langzaam gedoofd. Ze had voor Britt gekozen en daar hoorde een vader bij. Sven was altijd een goede vader voor Britt geweest. Hoe Esmeralda ook haar best deed, het opwindende gevoel voor Sven was niet meer teruggekomen.

Ze hadden een paar jaar geleden met een bevriend stel aan partnerruil gedaan. In het begin was het spannend, maar de man met wie Esmeralda seks had, vond ze eigenlijk suf. Diep in haar hart miste ze de hoogtijdagen met Ronald en Edward en ze dacht hier regelmatig met weemoed aan terug.

Een baan in Zweden had Esmeralda nooit geambieerd, ondanks ze de taal uitstekend beheerste en over de juiste diploma's beschikte. Terug naar Nederland was geen optie voor Britt, die nu al in de puberteit onhandelbaar was.

"Sonja, ik meende het gisterenavond echt, dat ik me afvraag hoe het met Edward gaat. Ik denk niet dat hij een vaste partner heeft. Heb je zijn telefoonnummer nog?"

"Als het goed is, moet zijn nummer nog in een oude telefoonklapper staan. De vraag is of hij dit nummer nog gebruikt."

Esmeralda werd melancholiek. "Jij boft met Charles. Hij is eerlijk en zet je op een voetstuk, wat Sven bij mij nooit heeft gedaan. De laatste keer in Portugal heeft me goed gedaan. Je moest eens weten hoe vaak ik hieraan heb teruggedacht. Ik heb moeite om je niet steeds aan te raken."

Sonja schrok van de uitspraken van Esmeralda en vond het een beetje eng dat ze zich zo aan haar vastklampte. Zo kende ze haar niet.

Nadat het karafje witte wijn leeg was, verlieten ze het eethuisje. Onderweg stelde Esmeralda voor om bij Edward aan te bellen om te kijken of hij thuis was. Sonja stemde schoorvoetend in en ze keek op haar horloge.

Edward bleek nog op hetzelfde adres te wonen, want zijn naam stond nog op de deur. Na aangebeld te hebben, werd de deur gelukkig niet geopend.

Na een emotioneel afscheid van Esmeralda kwam Sonja op Schiphol aan. Bij de incheckbalie ging haar mobiele telefoon opnieuw. Het was Charles en hij vroeg of ze al ingecheckt was. Het irriteerde Sonja dat hij haar controleerde. Ze hield zich in en zei met een vriendelijke stem dat ze al uitkeek naar het weerzien in Porto.

Charles en Patricio stonden in de aankomsthal in Porto op Sonja te wachten. Charles reageerde enthousiast, maar ze zag een gereserveerd blik in zijn ogen. Ze kuste Patricio, die blij was dat zijn moeder weer thuis was en daarna Charles.

Hij keek haar aan. "Heb je gedronken? Ik ruik alcohol."

"Ja Charles, ik heb net in het vliegtuig een glas whisky gedronken," en ze knipoogde naar hem. Hij kreeg een glimlach rond zijn mond, pakte Sonja om de schouder en kuste haar op de wang.

"Dat komt wel goed, mevrouw Martinez."

Hoofdstuk 15

In het nieuwe jaar diende zich een interessant project in Boston aan, waar Charles, Sonja en Kurt gezamenlijk aan zouden gaan werken. De doorlooptijd was twee jaar en ze besloten zich in Boston te vestigen. Patricio zou naar een internationale school gaan en Charles had een huishoudelijke hulp annex oppas ingehuurd, die overdag een oogje in het zeil kon houden als ze aan het werk waren. Patricio verheugde zich erop om naar Boston te verhuizen, maar vond het niet leuk om afscheid van zijn boezemvriend Carlos te nemen. Sonja stelde hem gerust en beloofde in de vakanties logeerpartijen te organiseren.

Twee weken na aankomst startte het project. De tijdslijnen waren ambitieus, maar haalbaar. Sonja was aangetrokken voor onderzoek naar wereldwijde betalingssystemen en Charles hield zich bezig met het begeleiden van de commerciële keten in het internationale speelveld. Kurt was de man, die de technische infrastructuur ontwierp.

Het contact met Esmeralda verwaterde. Ze belden elkaar nog wel eens op, maar Sonja zag hier altijd tegenop, omdat ze Esmeralda verbitterd vond. Ze kon alleen maar klagen over Sven, die vreemdging met een jongere collega op het werk. Of volgde er een klaagzang over Britt, die niet luisterde en deed waar ze zelf zin in had. Verder zeurde ze over diëten en dat alles vroeger beter was. Sonja en Esmeralda waren de veertig gepasseerd en misschien speelde de overgang bij Esmeralda een rol, maar Sonja had geen zin in haar gezeur.

De afgelopen jaren had Sonja een vriendschappelijk band met Leny opgebouwd, die haar baan bij de Bank had opgezegd en met Kurt samenwoonde.
In de zomervakantie huurden Charles, Sonja, Leny en Kurt gezamenlijk een grote villa aan de kust, voor de naar Amerikaanse begrippen een buitensporige periode van vier weken. De villa lag in het duin, waardoor de tuin natuurlijk overliep op het strand. Het was idyllisch, maar ook praktisch. Carlos, de vriend van Patricio kwam op uitnodiging uit Portugal invliegen.
De jongens voetbalden dagelijks op het strand en Charles en Kurt speelden regelmatig mee tot groot genoegen van de jongens. In de

middag staken ze de barbecue aan, waarop een stapel worstjes werd geroosterd.

Charles en Kurt maakten lange strandwandelingen met de jongens. Kurt vertelde dan verhalen over de uitgestrekte bossen met de wilde dieren in Zweden, waar ze altijd graag naar luisterden.

Op warme dagen, als het benauwd aanvoelde door de hoge luchtvochtigheid, huurde Charles een zeilboot en nam hij Kurt en de jongens mee. Leny en Sonja lagen aan het strand, lazen boeken en nipten van een glas koude witte wijn.

De avonden in de grote villa bestonden uit het voeren van gesprekken, onder het genot van een hapje en een drankje. De sfeer was ontspannen en Sonja was blij dat de donkere periode met Charles nu definitief was afgesloten. Ze vond dat het project in Boston het absolute keerpunt was. Charles had weer aandacht voor haar en ze voerden gepassioneerde discussies over de meest uiteenlopende onderwerpen. Na een ontspannen zomervakantie hervatten ze vol nieuwe energie het grote uitdagende project.

In tegenstelling tot de benauwde zomer was de winter bar en koud. In de beleving van Sonja kon het niet kouder worden. Er viel buitengewoon veel sneeuw en het dagelijks leven was volledig ontregeld. Sonja had liever de zomer met de zompige warmte en de hoge luchtvochtigheid, dan de extreme kou die haar nu binnenhield.

Omdat de zomervakantie in de strandvilla goed was bevallen, besloten ze het de volgende zomer nog een keer over te doen. Nu met z'n vieren, omdat Patricio bij Carlos in Portugal logeerde.

Het was een broeierige dag toen ze bij de villa aankwamen. De sfeer was los. De auto's werden uitgeladen en ze ploften met een koud glas wijn op het terras onder een grote parasol neer. Ze hingen lui in de tuinstoelen onderuit en bespraken waar ze zouden gaan eten. Ze kozen unaniem voor The Lobster Pond, een simpel eethuisje waar je alleen kreeften en schelpen kon eten, die buiten vers werden gekookt. Vlak voordat ze vertrokken ging de telefoon van Kurt. Hij sprak Zweeds. Sonja hoorde hem verschillende malen "jah" zeggen en Kurt sloot het gesprek af met: ok.

Leny, die meegeluisterd had, keek Kurt aan en vroeg wat Sven van hem wilde.

"Hij heeft vakantie en wilde ons in Boston komen opzoeken, maar ik heb hem verteld dat we niet thuis zijn. Sven gaat kijken of hij een hotel of appartement hier in de omgeving kan boeken. Hij belt zo terug of het gelukt is."

Sonja zag het gezicht van Charles betrekken. Leny vroeg gelijk aan Kurt: "Komen Esmeralda en Britt ook mee?"

"Dat is wel de bedoeling."

De telefoon van Kurt ging weer af en hij liep Zweeds pratend naar binnen. Kort daarna kwam hij weer naar buiten en legde zijn telefoon op tafel. Hij vertelde dat Sven accommodatie had kunnen regelen.

Sonja reageerde als een gebeten hond.

"Ik dacht dat we met z'n vieren vakantie zouden vieren en nu komen er ineens drie personen bij.

"Ik kan mijn broer toch niet weigeren? Zoveel zien we elkaar niet," verontschuldigde Kurt.

"Je had toch kunnen zeggen dat hij een andere keer welkom is," zei Sonja bits.

Kurt raakte geïrriteerd. "Je moet niet zeuren, want je hebt helemaal geen last van ze."

Sonja zag aan de uitdrukking op het gezicht van Charles dat dit de laatste keer was, dat ze met Leny en Kurt vakantie hadden gevierd. Ze wist maar al te goed dat Charles weer in zijn controlerende houding zou schieten en haar de hele dag zou observeren.

Een grote goudkleurige Jeep parkeerde voor het hek van de villa. Sven, Esmeralda en Britt stapten uit. Sonja schrok van Esmeralda. Haar lange rode haar was kortgeknipt en grijs. Ze was dik geworden en haar pafferige gezicht had iets treurigs. Esmeralda droeg een veel te strak truitje, waarin haar dikke maag uitpuilde. De lust die Sonja kreeg als ze in verleden naar haar lenige en slanke lichaam keek, bleef weg. Ze zag een uitgebluste vrouw, zonder erotische uitstraling.

Het werd ondanks de scepsis van Sonja, een enthousiast onthaal. Ze vond dat Charles zijn best deed om de sfeer gezellig te houden. Ze sloeg hem af en toe gade, en ze had het gevoel dat hij haar niet in de gaten hield. Esmeralda ging gelijk naast Sonja zitten en begon aan een stuk te ratelen, zoals ze vroeger ook altijd deed. Alleen was de woordenstroom gelardeerd met geklaag over hoe lastig Britt was en dat ze zich eenzaam voelde. Britt zat er stil bij, luisterde en trok af en toe een verveelde scheve mond naar haar moeder.

"Ze zeurt de hele dag door," snoof ze.

De volgende middag reed de goudkleurige Jeep weer voor. Esmeralda droeg twee zware boodschappentassen naar binnen. Ze had erop gestaan om de inkopen voor de barbecue voor haar rekening te nemen. Het was een warme en benauwde dag en ze bivakkeerden op het strand. Af en toe liepen ze de villa binnen om wat te drinken te halen. Charles had een zeilboot gehuurd en de drie mannen en Britt gingen 's middags zeilen.

Het boterde niet tussen Esmeralda en Leny. Het leek wel of Esmeralda afgunstig was op de ongedwongen manier van leven, die Leny en Kurt erop nahielden. Ze negeerde Leny als ze vriendelijk iets aan haar vroeg. Alleen trok Leny zich er niet veel van aan en ging onverstoorbaar door waar ze mee bezig was. Ze sloot zich af voor het gebazel van Esmeralda.

In de keuken waren ze met de voorbereiding van de barbecue bezig. Het vlees werd op de schalen gerangschikt en de broodjes werden afgebakken. Sonja maakte zelf de sauzen en salades klaar. Het viel haar op dat Esmeralda constant haar glas met water volschonk en dit demonstratief leegdronk. Sonja twijfelde of er water in het glas zat, omdat ze Esmeralda af en toe met een dubbele tong hoorde lispelen. Ze was snel geprikkeld en negeerde Leny stelselmatig. Sonja vermoedde dat er alcohol in het glas zat. Ondanks de rare sfeer stond alles op tijd klaar in de koelkast.

Nadat de mannen en Britt waren teruggekomen van het zeilen en vlak voordat het vlees op barbecue ging, pakte Sven een fles ijskoude Aquavit uit de vriezer. De glazen werden gevuld en er werd luid geproost. Zelfs Charles deed mee. Esmeralda kon geen maat houden en dronk veel te veel. Ze was druk en hing steeds om de nek van Charles, wat Sonja mateloos irriteerde. Ze telde de uren af, wanneer Esmeralda zou vertrekken en hoopte haar nooit meer te zien. Ze walgde van haar. Sonja moest er niet aan denken dat Esmeralda de nacht zou overblijven en ze haar de volgende ochtend weer tegen het lijf zou lopen.

Toen de avond vorderde nam Sonja Charles in de keuken apart en zei dat er een taxi voor Sven geregeld moest worden, omdat hij niet meer naar het hotel kon terugrijden. Charles was ook aangeschoten van de Aquavit en maakte met zijn hand een afwerend gebaar. Sonja moest niet zeuren.

Sonja pakte de stapel vuile borden van het aanrecht, boog voorover en zette ze in de vaatwasser. Ineens voelde ze twee armen om haar heupen. Het was Esmeralda.

"Eindelijk alleen. Ik heb je gemist. Al een paar jaar lang."

Sonja kwam omhoog en probeerde Esmeralda van zich af te duwen, maar ze stond niet stevig op haar benen en wankelde. Esmeralda probeerde haar te zoenen, maar Sonja ontweek haar getuite lippen.

"Hé Sonja, kusje." Maar Sonja wilde geen kusje meer van Esmeralda.

"Stop ermee, ik heb hier geen zin in," zei Sonja kortaf.

"Zo ken ik je niet," zei Esmeralda met een dubbele tong van de drank.

"We vonden het altijd spannend om elkaar op een gestolen moment aan te raken. Je mag het eerlijk weten dat ik heb de dagen heb afgeteld om je weer te zien. Zullen we er vanavond even tussenuit knijpen en een moment voor onszelf inlassen?"

"Esmeralda, het is klaar. Je praat over het verleden. Ik heb die gevoelens niet meer," en Sonja ging verder met het opruimen van de troep op het aanrecht.

Het kwam bij Esmeralda hard aan en ze keek beteuterd als een klein kind dat zijn zin niet krijgt. Sonja had spijt dat ze lomp had gereageerd en zei op een vriendelijke toon: "Kom, we gaan naar buiten. Neem jij de volle koffiekan voor de volgende ronde mee, dan neem ik de waterkan mee."

Buiten waren Sven en Kurt in het Zweeds in gesprek. Sonja pakte de fles met cognac van tafel en schonk de glazen bij. Charles werd mobiel gebeld en liep met zijn glas in zijn hand naar binnen. Sonja vermoedde dat het Robert vanuit Groot-Brittannië was, want die belde wel meer in de avond. Britt stond bij de waterlijn met twee buurjongens te praten. Sonja ging naast Leny tegen de rand van de omheining in het zand zitten. Ze reikte Leny haar glas aan.

"Wat een leven hè Sonja, dat hadden we niet kunnen bedenken toen we nog bij de Bank werkten. Ik vond je altijd een geluksvogel. Je was close met Edward en alle vrouwen op de afdeling waren jaloers op je. Ik heb me altijd afgevraagd of je een relatie met Edward had."

Sonja was niet van plan om ook maar iets op te biechten.

"Nee, ik had geen relatie met Edward, maar we hadden een clubje, waar ook Esmeralda deel van uitmaakte. We maakten een hoop plezier en daar bleef het bij en zoals je weet, werd Charles mijn nieuwe benedenbuurman en de rest is geschiedenis."

Sonja veranderde behendig van onderwerp door aan Leny vragen te stellen.

"Hoe is jouw relatie met Kurt nu eigenlijk tot stand gekomen? Want volgens mij is tijdens ons huwelijksfeest de basis gelegd."

Leny kreeg een gelukzalige glimlach rond haar mond. "Nou, dat is een heel verhaal, maar het prille begin was in de nachtclub in Rotterdam, toen je Kurt voorstelde. Kurt was de man waar ik altijd van had gedroomd. Ik dacht toen dat hij jouw vriend was en wilde mezelf niet belachelijk maken. Tot mijn verbazing zag ik hem op jouw huwelijksfeest rondlopen en heb mijn kans toen gegrepen. Die avond hebben we onze telefoonnummers uitgewisseld. Op een dag belde Kurt dat hij voor een project in Rotterdam was. We hebben toen onze eerste afspraak gemaakt. Vanaf dat moment volgden de afspraakjes elkaar op en van het een komt het ander."

Leny stootte de arm van Sonja vriendschappelijk aan. "Kurt heeft later Gran Canaria en jullie ad-hoc relatie opgebiecht, maar dat is het verleden. Op de Bank was ik eigenlijk een beetje jaloers. Je had betrekkelijk snel promotie gemaakt, je zag er goed uit en je deed je werk met het grootste gemak. De afgelopen jaren heb ik je goed leren kennen en ik moet zeggen dat je een echte vriendin voor me bent, want ik vind je eerlijk en oprecht. Ik heb er in het begin over ingezeten dat ik Kurt vroeg of laat weer aan je kwijt zou raken. Maar hij had me verzekerd dat dit uitgesloten was. De tijd heeft geleerd dat we goed met elkaar kunnen opschieten en dat je nog nooit enige insinuatie over het verleden naar Kurt hebt gemaakt."

Sonja keek Leny verlegen aan. "Ik voel me gevleid. Wil je nog een glaasje likeur?" Leny knikte en Sonja stond op om de fles te pakken, die binnen op de tafel stond.

Toen Sonja door de openstaande tuindeuren de donkere woonkamer binnenliep hoorde ze vreemd gepiep van boven komen. Ze luisterde onderaan de trap, maar kon het geluid niet thuisbrengen en liep halverwege de trap op, bleef stilstaan en luisterde opnieuw. Er klapperde iets en Sonja liep de trap op naar boven om te kijken waar het geluid vandaan kwam. Ze opende de deur van haar slaapkamer. Tot haar grote ontsteltenis bereed een naakte Esmeralda Charles. Hij lag met zijn ogen dicht en slaakte diepe zuchten van genot. Dit was hetzelfde tafereel, hoe ze Esmeralda de eerste keer in bed op Ronald had aangetroffen. Ook nu gebaarde Esmeralda dat ze erbij moest komen, maar Sonja moest er geen moment aan denken.

Ze was geschokt, trok de deur met een klap dicht en bleef onwezenlijk op de overloop staan. Het ritmische gepiep bleef aanhouden, alsof Charles en Esmeralda niet onder de indruk van haar ontdekking waren. Sonja wist niet of ze moest huilen of schreeuwen en ze voelde zich helemaal koud worden. Ze liep werktuiglijk stap voor stap de trap af en haar hersenen werkte koortsachtig.

Van de tafel pakte ze de fles met koffielikeur en liep naar Leny om de glazen weer bij te vullen.

"Wat bleef je lang weg. Kon je de fles niet vinden?"

Sonja vroeg afwezig: "Waar is je glas?"

Leny reikte haar glas aan en Sonja schonk het in, zette de fles naast zich in het zand neer en hervatte het gesprek over hun gemeenschappelijk verleden bij de Bank. Maar Sonja zat er niet meer met haar hoofd bij. Het beeld van Esmeralda op Charles had ze nog niet kunnen bevatten.

Door het overmatige drankgebruik kon Sven niet meer autorijden en bleven ze de nacht in de villa. Sonja stelde het moment uit om naar boven te gaan en ze verzamelde de lege glazen op het terras, die ze in de keuken op het aanrecht zette.

Esmeralda kwam alleen gekleed in een string en onder de rode vlekken de keuken binnenlopen. Ze schonk een glas water in en keek Sonja minderwaardig aan. Het was een verpletterende nederlaag voor Sonja dat Esmeralda met haar uitgezakte lege borsten en dikke buik Charles had verleid. Ze kon wel janken en ze had het liefst uit emotie Esmeralda een klap midden in haar gezicht gegeven. Sonja kon zich beheersen en vroeg met haar kin omhoog: "Waarom Esmeralda!"

"Je hebt zelf gezegd dat ik Charles een keer mocht hebben. Niet in het begin, maar later. Per slot van rekening heb je Sven ook geneukt. Toch?"

Sonja was sprakeloos.

Esmeralda vervolgde honend: "Ik heb Charles niet uitgedaagd, hij begon zelf. Ja, dan weet je wat er gebeurt. Jij wilde me vanmiddag geen liefde geven, laat staan bevredigen."

Sonja werd boos en had nu moeite om zich te beheersen.

"Genoeg Esmeralda. Morgenochtend vertrek je uit dit huis en ik wil je nooit meer zien. Heb je dat goed begrepen!" en ze liep stampvoetend de trap op naar boven.

In de slaapkamer lagen de kledingstukken van Charles en Esmeralda over grond verspreid en dat maakte Sonja intens verdrietig. Haar hart huilde. Dit beeld kende ze maar al te goed van de happenings met Edward en Ronald. Sonja voelde een beklemmende hoofdpijn opkomen. Charles stond onder de douche, want ze hoorde het water in de badkamer spetteren. Ze pakte resoluut alle kledingstukken van Esmeralda op en gooide ze door het open raam naar buiten. De kledingstukken van Charles schopte ze in de hoek van de kamer. Daarna trok ze de lakens van het bed en pakte schone uit de kast. De deur van de badkamer ging open en Charles liep naakt de kamer in. Sonja keek hem strak aan en zei agressief: "Waarom Charles. Waarom!"

Charles nam een slok water uit een glas en keek haar nonchalant aan.

"Als jij vreemd gaat, mag ik het toch ook?"

"Hoe bedoel je?

"Ik ben jullie niet vergeten hoor. Jij staat op mijn netvlies gebrand. Portugal, om precies te zijn," en hij keek Sonja scherp aan. "Ik was mijn fototoestel vergeten en besloot om terug naar huis te rijden. Je lag ongegeneerd als een wilde met Esmeralda door ons bed te rollebollen. Ik zag je initiatieven nemen, waarbij ik alleen maar kon vaststellen dat je het uit vrije wil deed en het heerlijk moest vinden. Ik voelde me letterlijk genaaid, Sonja genaaid. Ik heb het hier moeilijk mee gehad, maar vond het belang van Patricio belangrijker. Temeer, omdat ik mijn ouders op jonge leeftijd heb verloren en een familieband voor een opgroeiend kind belangrijk vind. Dus nee, ik heb er geen moment spijt van en ik was uitermate nieuwsgierig naar Esmeralda. Ik heb haar betast, zoals ik jou in Portugal zag doen en ze ging als een loopse teef op me zitten. Heerlijk, dat had ik veel eerder moeten doen."

De mond van Sonja viel van verbazing open. Dus toch, Charles was getuige geweest van haar uitspattingen met Esmeralda. Ze baalde. Het was oog om oog en tand om tand geweest.

Sonja ging uitgeblust op het bed zitten en Charles reikte zijn glas water aan. Ze pakte het werktuiglijk aan en nam een slok. Ze liet haar hoofd hangen, want ze voelde zich schuldig, maar ze was ook vernederd. Ze keek hem aan. "Ik denk dat we moeten praten."
Charles knikte en ging naast haar zitten.
"Waar zullen we beginnen?" zei ze hardop. Maar Charles stak gelijk gefrustreerd van wal.
"Ik was geschokt toen ik je met Esmeralda bezig zag. Het was pure hartstocht en dat heeft me zo hoog gezeten. Ik heb me altijd afgevraagd hoe lang jullie al een relatie hadden en met wie je nog meer van dit soort relaties onderhield. Ben je lesbisch of was je alleen maar om mijn vermogen met me getrouwd? Er ging van alles door mijn hoofd en ik kon en wilde niemand in vertrouwen nemen. Ik schaamde me en was bang dat andere mensen hiervan afwisten. We werkten veel samen en ik had nooit gemerkt dat je om vrouwen gaf."
Charles was even stil en keek voor zich uit.
"Ik heb een detective ingehuurd, om je te laten volgen. Uit het onderzoek bleek dat je op deze ene gebeurtenis na, helemaal niet vreemdging. Met de tijd is de pijn weggeëbd en ik heb het je uiteindelijk vergeven. Ik had me wel voorgenomen wanneer de situatie zich voordeed seks met Esmeralda te hebben. Als jij met haar vreemdgaat, heb ik hetzelfde recht.
Vanavond toen ik in mijn kantoortje aan de telefoon zat, kwam ze met een zoete glimlach binnenlopen. Ze ging in dat korte roze rokje, zonder slipje voor me op het bureau zitten. Ze glimlachte naar me, spreidde haar benen en wreef met haar vingers langzaam over haar kale schaamlippen. Welke man kan dat weerstaan? Voordat ik haar kon aanraken, liet ze zich van het bureau afglijden en liep ze naar onze slaapkamer. Ik ben haar gevolgd. Ze lag naakt op bed en vingerde zichzelf, wat me opwond. Sonja, eerlijk gezegd; het was het lekker, maar ik hou van jou."
Charles pakte het glas van Sonja weer over en nam nu zelf een slok, alsof hij zijn woorden wegspoelde.
"Nu wil ik graag jouw kant van het verhaal horen."
Sonja slikte en bedacht hoe ze dit zou brengen.
"Ik ken Esmeralda al erg lang en we konden altijd goed met elkaar opschieten. Je hebt gelijk dat ik niet lesbisch ben. In het verleden heb ik

een paar keer seks met Esmeralda gehad. De eerste keer hadden we veel te veel drank op en kun je het als onschuldig jeugd-experiment beoordelen. Later was het comfortabel en een gewoonte. Wat er in Portugal gebeurde was impulsief en onwezenlijk. Het escaleerde volledig en ik had mezelf niet meer onder controle. Ik ben er zelf ook van geschrokken en heb na die tijd afstand van Esmeralda genomen. Het was dom en onverantwoord om me zo te laten gaan. Ik voel me gekwetst, verdrietig, maar ook boos. Maar ik begrijp nu ook waarom je in het verleden afstandelijk was. Ik heb je pijn gedaan en heb hier spijt van. Ik waardeer dat je het belang van Patricio voorop hebt gezet."

Dikke tranen biggelden over de wangen van Sonja.

"Ik denk dat ons huwelijk een behoorlijk deuk heeft opgelopen en misschien had ik dit vanavond niet moeten doen," zei Charles spijtig.

Sonja trok haar schouders op. "Misschien moeten we een periode inlassen om te bepalen hoe we verder moeten."

Deel III – Als je alleen maar

Hoofdstuk 16

Na ruim twee jaar in Boston gewoond te hebben, verhuisde Sonja met haar gezin terug naar Portugal. Kurt en Leny bleven in Boston voor vervolgopdrachten.

Sonja was blij dat ze weer terug was in Portugal en ze probeerde Patricio buiten de huwelijksperikelen te houden. Maar het was niet meer goed gekomen nadat Charles met Esmeralda was vreemdgegaan. De ene ruzie volgde de andere op. De wederzijdse lust was verdampt. Er moest van beide kanten worden geïnvesteerd en geen van tweeën was bereid er energie in te stoppen. Charles koos voor langdurige opdrachten in Londen en Sonja pendelde voor korte opdrachten tussen Portugal en Rotterdam.

Na een half jaar aangemodderd te hebben wilde Charles met Sonja praten.

"Ik heb er lang over nagedacht en besloten om ons huwelijk te beëindigen. We houden elkaar in een ijzeren greep. We werken allebei hard, zijn op onze manier goede ouders voor Patricio, maar we willen blijkbaar niet meer in ons gemeenschappelijke leven investeren. Het is nu bijna een jaar geleden dat we van elkaar hebben genoten, voor de rest hebben we werktuiglijk iets met elkaar gedaan. Het was meer om elkaar een plezier te doen, dan dat er passie bij kwam kijken en zo wil ik niet langer doorgaan."

Het overviel Sonja, maar ze wist dat ze vroeg of laat hiermee geconfronteerd zou worden. Ze was er zelf ook klaar mee, maar vond het handig om als mevrouw Martinez door het leven te gaan, want het opende deuren. Ze had haar eigen huis in Rotterdam aangehouden, maar het knelpunt was Patricio in Portugal. Sonja vond het belangrijk dat hij zijn school kon afmaken en zijn vrienden kon behouden.

Charles stelde het volgende voor: "Zolang ik geen nieuwe relatie heb, kun je gebruikmaken van het landhuis in Portugal. Het is belangrijk dat Patricio voldoende aandacht krijgt. Ik zorg ervoor dat er een ingerichte woning in de buurt beschikbaar komt, waar je Patricio kan ontmoeten en waar we in de toekomst de lopende zaken kunnen bespreken."

Sonja stemde in en ze vroeg of Charles het voorstel op papier kon zetten, zodat ze dit met haar financiële adviseur kon bespreken. Ze boog haar hoofd en liet het tussen haar handen rusten.

"Huil je?" vroeg Charles bezorgd. Sonja knikte.

Charles en Sonja brachten Patricio op de hoogte van de echtscheiding. Hij was verdrietig, want hij wilde helemaal niet dat zijn ouders gingen scheiden. Ze vertelden dat ze als ouders op elkaar waren uitgekeken en allebei andere ideeën over het leven hadden. Het was lastig om het probleem in kindertaal aan Patricio uit te leggen, die zijn handen over zijn oren legde en niet meer wilde luisteren. Sonja ging naast hem zitten, trok Patricio tegen zich aan en kuste moederlijk zijn hoofd.

"Mam, ik vind het raar, want andere vaders en moeders maken ruzie als ze gaan scheiden, maar jullie maken nooit ruzie," en hij keek Sonja hoopvol aan.

"Patricio, ruzie is niet altijd ruziemaken met scheldwoorden. Je moeder en ik hebben ook regelmatig ruzie, maar dan voeren we hier een discussie over. We zijn het over veel zaken niet meer met elkaar eens, maar we vinden allebei dat we gelijk hebben en dat werkt niet in een huwelijk. We hebben besloten om uit elkaar te gaan, maar we houden allebei van je en blijven dat doen. We gaan afspraken maken hoe we de beste vader en moeder voor je kunnen zijn," zei Charles geruststellend.

Patricio knikte met de tranen in zijn ogen. Hij had het moeilijk. Charles ging aan de andere kant van hem zitten en kuste hem op zijn hoofd, als blijk van saamhorigheid.

Charles zou de opvoeding van Patricio op zich nemen, maar dit werd in de praktijk door Martim en Aznii opgevolgd. Patricio was verdrietig, maar hij nam het positief op. Zijn ouders waren altijd praktisch met zijn opvoeding omgegaan, ondanks ze regelmatig voor een langere periode in het buitenland bivakkeerden.

Een week later overhandigde Charles het echtscheidingsconvenant aan Sonja. Ze stopte het ongezien in haar laptoptas en vertrok naar Nederland om het met haar financiële adviseur te bespreken.

Samen met haar adviseur ging ze stap voor stap door het voorstel heen. Het was een uitstekend, maar ook genereus voorstel waarvan haar adviseur zei dat hij dit nog niet eerder was tegengekomen. Charles had in ieder geval de intentie om Sonja goed verzorgd achter te laten. Hier kwam geen haat of wrok bij kijken. Ze ondertekende het document en stak het weer in haar tas. Het originele ondertekende document zou ze persoonlijk bij Charles in Portugal afleveren.

Nu ze bij de haar adviseur aan tafel zat, wilde Sonja ook advies over haar vermogen. Ze wilde een constructie waarbij het voor buitenstaanders niet te achterhalen was, over hoeveel geld ze beschikte. Sonja zou op middelbare leeftijd een gemakkelijke prooi voor mannen zijn, die op haar vermogen uit waren. De adviseur beloofde om een afspraak met een specialist te maken, die expertise had met het opzetten van internationale constructies. Het was de eerste stap naar een nieuw leven.

Sonja besloot om het voorlopig aan niemand te vertellen dat ze vandaag het echtscheidingsconvenant had ondertekend, totdat ze het originele document persoonlijk bij Charles had afgegeven.

Na de bespreking met de financieel adviseur kwam Sonja thuis en verveelde ze zich. Ze schonk een glas whisky in, ging op de bank zitten en bedacht hoe ze de komende dagen zou invullen. Nippend van haar whisky viel haar oog op de onderste lade van de kast. Ze trok hem open en zag een stapel met oude cassettebandjes liggen waar ze vol heimwee naar keek. Herinneringen van de happenings kwamen naar boven. Er lagen ook nog een paar oude videobanden. Sonja was resoluut, liep naar de gangkast, pakte een vuilniszak en gooide alle oude troep erin. Edward schoot in haar gedachten. Een paar jaar geleden had ze met Esmeralda voor zijn deur gestaan, maar hij was toen niet thuis. Hoe zou het hem zijn vergaan? Sonja rekende uit dat het ongeveer vijftien jaar geleden moest zijn, dat ze Edward voor het laatst had gezien. Zou hij getrouwd zijn of was hij nog vrijgezel? Het feit dat hij een paar jaar geleden nog op hetzelfde adres woonde, gaf haar de indruk dat hij zich niet had laten binden. Geen vrouw zou jarenlang op de bovenverdieping bij Edward willen wonen. Ze moest inwendig lachen en besloot om vrijdagavond op goed geluk langs te lopen en aan te bellen.

Sonja stond voor haar kast, pakte een strak wit zomerjurkje met een sexy splitje aan de achterzijde, wat mooi bij haar gebruinde huid stond. In de gang stonden haar witte open schoentjes met hoge hakken klaar. Ze maakte zich mooi op, wat dit had ze van John de visagist geleerd, die haar jarenlang persoonlijk had geadviseerd en ze stak haar lange haar voor een deel op.

Daarna wandelde Sonja op haar gemak naar de woning van Edward. Het was buiten nog licht en behaaglijk warm. Vanaf de overzijde van de straat keek ze naar zijn huis en zag dat de zonwerende rolgordijnen dicht waren. Sonja kon zich nog herinneren dat zijn slaapkamer aan de straatkant lag en wanneer je in de zomer de rolgordijnen niet op tijd sloot, het er snikheet was.

Ze stak de straat over, zag zijn naambordje nog op de voordeur en belde aan. Vroeger had Edward een touw aan de deur dat hij omhoog trok als de bel ging. Nu was er een microfoontje gemonteerd en ze herkende zijn stem.

"Hallo, wie is daar?"

"Sonja."

Toen was het stil. Daarna klonk de buzzer en de deur sprong van het slot. Sonja duwde de deur open en Edward riep gelijk enthousiast naar beneden: "Hallo Sonja, dat is lang geleden. Kom boven!"

Sonja riep van beneden: "Als het niet gelegen is, kom ik wel een andere keer terug."

"Nee hoor, alleen mijn broer is hier en we drinken een biertje."

Edward was grijs geworden, maar hij zag er nog even slank en atletisch als vroeger uit en zijn ondeugende donkere ogen schitterden.

"Je ziet er goed uit. Ik zie een paar rimpeltjes, maar je hebt nog wel hetzelfde strakke kontje," en hij kneep in haar bil. Edward hield overdreven zijn hand voor zijn mond.

"Of ben ik nu te ver gegaan mevrouw Martinez?"

Sonja glimlachte, "jij gaat altijd te ver, maar dat siert je."

Edward opende de deur van de woonkamer.

"Kom binnen, ik zal je aan mijn broer Stuart voorstellen."

Sonja wist niet dat Edward een broer had, laat staan dat hij twee druppels water op Edward leek. Stuart had ook dezelfde slanke, lenige bouw als Edward en identieke ondeugende ogen. Alleen had Stuart een iets breder gezicht en hij was minder grijs dan Edward.

Stuart zette zijn bierglas op de tafel neer, toen Edward triomfantelijk zei: "Stuart, dit is Sonja."

"DE Sonja?" reageerde Stuart.

Edward knikte zo trots als een pauw.

Sonja keek om zich heen. De kamer was opnieuw ingericht met lichte natuurlijke kleuren. Ze ging in een design stoel zitten en keek om zich heen. Edward zag haar kijken.

"Wat wil je drinken? Oh, stomme vraag. Volgens mij heb ik nog een fles met een restje achter in de kast bewaard, voor het geval dat....," en hij knipoogde naar Stuart. Hij pakte de fles Jack Daniels en zei tegen Stuart: "Zal ik voor jou ook een glas inschenken, want we gaan gezellig doen."

Na geproost te hebben vroeg Edward, waarom Sonja na al die jaren onverwacht bij hem op de stoep stond. Ze vertelde dat ze haar appartement had opgeruimd, oude cassettebandjes van de happenings was tegengekomen en zich had afgevraagd, hoe het na al die jaren met Edward ging.
Edward maakte grapjes en zei dat hij altijd op haar had gewacht en daarom nog steeds een vrijgezel was. Hij zat op zijn praatstoel en vertelde dat hij de Bank had verlaten, bij een scheepvaartkantoor een carrièrepad had doorlopen en nu financieel directeur was. Sonja was ook nieuwsgierig naar Stuart, die bleek financieel strateeg bij een grote verzekeringsmaatschappij in Rotterdam te zijn. Stuart was net als Edward ook vrijgezel.
Edward draaide behendig het gesprek naar Sonja. Hij wilde weten hoe het haar was vergaan. Ze lichtte haar internationale projecten toe en Stuart was verwonderd dat ze elkaar in Rotterdam nooit tegen het lijf waren gelopen, want Sonja had een paar jaar geleden een opdracht bij zijn werkgever vervuld. Sonja wist zeker als ze Stuart toen had ontmoet, ze gelijk had geweten dat hij een broer van Edward was.

De nodige glazen whisky gingen er doorheen en ze hadden plezier over de goede oude tijd. Sonja merkte dat Edward aan het vissen was, want hij ging op de versiertoer en probeerde te achterhalen of Sonja openstond voor seks.
Hij vroeg of haar echtgenoot wel wist dat ze met twee brutale mannen aan de whisky zat. Edward moest er niet aan moest denken als Sonja zijn vrouw was, ze alleen op stap ging.
Sonja boog naar voren en fluisterde: "Hij heeft geen idee dat ik hier ben. Maar er is toch niets gebeurd?"
Ze stak demonstratief de bovenkant van haar rechterhand iets naar voren en bekeek haar eigen trouwring.

"Dus hoef ik me thuis niet te verantwoorden. Toch?" en Sonja zag Stuart naar de schitterende diamanten ring kijken.

Edward reageerde heftig: "Hier baal ik zo van, want de man die Sonja deze ring heeft geschonken, heeft haar van me afgenomen. Ik ben nog steeds jaloers op die kerel, maar ik denk dat Sonja een beetje op haar echtgenoot is uitgekeken, want anders komt ze geen oude vriend opzoeken. Is het niet?"

Hij keek Sonja uitdagend aan en ze zag zijn ogen glimmen. Ze gaf geen krimp en deed net alsof ze langsgekomen was om gedag te zeggen.

Tegen middernacht toen de fles Jack Daniels bijna leeg was, vroeg Edward brutaal: "Blijf je hier slapen?"

Een vraag die meer op een vaststelling leek, waarop Sonja in de lach schoot. "Noem mij een goede reden, waarom ik hier zou moeten blijven slapen?"

"Het is twee halen en niets betalen."

Sonja fronst haar wenkbrauwen.

"Ik zie je denken," zei Edward met een brede glimlach rond zijn mond.

"We zijn met z'n tweeën en het bed is breed genoeg voor drie."

Hier had Sonja nog niet over nagedacht en ze zag Stuart met zijn ondeugende ogen afwachtend kijken. Aan zijn gezichtsuitdrukking maakte ze op dat hij inschatte dat ze het niet zou doen.

"De fles is leeg. Heb je nog een andere, want ik vind het een ondeugend voorstel," zei Sonja, alsof het de normaalste zaak van de wereld was.

Edward keek haar aan, stond op en liep naar de kast.

"Ik heb nog wel een ander merk Bourbon. Is deze ook goed genoeg mevrouw Martinez?"

Edward ging nu provoceren en dan wist ze dat hij hitsig werd. Sonja had haar besluit al genomen om met de twee broers de nacht door te brengen, maar ze moest eerst nog twijfelend overkomen, want dan hadden beide mannen het gevoel dat ze haar hadden veroverd. Per slot van rekening was het echtscheidingsconvenant ondertekend en kon ze op dit moment doen en laten, waar ze zelf zin in had. Voor beide broers was ze de hoofdprijs.

Edward trok zijn polo uit, stond in zijn korte broek met blote bast en keek uitdagend naar Sonja. Zijn tors was gespierd en bruin. Ze kon zien dat hij regelmatig trainde.

"Tja," zei Stuart, "dan kan ik niet achterblijven," en hij trok ook zijn T-shirt uit. Hij had hetzelfde aantrekkelijke lijf als Edward. Sonja zat als een soort jurylid achterover geleund in de luie stoel, nam een slok uit haar glas en zei met een zoete glimlach om haar mond: "En nu denken jullie dat ik mijn jurkje uitrek?"

Ze nam nog een slok en wachtte op een reactie. Edward wreef met zijn vlakke hand over zijn blote borst en liet zijn hand op zijn strakke buik, net onder zijn navel rusten.

"Ga door met je voorstelling, het windt me op."

Dat was voor Edward het startsein. Hij liep naar Sonja toe, pakte haar hand en trok haar langzaam uit de stoel. Toen ze vlak voor hem stond, keken ze elkaar recht in de ogen. Hij raakte met zijn lippen haar lippen, trok Sonja tegen zich aan en ze voelde zijn tong gulzig haar mond binnendringen. Edward maakte de rits van haar jurkje open en trok het in een beweging uit. Van achteren voelde Sonja de warme vingers van Stuart zachtjes binnendringen.

De volgende morgen werd Sonja tussen beide broers wakker. Ze voelde hoe Stuart die achter haar lag, een erectie had en dicht tegen haar aankroop. Met zijn handen trok hij haar billen van elkaar en ze voelde hem binnendringen. Het duurde niet lang voordat Edward wakker werd en zich in het spel mengde.

Nat van het zweet lagen ze alle drie naast elkaar. Het was Edward die de stilte verbrak. "Sonja, dit was de beste nacht sinds jaren. Reken maar uit wanneer we voor het laatst bij elkaar in bed hebben gelegen."

Sonja zei niets, maar kuste beide mannen. Als ze tussen de twee broers mocht kiezen, zou ze niet weten wie ze zou moeten kiezen. Ze waren allebei bedreven en lekker.

Sonja kleedde zich aan en keek om zich heen waar ze haar tasje had gelaten, toen Stuart vroeg: "Kom je nog een keer langs?" Hij pakte haar hand, trok Sonja naar zich toe en kuste haar opnieuw.

Ze wist het nog niet, omdat ze deze week nog een paar afspraken had staan die eerst afgewikkeld moesten worden. Daarnaast wilde ze ook op zoek naar een andere woning in Rotterdam, want de gedachte dat

Charles in de benedenwoning zou verblijven en zij met haar vrienden boven, beviel haar niet.

De afspraak met de expert, die voor Sonja de internationale constructie zou opzetten, was nuttig. Hij stelde voor om voor de buitenwereld het beeld van een hardwerkende vrouw te creëren, die geld nodig had om haar hypotheek af te lossen. Er werd een praktisch voorstel uitgewerkt, waarin de waarde van haar oude huis ondergebracht zou worden en de nieuw af te sluiten hypotheek. Er zou een Besloten Vennootschap worden opgericht, die als dekmantel dienst zou doen. Het voorstel werd goed geborgd, want als iemand een poging zou ondernemen om de financiële status van Sonja te achterhalen zou ze een melding ontvangen. Ze spraken af wanneer de echtscheiding volledig afgewikkeld was, Sonja weer naar Rotterdam zou komen om de constructie af te ronden en te activeren.

Omdat Sonja zich verveelde, besloot ze relaties te benaderen voor een interim-opdracht. Het lukte Sonja vrij vlot om via haar netwerk een project in Boston binnen te slepen. Ze kon er over twee weken al starten, waarop ze besloot op zondagavond naar Portugal te vliegen om het getekende echtscheidingsconvenant aan Charles te overhandigen. Dan kon ze dit hoofdstuk afsluiten. Ze keek ernaar uit om Patricio nog een keer te zien, voordat ze naar Boston zou vertrekken.
In de tussentijd gaf Sonja de makelaar de opdracht om een selectie van appartementen in Rotterdam te maken, die aan haar eisen voldeden. Ze ruimde haar appartement op en gooide gelijk veel oude spullen weg. Ze wilde zo min mogelijk ballast voor een toekomstige verhuizing. Tijdens de opruiming dacht ze aan Edward en Stuart, maar ook aan haar nieuwe opdracht in Boston en ze besloot om Edward te bellen. Hij vond het jammer dat ze weer zo snel uit Nederland vertrok en vroeg of ze zaterdagavond zin had om langs te komen om afscheid te nemen.

In de vooravond pakte Sonja alvast haar koffer, omdat ze vermoedde dat ze zondag pas in de loop van de dag thuis zou komen en dat er weinig tijd over zou blijven om op tijd op Schiphol te zijn. Toen het appartement netjes aan kant was en haar trolley grotendeels was ingepakt, ging ze onderuit op de bank zitten, zette de televisie aan en dronk een paar glazen Jack Daniels.

Pas rond half twaalf nam ze een douche, smeerde zich royaal in met huidolie en trok alleen een strak zomerjurkje aan. Haar slipje stopte ze in haar handtas, want ze wist dat ze bij Edward toch direct in bed zou belanden. Ze belde hem mobiel. Hij nam de telefoon aan en ze hoorde op de achtergrond gekreun.

"Wat ben je aan het doen? Zit je in een orgie of zo? Ik ga een taxi bestellen en ben binnen een half uur bij je."

Edward zei met een zwoele stem dat hij met smacht op haar wachtte.

Sonja rekende de taxi af, stapte uit en belde bij Edward aan. De buzzer ging en de deur sprong open. Ze liep de trap op naar boven, hoorde het gekreun en ze vroeg zich af of Edward een soort happening had georganiseerd. Boven in de gang zag ze geen schoenen of tassen staan. Het gekreun kwam uit de slaapkamer. Sonja liep nieuwsgierig naar binnen en ze zag een hardpornofilm op het beeldscherm. Op het tafeltje naast het bed stonden halfvolle glazen whisky. Edward lag naakt op bed met zijn benen gespreid zachtjes aan zijn pik te trekken.

"Waar bleef je nou? Kom schatje, ik heb zin in je."

Ze kon aan zijn neus zien, dat hij had gesnoven. Stuart zat op de rand van het bed en snoof net een lijntje weg. Hij gaf het plateautje aan Sonja, die zonder blikken of blozen twee lijntjes weg snoof. Daarna pakte ze een glas en nam een flinke slok whisky. Stuart trok ruw haar jurk uit, kuste Sonja heftig en trok haar tegen zich aan. Ze was opgewonden en het leek wel of ze zweefde. Met een beweging draaide Stuart haar om, zette haar op haar knieën op bed en penetreerde haar.

Het werd een heftige nacht die lang duurde, met beide broers tegelijk. Toen Sonja op zondag rond het middaguur tussen beide mannen wakker werd, deed haar hoofd pijn. Ze had het gevoel dat ze een enorme kater had. Haar lichaam zat vol met rode vlekken en krassen. Toen ze probeerde om op bed te gaan zitten, voelde ze dat haar hele onderlichaam geïrriteerd was.

Stuart keek haar met een pijnlijk gezicht aan. Ze wreef liefdevol over zijn gezicht. Edward zag er net zo verstreken uit.

Ze stapte uit bed en liep naar het toilet, maar het plassen brandde. Toen ze in de spiegel keek, schrok ze van zichzelf. Ze had dikke wallen onder haar ogen en de fijne rimpeltjes in haar gezicht, waren goed zichtbaar. In haar bovenarmen stonden de contouren van blauwe duimafdrukken. Haar borsten zaten vol met zuigplekken. Sonja schudde meewarig haar hoofd toen ze onder de douche stapte.

Uit haar tas pakte ze haar slipje, trok het aan, liep naar de woonkamer en zette de televisie aan. Ze ging voorzichtig zitten, want het deed zeer. Stuart had koffie gezet en kwam met drie mokken de kamer binnenlopen. Edward plofte naast Sonja op de bank. Al die tijd had er niemand wat gezegd en nipten ze suf van de koffie.

Toen begon Edward te klagen over hoofdpijn.

"Ik denk dat we elkaar vannacht aardig uitgewoond hebben," zei Sonja.

Thuis inspecteerde Sonja zich uitgebreid voor de spiegel. Het zag er niet goed uit, want er zaten schrammen in haar nek. Haar ogen waren dof na een nacht van buitensporige uitspattingen met veel te veel drank en drugs. Sonja was zelf handig genoeg om de oneffenheden in haar gezicht te maskeren. Ze dronk een paar glazen water voor de doorspoeling, pakte speciale verzachtende crème, besmeerde secuur de wallen onder haar ogen en hoopte dat ze op tijd zouden slinken. Daarna zette ze de wekker en ging een uurtje op bed liggen.

Toen het wekkertje afging, stond ze gelijk op en begon met het wegwerken van alle oneffenheden op haar gezicht en maskeerde de blauwe plekken op haar lichaam met make-up. Daarna pakte ze een rok, een ruimzittend slipje en een luchtige zomerblouse met lange mouwen. Ze stak haar haren elegant op en een zonnebril deed wonderen. Ze bestelde de taxi voor acht uur en deze stond stipt op tijd voor de deur.

Op het vliegveld van Porto nam ze een taxi naar het landhuis. Alles was in diepe rust, want Charles lag vermoedelijk al op bed. Sonja liep naar de logeerkamer, zette haar koffertje neer, pakte de envelop met het officiële getekende echtscheidingsdocument, liep naar de studeerkamer en legde de envelop op het bureau van Charles neer. Hij zou de envelop morgen wel vinden. Voor Sonja was de zaak nu afgedaan. Ze wilde net naar de badkamer lopen, toen Charles de gang in kwam lopen.

"Oh, ben jij het, want ik hoorde geluiden," en hij keek haar onderzoekend aan.

"Wat is er met jou aan de hand? Ben je ziek? Je ziet er grauw uit."

"Ik voel me niet lekker Charles. Ik heb hoofdpijn, maar verder is er niets aan de hand. Ik ga nu mijn tanden poetsen. Morgen is er weer een nieuwe dag."

Maar Charles bleef haar aankijken. Zijn ogen vernauwden. "Is er iets gebeurd? Het lijkt wel of je mishandeld bent. Wat zijn dat voor krassen in je nek?"

Sonja was niet van plan om over haar ervaringen van de afgelopen nacht te vertellen.

"Charles ik ga slapen. Welterusten."

Hij maakte geen aanstalten om te vertrekken. Sonja schonk geen aandacht meer aan Charles en liep naar de badkamer. Ze voelde dat hij haar nakeek. Ze sloot de badkamerdeur achter zich en ze ging met veel pijn en moeite op het toilet zitten. Wat had ze zichzelf aangedaan. Dit was wel een hoge prijs voor de beste nacht van plezier, die ze ooit had meegemaakt en het smaakte naar meer.

De volgende ochtend toen ze wakker werd, voelde ze zich ongemakkelijk, omdat er nu korstjes in haar nek zaten. Sonja besloot om Charles te ontlopen, door wat later uit bed te komen. Ze wist niet of hij vandaag thuis zou werken of buiten de deur zou zijn, maar ze gokte erop. Patricio zou pas laat thuiskomen, omdat hij bij Carlos logeerde.

Toen Sonja zich in de logeerkamer opmaakte, klopte Charles op haar kamerdeur.

"Sonja, hoe gaat het met je? Ik maak me zorgen."

Sonja opende de kamerdeur. "Je hoeft je over mij geen zorgen te maken. Ik heb trek in koffie. Staat er nog koffie in de keuken?"

"Nee, maar dan ga ik koffie voor je zetten," en hij liep naar de keuken.

De nachtrust had Sonja goed gedaan en door veel water te drinken, was haar lichaam goed gehydrateerd. De wallen onder haar ogen waren behoorlijk geslonken en doordat ze zich vakkundig had opgemaakt, zag ze er weer redelijk goed uit. Alleen het zitten deed pijn.

Charles kwam met twee koppen koffie uit de keuken lopen, toen Sonja de woonkamer binnenliep.

"Je ziet er een stuk beter uit dan gisterenavond, want vannacht zat ik over je in. Vanmorgen zag ik de envelop met het getekende echtscheidingsconvenant op mijn bureau liggen. Mijn dank voor de snelle afwikkeling, maar heb je je niet te veel zorgen gemaakt. In onze gesprekken kom je nuchter en begrijpelijk over, maar ik denk dat je een klap te verwerken hebt gehad. Je doet je groter voor, dan dat je bent."

Dit was het laatste wat Sonja had verwacht, want ze had helemaal geen slapeloze nachten over de echtscheiding gehad. Ze had wel verdriet gehad, maar ze had zich snel herpakt en de situatie geaccepteerd.

Charles had de koffie op tafel gezet. Sonja ging achteloos zitten en gaf geen krimp.

"Bedankt voor je oprechte belangstelling. Ik heb een minder goede tijd achter de rug en ik verwerk mijn problemen nu eenmaal zelf."

Charles keek haar weer bezorgd aan. "Hoe kom je aan die schrammen in je nek?"

"Ik had een paar borrels te veel op en ik ben een stukje gaan wandelen door het park, om mijn gedachten te verzetten. Ik ben over een losse steen gestruikeld en daardoor in de rozenstruiken terecht gekomen. Ik droeg een open zomerjurkje en je begrijpt wel wat er is gebeurd. Het is mijn eigen schuld dat ik me zo heb laten gaan, maar ik wil er niet meer over praten. Okay?"

"Moet je dan niet naar een dokter?"

"Het onderwerp is gesloten," zei Sonja resoluut.

Charles knikte en dronk zijn kopje koffie leeg, maar ze zag hem piekeren, want hij voelde zich verantwoordelijk voor wat er was gebeurd.

Hoofdstuk 17

Na een paar dagen met Patricio doorgebracht te hebben, vertrok Sonja voor haar nieuwe opdracht naar Boston. Leny en Kurt hadden goed nieuws, want ze hadden besloten om zich definitief in de Verenigde Staten te vestigen.

Sonja bracht Kurt en Leny op de hoogte over haar echtscheiding met Charles. Ze waren geschokt want ze hadden het niet zien aankomen. Sonja stelde ze gerust. Alles was in goede harmonie verlopen en er waren voor Patricio goede afspraken gemaakt.

Kurt had slecht nieuws. Hij was gebeld door Sven. Esmeralda was in een afkickkliniek opgenomen voor een alcoholverslaving. Ze had problemen met haar gezondheid, functioneerde niet meer en isoleerde zich van haar omgeving.

Esmeralda was altijd al een stevige drinker geweest, maar ze was na de vakantie in de Verenigde Staten over de top gegaan. Ze kon zich bepaalde momenten niet meer herinneren en Sven had zich grote zorgen gemaakt. Esmeralda ontkende dat ze een alcoholprobleem had en ze had Sven ervan beticht dat hij zelf ook te veel dronk. Totdat Sven, toen hij s' avonds uit zijn werk thuiskwam, Esmeralda dronken in een psychose in bed had aangetroffen. Ze had angstaanvallen en met bevende handen had ze een glas water van het nachtkastje gepakt. Alleen bevatte het glas geen water, maar pure Aquavit.

Esmeralda had haar symptomen een lange tijd gemaskeerd door stiekem steeds meer alcohol te drinken. Het was Sven opgevallen dat ze regelmatig grote sommen contant geld opnam. Haar excuus was dat ze een zwak had voor mooie kleding en graag accessoires voor het huis kocht. Sven vond het vreemd dat ze haar aankopen altijd contant afrekende in plaats van haar bankpas te gebruiken. Van de mooie spullen zag hij nooit iets terug in huis. Esmeralda wilde hiervoor geen verklaring geven als Sven hiernaar vroeg. Het eindigde steevast in een fixe ruzie.

Sven had Esmeralda naar de eerstehulppost gebracht. Maar toen de ernst van de situatie duidelijk werd, had ze ingestemd met een opname in een ontwenningskliniek. Sven was geschrokken over de hoeveelheid lege flessen die hij verstopt in huis had aangetroffen.

Sonja was geschokt over wat Kurt haar vertelde en ze besloot haar boosheid voor Esmeralda opzij te zetten. Ze belde haar op, maar kreeg Sven aan de telefoon, die vertelde dat Esmeralda voorlopig niet naar huis zou komen.

"Sonja, we zijn er allemaal door overvallen. Esmeralda hield wel van een borrel, maar tijdens onze laatste vakantie in de Verenigde Staten is er iets voorgevallen, waardoor ze niet meer toegankelijk was. Ze zonderde zich af en ze was niet meer aanspreekbaar. Heb jij enig idee waar Esmeralda zich in de vakantie druk over heeft gemaakt?"

"Nee Sven, ik heb geen idee. Je mag het eerlijk weten dat ik er tegenop zag toen jullie onverwachts langskwamen, maar uiteindelijk was het gezellig."

"Toch is er iets in die laatste nacht gebeurd. Esmeralda lag 's ochtends praktisch naakt op de bank in de woonkamer en haar kleren lagen in de tuin verspreid. Toen we naar het hotel reden reageerde ze afwezig en wist ze niet meer waarom haar kleren buiten lagen."

Sonja wist dondersgoed wat er was gebeurd, maar ze besloot haar gezichtsverlies niet met Sven te delen.

"Geen idee Sven. Ik hoop wel dat de behandeling goed aanslaat, want dit heeft Esmeralda niet verdiend."

Sven beloofde Sonja op de hoogte te houden.

Sonja was in Boston op een leuk project gestart en ze ontmoette tijdens een bijeenkomst iemand, die haar belangstelling had. Tijdens de koffiepauze vroeg de man waar Sonja vandaan kwam, omdat hij aan haar accent had gehoord dat ze uit het buitenland kwam. Zijn eerste indruk beviel Sonja, waardoor ze het gesprek niet direct afkapte. De man heette Brandon. Hij werkte als commercieel manager bij een softwarebedrijf. Het was een vriendelijke, maar ook een serieuze man. Bij het volgende overleg begroette hij Sonja hartelijk en nodigde hij haar uit voor een zakenlunch. Na deze lunch, volgden er meer. Ze vond Brandon knap en aantrekkelijk. Hij deed Sonja met zijn ontwapende lach een beetje aan Ronald denken. Omdat hun relatie puur zakelijk was, begon er bij Sonja een begeerte te ontstaan. Hoe meer ze naar Brandon keek, hoe meer zin ze in hem kreeg.

Na een paar maanden peilde Brandon voorzichtig of Sonja zin had om een weekend met hem door te brengen. Ze was verrast en stemde in, maar besloot om de verwachting van Brandon te managen.

Sonja keek hem serieus aan. "Ik verheug me op ons weekend, maar over een paar weken vertrek ik weer naar Nederland. We moeten realistisch zijn."

Brandon zei met een ondeugende glimlach rond zijn mond, dat het ging om een leuk weekend met een mooie vrouw, die hij graag mocht en hij benadrukte dat hij verder geen verwachtingen had.

Het werd een ontspannend weekend. Brandon had een kleinschalig hotel geboekt. De nachten waren heerlijk, want Brandon was een bedreven minnaar, maar hij haalde het niet bij Edward en Stuart. Die nacht zat nog vers in haar geheugen opgeslagen.

Sonja moest toegeven dat Brandon zijn best had gedaan. Hij had een romantisch diner geboekt. Tijdens het diner vroeg hij aan Sonja: "Zou je niet in de Verenigde Staten willen wonen en werken?

Sonja knipperde met haar ogen en ze dacht gelijk aan dezelfde vraag, die Kurt haar ook ooit stelde en ze voelde een irritatie opkomen.

"Ik vind het leuk om tijdelijk in het buitenland te wonen en te werken, maar de doorlooptijd van mijn opdracht is het enige wat telt. Mijn zoon woont in Portugal, waar ik graag ben. Mijn thuisland is en blijft Nederland."

"Maar waarom ben je zo gehecht aan Nederland? Amerika is het land van de onbegrensde mogelijkheden. Jouw kennis kun je hier uitstekend verzilveren op lucratieve projecten," zei Brandon vol enthousiasme.

"Het is moeilijk uit te leggen, maar Nederland is zoveel anders. De vrijheid waar je het over hebt, heb je ook in Europa. In welke landen ben jij allemaal geweest?" vroeg Sonja.

"Ik ben nog nooit buiten Amerika geweest, want je hebt hier alles wat je je maar kunt wensen, maar ik heb wel over Europa gelezen. Woon je in Amsterdam?" en Brandon keek geamuseerd naar Sonja.

Sonja trok een vervelde grijns rond haar mond.

"Ja, ja, ik weet wat je gaat zeggen: Red light district en drugs. Nee, ik kom niet uit Amsterdam."

Ze stelden elkaar vragen en lachten om de verschillende inzichten die ze hadden. Sonja mocht Brandon wel.

"Ik vind je spontaan, maar je zegt eigenlijk niets. Ik heb geen idee wat er in je hoofd omgaat. Waar ben je bang voor en waar word je echt blij van?" vroeg Brandon uit het niets.

Sonja keek hem met een zoete glimlach rond haar mond aan.

"Is dat erg?"

"Nee, dat is niet erg, maar ik zou wel eens willen weten: Wat drijft je? Wat maakt het leven voor jou waardevol?"

"Dat zijn gewetensvragen," concludeerde Sonja, maar ze gaf hem geen antwoord.

Brandon gaf Sonja hetzelfde comfortabele gevoel, wat Ronald haar in het verleden gaf. Het was een plezierige relatie, die ze ter overbrugging naar Nederland ervoer. Vooral geen verplichtingen.

Af en toe belde Edward Sonja in Boston op om te vragen hoe het ermee ging en wanneer ze weer naar Nederland kwam. Maar op zondagmorgen belde hij geïrriteerd.

"Wat moet ik nu weer in de roddelbladen lezen? Je bent gescheiden van Charles."

Daarna klonk hij bezorgd: "Dat is toch niet door de laatste keer gekomen?"

"Edward, ik wil hier niet over praten. Dat hoofdstuk is afgesloten," zei Sonja met een diepe zucht.

"Ik zou je graag een keer in Boston willen bezoeken. Ik vind het geen bezwaar als je aan het werk bent, want ik vermaak mezelf wel. Overdag kan ik de stad verkennen en 's nachts kunnen we plezier maken," zei Edward met een ondeugende stem.

"Je hebt blijkbaar de roddelbladen nog niet gelezen. Je ex ligt te rollebollen met een jonge chick. Ik schat de dame in kwestie de helft van jouw leeftijd."

Sonja schrok van de uitspraak van Edward. Ze wist dat Charles geen heilig boontje was, maar zo snel en zo jong had ze niet verwacht. Toch had ze geen zin om Edward over te laten komen en ze excuseerde zich dat ze het te druk had en hem binnenkort zou terugbellen.

In het half jaar dat Sonja in Boston werkte was ze twee keer voor Patricio naar Portugal gevlogen. Tijdens haar laatste verblijf in Portugal had Charles Sonja persoonlijk van het vliegveld afgehaald en had hij haar naar haar nieuwe verblijf in het dorp gebracht. Sonja voelde dat hij zijn nieuwe relatie bewust niet aanroerde.

Charles had voor Sonja een woning in het kleine dorp laten inrichten en haar spullen laten overbrengen. Hij liet haar binnen en ging statig met zijn rug voor het raam staan.

"Ik moet je iets vertellen." Hij pauzeerde en keek Sonja aan. Toen hij haar volle aandacht had, vervolgde hij: "Ik heb een nieuwe vriendin en ze is op dit moment in het landhuis. Jullie gaan elkaar ongetwijfeld in de toekomst ontmoeten. Je bent uiteraard welkom om Patricio te bezoeken, maar probeer de omgang met Patricio zoveel mogelijk hier te concentreren. Als we onderling contact hebben over projecten, stel ik voor om deze gesprekken hier te houden."

"Charles, ik ben al door mensen uit Nederland gebeld, die de foto's in de roddelbladen hebben gezien. We zijn officieel gescheiden, dus je hoeft je niet te verontschuldigen. Ik waardeer wat je allemaal voor me hebt geregeld," en Sonja gebaarde met haar hand in de rondte.

Later die dag kwam Patricio naar de nieuwe woning van Sonja en vond het prachtig dat zijn moeder een paar dagen in Portugal was. Met Patricio ging het verder goed. Hij haalde goede cijfers op school.
Sonja nam hem mee winkelen in Porto en ze verwende hem. Maar Patricio was ook nuchter.

"Mam, je bent me toch niet aan het afkopen of zo?"

"Ja, eigenlijk wel," en ze sloeg haar arm over zijn schouder. "Zullen we tussen de toeristen een boottochtje op de Douro gaan maken?"
Patricio moest lachen.

"Doen we, mam."

Sonja kocht de tickets. Ze namen plaats aan het dek en ze lieten zich over de Douro varen. Het was lekker weer en ze zaten naast elkaar en Patricio kletste erop los. Onderweg, vlakbij de haven zagen ze langs de oever een piepklein restaurant en Patricio gebaarde: "Zullen we daar zo gaan lunchen?"
Sonja vond het prima.

In het restaurantje bestelden ze eten en Patricio vertelde honderduit over school en de knappe meisjes in de klas. Hij vond wiskunde het leukste vak, wat hem gemakkelijk afging. Hij vertelde over de leraren en dat hij met plezier naar school ging. Samen met zijn vriend Carlos speelde hij voetbal bij een lokale club. Martim reed ze op zaterdag voor de competitie naar andere verenigingen. Sonja genoot van hem.

In de namiddag reden ze naar huis en namen afscheid. Patricio vertrouwde Sonja toe, dat hij de nieuwe vriendin van pa wel aardig vond, maar hij haar niet als zijn moeder zag. Het deed Sonja goed.

Na het bezoek aan Portugal, reisde Sonja door naar Nederland en bekeek ze belangstellend de lijst met appartementen die de makelaar had samengesteld. Ze gaf door welke appartementen ze wilde bezichtigen.

Na verschillende woningen te hebben bekeken, besloot ze voor een penthouse aan de Maas te gaan en zette ze haar oude appartement in de verkoop. Het penthouse aan de Maas zou pas over een half jaar opgeleverd worden, maar Sonja vond het geen probleem om hier op te moeten wachten en ze zette de aankoop door.

Ze had een afspraak bij de financieel adviseur gemaakt om de constructie die ze eerder hadden uitgewerkt te activeren. De enige zichtbare luxe die Sonja zich had veroorloofd was een kleine Mercedes sportwagen. Ze had in overleg met haar adviseur besloten om de sportauto voor de beeldvorming te financieren. Na de afspraak stapte Sonja trots in haar auto en reed ze naar huis.

Patricio belde en vertelde dat hij een broertje of zusje zou krijgen, want Ruby, de vriendin van pa was zwanger. Ze feliciteerde Patricio, maar Sonja kon de boodschap slecht verteren. Patricio vertelde ook dat Charles na de kerstdagen met Ruby zou trouwen. Er zou niet veel ruchtbaarheid aan het huwelijk gegeven worden. Na het telefoongesprek met Patricio liep Sonja naar de kast en schonk ze een groot glas met Jack Daniels in, ging op de bank zitten en keek bitter voor zich uit.

Een paar maanden later sprak Sonja Leny over de telefoon. Leny vertelde dat ze op het huwelijksfeest van Charles en Ruby was geweest. Het was een sober feest geweest, want de bruid was zwanger en had niet veel fut. Het was een verwende jongedame, die pretendeerde uit de

Engelse adel voort te komen. Volgens Leny was het een jonge vrouw, die niet was opgewassen om in het internationale leven van de familie Martinez te participeren. Leny vond haar naïef. Patricio kon het goed met de nieuwe bruid vinden, omdat ze niet veel in leeftijd scheelden. Leny was van mening dat de zwangerschap absoluut niet was gepland en dat Charles de verplichting op zich nam, maar niet van harte.

In het nieuwe jaar nam Sonja de sleutel van haar penthouse aan de Maas in ontvangst. Ze stond midden in de kamer en was blij. De ruimte was groot en licht. Ze liep naar de enorme schuifpui, schoof deze open en liep het terras op. Over de Maas trokken de schepen langzaam voorbij. Sonja haalde diep adem en genoot.
Later die week huurde ze een binnenhuisarchitect in en liet ze de inrichting van het penthouse verder aan hem over. Met een verhuisbedrijf maakte Sonja de afspraak om de overgebleven spullen uit haar oude appartement in te pakken en naar het penthouse over te brengen.

Na de verhuizing had Sonja Patricio en Carlos uitgenodigd om de laatste weken van de zomervakantie bij haar in het nieuwe appartement door te brengen. Ze waren voor hun middelbare schoolopleiding geslaagd en ze zouden in september aan de Universiteit van Salamanca gaan studeren. Charles had het belangrijk gevonden dat Patricio een internationale studie zou volgen en Sonja had hiermee ingestemd, zolang Patricio het zelf ook wilde. Charles had beloofd om Patricio en Carlos met de auto naar Nederland te brengen, omdat hij zijn appartement in Rotterdam wilde leeghalen en het ook bij een makelaardij in de verkoop wilde zetten.

Begin augustus ging de bel. Charles, Patricio en Carlos stonden voor de deur. Ze omhelsden elkaar hartelijk en Sonja ging ze voor naar de woonkamer. Charles keek nieuwsgierig rond.
"Ik ben sprakeloos, dit is schitterend," en hij liep door de openstaande schuifpui het terras op.
"Wat een uitzicht. Prachtig. Ik wist niet dat je zo'n mooi appartement had gekocht. Dat heb je goed gedaan en jou kennende, zul je jezelf niet in al te grote schulden hebben gestoken."

Sonja was trots. Haar ego was gestreeld. Ze bedankte Charles voor het compliment, maar ze gaf verder geen reactie op zijn financiële hypothese. Ze vroeg of de jongens iets wilden drinken, maar die wilden liever de stad verkennen en vertrokken naar het centrum.

Sonja glimlachte naar Charles en ze reikte hem ongevraagd een glas Jack Daniels aan. Hij schoot in de lach. "Dat kan eigenlijk niet, want ik moet zo nog met de auto naar mijn appartement."

"Je kunt de auto laten staan en een taxi nemen," stelde Sonja voor.

Charles liep met het glas in zijn hand het grote terras op en ging in een luie stoel onderuit zitten. Hij nam een slok, sloot zijn ogen en liet zijn hoofd achterover hangen.

"Sonja, heerlijk. Ik kan zo uren blijven zitten."

"Dat mag je van mij, want ik heb toch niets te doen. Zal ik straks eten bestellen en zullen we het hier op het terras opeten? Daarna bel ik een taxi en laat ik je naar je appartement afvoeren."

Charles opende zijn ogen en hij had een tevreden glimlach rond zijn mond.

"Dat lijkt me een goed plan," pakte zijn glas, sloot zijn ogen weer en nipte het langzaam leeg.

"Doe er dan nog maar eentje."

Sonja schonk de glazen weer in en ze ging op de andere luie stoel naast Charles zitten.

"Wat is het geworden, want je vrouw moet in de tussentijd bevallen zijn?"

Charles liet zijn hoofd weer achterover hangen.

"Waar zal ik beginnen?" zuchtte hij, en gaf geen antwoord op haar vraag, maar brandde los.

"Ik zou de gelukkigste man op de hele wereld moeten zijn, maar zo voelt het niet. Ik leerde Ruby op de Country Club kennen. Ze was de dochter van een kennis van me en ze zocht regelmatig mijn gezelschap op. Het was gezellig om met haar te dineren. Ik zocht afleiding en vond dat bij haar. Welke vent vindt het niet leuk om in het gezelschap van een aantrekkelijke jonge dame te verkeren? Na een tijd in het buitenland gewerkt te hebben, nam ik weer intrek in de Country Club. Toen ik 's nachts mijn kamerdeur opende lag ze tot mijn grote verbazing naakt in bed. De kamer was romantisch versierd met kaarsjes. De grootste fout die een man kan maken, is je hierdoor te laten verleiden. Ik ben bij haar in bed gestapt. Ruby is jong, aantrekkelijk en ongecompliceerd en er vonden nog een paar ontmoetingen plaats. Tot we door de paparazzi waren gespot en in de roddelbladen stonden. Hier baalde ik van en besloot om de relatie te beëindigen. Voordat het zover was, vertelde ze trots dat ze zwanger was. Ik voelde me voor het blok gezet, maar nam mijn verantwoordelijkheid door met haar te trouwen. We hebben het huwelijksfeest sober gehouden en in het voorjaar is onze zoon Alexander geboren. De hele zwangerschap was een verzoeking, omdat Ruby verder geen bezigheden heeft en zich de hele dag verveelde. In Portugal miste ze haar ouders en ik had geen zin om haar moeder continue op bezoek te hebben. Dus pendelde Ruby tussen Groot-Brittannië en Portugal. Uiteindelijk is ze na lang lobbyen in Portugal bevallen."

Charles had zijn glas leeggedronken en gebaarde dat hij nog meer lustte en vervolgde: "Enfin, de bevalling was een drama. Ruby was tijdens de zwangerschap meer dan vijfentwintig kilo aangekomen en ze zag er vreselijk opgeblazen uit. Ik heb erover in gezeten en kon mezelf wel voor mijn kop slaan. Wat gebeurd is, is gebeurd en kon niet meer worden teruggedraaid. Alexander is een gezonde baby en met de hulp van Martim en Aznii lukt het allemaal een beetje. Af en toe reist Ruby naar Groot-Brittannië om haar familie te bezoeken.

Ik heb je bewust niet gebeld toen Alexander geboren was, maar ik heb wel lang getwijfeld. Ik was bang dat je in een dip terecht zou komen," en Charles nam weer een slok whisky.

"Gelukkig is Patricio de beste zoon die je je kunt wensen, want hij is niet lastig en toonde zelfs begrip voor de situatie. Hij kan goed met Ruby overweg en hun relatie lijkt meer op een broer en zus."

Charles had een getergde gezichtsuitdrukking, stond op en liep naar binnen om nieuwe fles whisky uit de bar te pakken. Hij schonk zijn glas weer in en zette de fles naast zijn stoel neer.

Sonja zei zachtjes: "Charles, wat vervelend zeg. We hebben een nare periode achter de rug, maar ik ben weer redelijk op de rit. Ik ben nooit boos op je geweest. Ik kan alleen maar mezelf verwijten over de dingen die gebeurd zijn. Maar wat je nu vertelt, heb je niet verdiend."

Charles keek voor zich uit en zei emotioneel: "Ik heb spijt. Ik had nooit van je moeten scheiden. Dan was deze shit er niet geweest.

Ruby zit nu met Alexander bij haar ouders in Groot-Brittannië. Het irriteert me, als ze belt. Ze is jong, onervaren en heeft de grootste moeite om zich in onze dynamische wereld een rol in toe te eigenen. Ze is regelmatig opstandig, omdat ze geen ervaring heeft in het bedrijfsleven en daardoor niet begrijpt waarom zakelijke afspraken soms uitlopen en dat ik niet altijd thuis ben wanneer het haar uitkomt. Precies dezelfde redenen, waarop eerdere relaties stukliepen."

Charles zei met een geforceerde glimlach: "Bel de Bezorgbeer maar voor een vette hap, want ik heb trek. Daarna ga ik met de taxi naar mijn eigen appartement."

Sonja pakte de telefoon en plaatste een bestelling.

Ze aten op het terras, maar veel honger hadden ze niet.

In het donker bij kaarsverlichting dronken ze koffie.

"Sonja, ik heb helemaal geen zin meer om naar mijn appartement te gaan."

"Je kunt hier blijven slapen, maar dan wel in de logeerkamer," zei Sonja. "Eigenlijk ben ik er niet zo'n voorstander van, want ik ben bang dat Patricio zich straks vastklampt aan de gedachte dat we weer bij elkaar komen."

"Je hebt gelijk, want ik weet dat Patricio diep in zijn hart hoopt dat het ooit weer goed komt. Hij heeft me dit in vertrouwen gezegd en dat doet pijn. Misschien wil ik toch wel in de logeerkamer blijven slapen."

Charles kuchte, "begrijp me goed, ik ben nergens op uit, maar ik zoek gewoon wat gezelligheid. De leegheid van mijn appartement staat me tegen, of moet ik eerlijk zijn en zeggen dat ik je gezelschap mis."

Sonja kreeg medelijden, maar ze verzette zich innerlijk, want over was over.

"Charles, ik vind het vervelend voor je, maar ik ben geen gezelschapsdame voor jouw eenzame momenten. Eerlijk gezegd maak je me heel nijdig. Zal ik nu een taxi bellen?"

Voordat Charles antwoord kon geven, ging de bel en Patricio en Carlos stonden voor de deur. Sonja opende de deur en keek Patricio streng aan.

"Heb je bier gedronken?"

"Ja mam, we hebben een biertje op, maar we hebben ons gedragen en plezier gehad. Misschien wil ik wel in Nederland wonen."

Sonja moest glimlachen. Patricio had haar hart gestolen en dat wist hij maar al te goed.

"Rondt eerst maar eens je studie af. Dan praten we wel verder."

Patricio zag Charles op het terras zitten.

"Is pa nog niet weg?"

"Nee, we zitten nog aan de koffie en ik denk dat je vader het niet prettig vindt om tussen stapels verhuisdozen te slapen. Hij blijft hier vannacht en slaapt in de logeerkamer. Zeg dit alsjeblieft niet tegen Ruby, want dan krijgt pa een huis met herrie. Zullen we morgenochtend gezellig ontbijten?"

Patricio kreeg een tevreden glimlach op zijn gezicht. "Dan is pa in ieder geval op tijd voor zijn gekookte eitje. Hè mam, dat heb ik lang gemist."

Sonja vond het spijtig dat Patricio hier naar uitkeek en zei: "Laten we vanwege de verkoop van het appartement van je vader even praktisch zijn."

Patricio knikte begripvol, maar Sonja zag aan hem, dat hij het diep in zijn hart liever anders had gehad.

Om iets van Nederland te zien hadden Patricio en Carlos een jongeren tourkaart bij de Nederlandse Spoorwegen genomen en reisden ze een aantal Nederlandse steden af. De jongens vertrokken vroeg in de ochtend en kwamen tegen middernacht weer boven water. Trouw informeerden ze Sonja via sms-berichtjes waar ze zaten en hoe laat ze ongeveer thuis zouden zijn.

Voor maandag stond de terugtocht naar Portugal gepland en in het laatste weekend spraken ze af om met z'n vieren buiten de deur te eten. In een intiem eethuisje deelden Patricio en Carlos hun belevenissen, die zich voornamelijk in en rond Amsterdam hadden afgespeeld. De groep met wie ze waren opgetrokken was tof en ze zouden contact houden.

Sonja zat genoeglijk naar de energieke jongens te luisteren. Ze hadden onbezorgd genoten en ze waren niet te ver buiten hun boekje gegaan.

Na afloop van het eten wilden Patricio en Carlos nog even de stad in, omdat ze een afspraakje hadden. Sonja en Charles moesten glimlachen en wandelden samen terug naar het appartement van Sonja.

Bovengekomen schoof Sonja de schuifpui open.

"Ik ben nog steeds onder de indruk van je appartement," zei Charles. "Overigens heb je me nog niet het volledige appartement laten zien."

Sonja ging Charles voor en liet ruimte voor ruimte zien. De kamer van Patricio en Carlos was een enorme chaos en Sonja trok de deur weer snel dicht. Charles vond de kamers erg ruim, die allemaal een schuifpui naar het enorme terras hadden. Als laatste showde Sonja haar eigen slaapkamer, die aan de woonkamer grensde.

Charles zei met een afgemeten stem: "Ik weet niet of ik deze kamer wel wil zien."

"Hoezo?" Zei Sonja verontwaardigd.

"Wat is er mis met mijn slaapkamer?" Ze liep naar binnen en schoof de pui open. Het gordijn waaide soepel met een grote boog naar binnen. Charles stond in de deuropening.

"Ik heb er moeite mee dat andere mannen in dit bed hebben gelegen."

"Wat is dit nu weer voor onzin? Er heeft op jou na, niet één man een voet in dit appartement gezet. Wat is dit voor jaloers gedoe Charles? Jij hebt een kind bij een jonge vrouw verwekt, die mijn plaats heeft ingenomen. Ik ben een "persona non grata" in het landhuis in Portugal en je verwacht van mij dat ik me in het belang van Patricio positief opstel?" brieste Sonja.

"Sorry Sonja, dat was niet zo bedoeld. Zullen we nog wat drinken?"

"Lijkt me een goed idee. Wil je de borrel op het terras of hier in bed? Want dan ben je ook de eerste man in dit bed."

Ze schudde haar hoofd. De boosheid ebde weg. Maar Charles keek Sonja indringend aan.

"Wat bedoel je?"

Sonja ging hier niet op in, maar Charles bleef haar aankijken en zei opnieuw: "Wat bedoel je?" Hij pakte haar hand en hield deze met zijn beiden handen vast. Sonja keek Charles onderzoekend aan. Hij trok haar naar zich toe en kuste haar teder op de mond, totdat hij zijn mond aandrukte en Sonja innig kuste. Hij duwde haar langzaam achterover op het bed, trok haar slipje uit en ze voelde zijn vingers tussen haar benen omhoog schuiven. Sonja rook zijn vertrouwde lichaamsgeur en raakte opgewonden. Ze sloot haar ogen, spreidde haar benen en liet Charles zijn gang gaan. Dit was lekkere seks, zonder verplichtingen. Charles kon er geen genoeg van krijgen en Sonja was verbaasd over zijn tomeloze energie. Ze merkte dat ze zijn tedere seks had gemist en ze realiseerde zich maar al te goed dat dit een eenmalige uitspatting was. Sonja sloot haar ogen en liet Charles binnendringen.

Midden in de nacht werd Sonja wakker. Patricio en Carlos kwamen thuis van hun avondje stappen. Ze zat in een lastig parket, want Charles lag nog bij haar in bed. Ze luisterde gespannen tot Patricio en Carlos in bed lagen. Daarna pakte ze de spullen van Charles, liep zachtjes naar de logeerkamer, sloeg het bed open en plette het kussen alsof er iemand had geslapen. Daarna sloop ze terug naar haar eigen slaapkamer. De naar binnen waaiende vitrage werd door de koele avondwind gevuld. Ze schoof de vitrage voorzichtig open en keek naar buiten.

De prijs was te hoog geweest. Het slippertje met Esmeralda had haar verdere leven bepaald. Ze keek liefdevol naar Charles, die als een roosje in haar bed lag en sliep. Zoals hij daar lag en het heerlijke gevoel wat hij haar vannacht had gegeven, wilde ze hem eigenlijk terug. Maar dat was uitgesloten en Sonja keek weer naar buiten, waar de schepen langzaam over de donkere Maas gleden. Sonja liet haar badjas op de grond glijden en stapte in bed. Charles opende zijn ogen, keek Sonja liefdevol aan, stak zijn arm uit en trok haar naar zich toe.

"Charles, over een paar uur worden Patricio en Carlos wakker. Ik heb je spullen al in de logeerkamer gelegd."
Charles reageerde niet, want hij wilde meer.

Hoofdstuk 18

Nadat Patricio, Carlos en Charles naar Portugal waren vertrokken had Sonja het slecht naar haar zin. Het huis was leeg en ze miste Charles. Het had aangevoeld, alsof ze nooit waren gescheiden. Het maakte Sonja verdrietig, hoe stoer en zelfstandig ze ook was. De leegte was oncomfortabel en dit moest worden weggewerkt. Ze besloot om Edward te bellen.

Op vrijdagavond, klokslag elf uur ging de bel en Edward en Stuart stonden voor de deur voor een intieme house warming. Sonja had zich subtiel aangekleed in een zwarte doorschijnende crêpe de Chine jurk met hoge zwarte lakslippertjes. Ze glimlachte bevallig toen ze de deur opende.

Edward kuste Sonja als eerste en feliciteerde haar met het nieuwe appartement.

"Dat heb je mooi voor elkaar. Heeft die ex dat allemaal voor je betaald? Je bent een bijdehante tante, want volgens mij heb je er een paar flinke duiten uitgesleept."

Stuart kuste Sonja en gaf haar een grote bos bloemen. Ze ging de mannen voor en liep koket naar binnen. Edward en Stuart liepen gelijk door de openstaande schuifpui het terras op.

"Schitterend, maar waarom heb je me hier niet eerder over verteld. Je bent een kampioen in het bewaren van allerlei geheimpjes," zei Edward, terwijl zijn ogen de voorbijvarende schepen op de Maas volgden.

Hij ging achter Sonja staan en legde zijn kin op haar schouder. "Hoe heb je dat geflikt? Ik weet dat dit soort plaatsen onbetaalbaar zijn. Ik ben jaloers op je," en ze voelde zijn handen over haar onderbuik in haar slipje glijden.

Stuart had een lustige blik in zijn ogen, pakte een zakje coke uit zijn zak en piekte er met zijn vinger tegenaan. Sonja wist genoeg. Het zou een lang en intensief weekend worden, maar daar had ze al rekening mee gehouden. Ze had er zelfs naar uitgekeken.

In de slaapkamer modelleerde Stuart de lijntjes coke en ze snoven gulzig. Sonja schopte haar hooggehakte slippertjes uit en voor ze er erg in had, claimde Stuart haar.

Van achteren schoof hij haar slipje naar beneden drong met grote halen naar binnen. Beide mannen leefden zich uit en Sonja genoot met volle teugen. Ze was onverzadigbaar, snoof weer een lijntje, spreidde haar benen, wreef sensueel over haar lichaam en begon zichzelf te vingeren. Ze zuchtte van genot: "Waar blijven jullie nu?" Waarop Edward aan zijn vingers likte en Sonja vastpakte.

Het was een heftig weekend. Af en toe lagen ze met een glas whisky op het terras of namen ze een warm bad. Er werd nauwelijks gegeten en het hele weekend werd gedomineerd door drugs, drank en seks.
Op zondagavond keek Sonja verschrikt naar haar verlopen gezicht in de spiegel. Ze zag grauw, had diepe rimpels rond haar ogen, doffe blauwe plekken op haar bovenarmen en haar ogen waren opgezwollen.

Na het buitensporige weekend nam Sonja haar rust om te herstellen. Onverwachts werd ze gebeld door een Werving- en selectiebureau, waar ze zich kortgeleden had ingeschreven. Het bureau wilde een afspraak maken om over een vacature te praten. Omdat Sonja graag voor een langere periode op een vaste locatie in Nederland wilde werken, plande ze de afspraak in.
Het was een vruchtbare afspraak, want de directiefunctie die ze in portefeuille hadden sloot naadloos aan bij haar kennis en ervaring. Het bedrijf Navion BV ontwikkelde software voor de Maritieme industrie en werkte wereldwijd. Een kennismakingsgesprek met de managing director Jurgen Birne werd ingepland.

Sonja ergerde zich tijdens het gesprek aan Jurgen en vond hem een praatjesmaker. Hij had een zelfverzekerde houding, een iets te vlotte babbel, typeerde zichzelf als "down to earth" en benadrukte dat hij pragmatisch was. Ondanks dat Jurgen zich spontaan presenteerde was hij dominant, want hij hield er niet van om tegengesproken te worden. Hij ontvouwde de groeiplannen voor Navion, die Sonja wel aanspraken. Vooral de ontwikkelingen in de maritieme industrie, die de komende jaren zouden gaan plaatsvinden hadden haar interesse.

Na het gesprek met Jurgen werd er een vervolgafspraak met de andere directieleden ingepland. De hands-on mentaliteit die ten toon werd gespreid, beviel haar. Binnen de kortste keren ontving Sonja een voorstel, waarin ze zich kon vinden. Het salaris lag in de goede range, de secondaire arbeidsvoorwaarden waren mager, maar Navion lag op een steenworp afstand van haar appartement en dat gaf de doorslag. Als ze uit het raam keek, kon ze het mooie donkerblauwe glazen pand aan de Maashaven zien liggen.

Sonja ondertekende het contract en verstuurde het per email naar Jurgen. Nog dezelfde avond hing Jurgen aan de telefoon om haar persoonlijk te bedanken en heette hij Sonja van harte welkom binnen de club.

"Fijn dat je zo snel een beslissing hebt genomen. We zijn erg blij met je komst. Ik heb nog wel een verzoek. De heer Koot, de eigenaar van Navion wil je graag persoonlijk ontmoeten. Het is alleen maar een formaliteit. Hij is vrijdagmiddag rond vijf uur op kantoor. Ben je dan in de gelegenheid om een half uurtje met hem te praten?"

Toen was het even stil. Het leek of Jurgen bang was dat Sonja niet op zijn voorstel zou ingaan, maar Sonja stemde in.

Jurgen vervolgde gehaast: "Misschien goed om je kort bij te praten over De heer Koot. Hij staat buiten het bedrijf en je zult hem in de toekomst niet op kantoor aantreffen. Hij is vorig jaar tot een mysterieuze sekte toegetreden en hangt af en toe zweverige verhalen op. Na het kennismakingsgesprek heb je verder niets meer met hem te maken. Ik ben tijdens het gesprek boven op de eerste verdieping aanwezig."

Sonja twijfelde, want ze vond dit een rare wending, maar ze besloot om de afspraak na te komen.

Twee minuten voor vijf uur belde Sonja bij Navion aan. De receptioniste opende de deur en heette Sonja welkom. Ze liep gejaagd in een open jas rond. Klaar om te vertrekken. Ze bracht Sonja naar een grote vergaderkamer en vroeg wat ze wilde drinken. In de tussentijd kwam Jurgen de vergaderkamer binnenlopen en vertelde hij dat De heer Koot onderweg was. Hij ging op de punt van een stoel zitten en stelde Sonja gerust door te benadrukken dat het gesprek met De heer Koot alleen voor de vorm was.

"Na twintig minuten ebt zijn aandacht weg en dat is het teken dat hij er snel vandoor gaat. Ik ben boven aan het werk en spreek je nog."

Het lag op haar mond om te vragen wat hier nu allemaal aan de hand was, toen de receptioniste een glas water voor haar neerzette. Een ding was zeker, Jurgen had een grote mond, maar hij was in werkelijkheid afhankelijk van De heer Koot.

In de gang hoorde Sonja een mannenstem en ze maakte hieruit op dat De heer Koot gearriveerd moest zijn. Een lange slanke man met een buikje kwam de vergaderkamer binnenlopen. Sonja schatte hem rond de vijftig jaar oud. Hij had dun grijs vlassig haar, waaronder zijn roze hoofdhuid glansde. Hij had fletse blauwe ogen en had een rare grijns op zijn gezicht. Zijn dunne lippen glansden en het viel Sonja op dat hij ze veelvuldig natlikte.

Sonja twijfelde; onmiddellijk de afspraak beëindigen of hardop in de lach schieten. Maar ze hield zich in.

De heer Koot, een man met een rare grijns op zijn gezicht. Het moest een kunstmatige pose zijn, omdat Sonja geen positieve uitstraling in zijn ogen waarnam. Om zijn pink droeg hij een gouden ringetje met een occult teken waar hij telkens overheen wreef voordat hij een vraag stelde. Hij liet tijdens het gesprek bewust grote stiltes vallen, keek Sonja dan met die rare grijns aan en creëerde hiermee een onbehaaglijke sfeer. Sonja sloeg hem gade en ze was niet onder de indruk van zijn psychologische krachtpatserij. Ze keek afwachtend voor zich uit en vroeg zich af wat als volgende uit zijn trukendoos zou komen. Ze had hekel aan dit soort mannen, die op een kinderachtige manier boven haar probeerden te staan. Ze classificeerde het als een minderwaardigheidscomplex dat op de een of andere manier gecompenseerd moest worden.

De heer Koot roerde met zijn lepeltje in zijn kopje zonder dat hij er suiker of melk in had gedaan. Met grote zorg legde hij het lepeltje op het schoteltje en keek Sonja weer met die rare grijns aan.

"Kun je iets over je zelf vertellen?" vroeg hij.

Sonja vatte vlot chronologisch haar curricula vitae samen, gevolgd door wie ze als persoon was, wat ze gedaan had en waarom ze Navion een aantrekkelijk bedrijf vond om voor te werken. De heer Koot knikte tevreden.

Jurgen had gezegd dat De heer Koot alleen een indruk van haar wilde hebben. Sonja nam niet eens de moeite om vragen te stellen, omdat ze De heer Koot een griezel vond en eigenlijk niets van hem wilde weten.

Tegen het einde van het gesprek viel er weer een onbehaaglijke stilte en Sonja wachtte netjes af. Maar De heer Koot bepaalde anders en vroeg met een gladde stem: "Ik zag in de papieren dat je in een mooi appartement op de Kop van Zuid woont. Ik heb daar ook wel eens naar een appartement gekeken. Je moet van goede huize komen om daar tussen te komen."

Sonja glimlachte naar hem, maar ze zei verder niets.

Maar De heer Koot was nog niet klaar.

"Is dat sportautootje op de parkeerplaats van jou?"

Sonja knikte. De heer Koot bleef Sonja met een rare grijns op zijn gezicht aankijken. Sonja twijfelde of ze wel voor Navion wilde werken, met De heer Koot als griezel en Jurgen als zijn loopjongen. Plotseling stond De heer Koot op, gaf Sonja een hand en vertrok.

Toen Sonja kort daarna in haar auto stapte, keek ze achterdochtig om zich heen, omdat ze het gevoel had dat De heer Koot haar begluurde. De ontmoeting met hem had geen goed gedaan. Een alternatief was er niet op korte termijn. Sonja wilde niet de hele dag thuis zitten, maar ook niet meer voor een langere periode in het buitenland wonen. Ze besloot Navion een kans te geven en ze zou wel zien wat het zou brengen.

Patricio vroeg of hij de jaarwisseling bij Sonja in Nederland kon doorbrengen. Sonja verheugde zich erop en ze haalde hem bij Schiphol op. Ze kookte alle dagen voor hem en maakte de gerechtjes klaar die hij lekker vond. Patricio vertelde in vertrouwen dat hij blij was om aan het huishouden van Ruby te ontsnappen.

"Alexander is een vervelende en verwende baby. Zodra hij een grote keel opzet, krijgt hij zijn zin. Ruby kan hier helemaal niet mee omgaan. Ze krijgt hysterische aanvallen als pa een paar dagen van huis is. Als hij te laat uit zijn werk komt, dan wil je niet weten hoe ze uit haar stekker gaat."

Patricio nam een slok uit zijn glas.

"Pa houdt zich altijd in en hij zal nooit in mijn bijzijn uitvallen, maar vorige week hoorde ik hem in de slaapkamer met een enorme stemverheffing tekeer gaan. Daarna is Ruby in de auto gestapt en heeft ze Alexander bij pa achtergelaten. Twee dagen later kwam ze weer boven water."

Hij nam een paar happen van zijn eten en vervolgde: "Volgens mij heeft Ruby een vriendje en is pa alleen maar goed voor haar onderhoud. Ik ben blij als ik op de universiteit van Salamanca ben, want dan ben ik van haar verlost."

Sonja stelde Patricio gerust en zei dat het misschien van tijdelijk aard was. Ze vond het vervelend voor Patricio, maar ze was niet in staat om hier iets aan te doen.

Sonja startte bij Navion en in de praktijk viel het mee. De heer Koot had ze niet meer gezien en ze bevond zich in een innovatieve en uitdagende omgeving, waar ze zich uitstekend in kon vinden. Met haar collega's werkte ze de nieuwe plannen uit en ze gaf leiding aan de strategische en operationele activiteiten.

Na een paar maanden, toen Sonja vroeg in de morgen bij Navion arriveerde, bleek de beveiligingscode al van de voordeur te zijn. Normaliter was Sonja de eerste die de code invoerde en de voordeur opende. Toen ze de trap opliep zag ze nog net De heer Koot naar het keukentje lopen. Ze was verbaasd hem hier aan te treffen, omdat Jurgen haar had verzekerd dat hij geen voet binnen het bedrijf zou zetten.

Hij had Sonja opgemerkt en liep op haar af. De heer Koot deed net of hij de leiding over het bedrijf had en vroeg aan haar hoe ze tegen een aantal zaken aankeek. Met haar jas nog aan en haar tas in de hand, gaf ze hem kort en zakelijk antwoord op zijn vragen. Het bevreemde Sonja dat hij met een stapel papieren in zijn hand op weg was naar de keuken. Toen Sonja op haar werkplek zat, hoorde ze De heer Koot over de trap naar beneden lopen en het pand verlaten.

Na een half jaar voor Navion gewerkt te hebben, maakte Sonja de balans op. De collega's waren prima, de industrie en producten spraken haar aan, maar ze vond het een vreemde ambiance. Jurgen, met op de achtergrond De heer Koot, die onzichtbaar aan de touwtjes trok. Sonja probeerde zo veel mogelijk uit de buurt van de ondergrondse machtsstrijd te blijven.

In februari stond er een conferentie in Seattle op het programma, waar Sonja Navion zou vertegenwoordigen. Seattle was voor de Navion een belangrijke locatie om met de juiste mensen op internationaal niveau in contact te komen voor toekomstige deals. Op de conferentie zouden nieuwe technologieën gepresenteerd worden, die voor de strategie van Navion belangrijk waren.

De voorbereidingen voor de conferentie in Seattle waren in volle gang. Sonja zou alleen gaan. De secretaresse had het vliegticket en het hotel al geboekt. Op het programma stonden inspirerende sprekers en Sonja maakte vooraf een lijstje van de presentaties die ze wilde bijwonen.

Na aankomst in Seattle bracht Sonja haar koffer naar de hotelkamer. Ze modelleerde haar haren, werkte haar lippenstift bij en ging naar beneden, waar de welkomsttoespraak begon.

Na een inspirerende openingspresentatie liep Sonja met bevriende relaties naar het buffet en schepte ze verschillende hapjes op haar bord. Ze maakte kennis met nieuwe mensen die aan de statafels stonden. De sfeer was familiair. Zoals gebruikelijk, maakten veel gasten van de gelegenheid gebruik om te netwerken.

Er waren publicaties in de media geweest dat Sonja voor Navion was gaan werken. Navion had met zijn specifieke nautische software een naam in de IT-wereld hoog te houden. Voor sommige bedrijven was dit het moment om met Sonja kennis te maken. Sommige relaties ventileerden hun ideeën, terwijl andere meer geïnteresseerd waren in de ontwikkelingen die Navion voor de komende jaren op de roadmap had staan.

Tijdens het uitgebreide diner was er geen tafelindeling en alle gasten namen plaats aan de grote ronde tafels, ongeacht of ze elkaar kenden. Sonja ging elke keer bewust bij andere gasten aan tafel zitten. De laatste avond ging ze aan een tafel zitten, waar nog maar één vrije plaats was. De man naast haar, had ze eerder zien rondlopen. Hij was haar opgevallen, omdat ze het een knappe verschijning vond. Ze vermoedde dat hij van Scandinavische afkomst was. En dat klopte. De man heette Gustav Johansson, glimlachte beleefd toen ze naast hem ging zitten en hij bekeek haar badge.

"Dat komt goed uit dat je naast me komt zitten, want je staat op mijn lijstje voor een kennismaking. Alleen was je steeds bezet. Ik heb vanmorgen al uitgebreid kennis gemaakt met de producten van Navion. Jullie hebben een mooie uitgebalanceerde portfolio voor de maritieme industrie ontwikkeld, wat een ideale basis biedt voor onze specialistische diensten."

"Dat vind ik plezierig om te horen," zei Sonja en ze vertelde vol passie over de producten van Navion. Ze wilde van Gustav weten waarom hij op zoek was naar Navion en hij lichtte toe om welke kennis en expertise het ging. Ze hadden elkaar veel te vertellen en ze waren nog volop in gesprek toen de bediening de tafels afgeruimde. Gustav stelde voor om koffie aan het buffet te halen en het gesprek voort te zetten. Toen hij opstond, keek Sonja hem na. Er was iets in zijn gezicht wat haar aan Charles herinnerde, maar ook zijn lichaamshouding en zijn rustige en weloverwogen manier van praten. Ze vond hem mooi en volgde hem belangstellend met haar ogen.

Omdat Sonja nog een afspraak in haar agenda had staan, sprak ze met Gustav af om later op de avond in de bar het gesprek voort te zetten.

Om tien uur liep Sonja naar de bar en ze herkende Gustav al van verre. Ze bestelde Jack Daniels en hij bestelde gelijk een glas voor zichzelf.

Ze zetten het gesprek aan de bar voort, maar na het volgende glas Jack Daniels sloten ze het onderwerp softwareontwikkeling af. Sonja had gezien dat Gustav een trouwring droeg. Hij was een prettige gesprekspartner en ze vond het echt jammer dat hij getrouwd was. Hij had iets waar Sonja een warm gevoel van kreeg. Ze bestelden nog een glas whisky en het gesprek werd losser. Gustav vroeg beleefd of Sonja een relatie had. Ze moest in zichzelf lachen, want hij nam het blijkbaar niet zo nauw met de huwelijkse trouw. Toch vond ze hem niet de man, die zomaar vrouwen aan de bar versierde. Hij kwam betrouwbaar over en ze had het gevoel dat hij haar iets wilde vertellen.

Sonja vertelde dat ze al jaren gescheiden was en een zoon had, die in Spanje studeerde. Wat ze niet verwachtte; Gustav daagde haar uit.

"Ik kan me niet voorstellen dat een vrijgevochten en goed uitziende vrouw als jij geen relatie heeft."

Sonja werd een beetje verlegen van Gustav, maar ze stond haar mannetje.

"Ik heb de ware nog niet gevonden," en ze liet haar hand langzaam over zijn hand glijden en ze keek hem met haar verleidelijke blauwe ogen aan.

Maar Gustav verstarde, haalde zijn hand weg en hij nam een slok uit zijn glas.

"Is er iets? Heb ik iets verkeerd gezegd?"

"Sorry, ik ben te ver gegaan."

Sonja keek hem met opgetrokken wenkbrauwen aan.
"Je hebt me niet beledigd hoor?"
"Nee, dat bedoel ik niet. Het is mijn eigen schuld."

Na een moment van stilte begon Gustav te vertellen.
"Er is een mevrouw Johansson. Ze is verlamd en ligt op bed. Ik zou haar graag bij me willen hebben, maar dat gaat gewoon niet. Ze heeft permanente verzorging nodig. Het gaat op dit moment zo slecht met haar, dat ik bang ben dat ze er over een paar maanden niet meer is. We droomden van een gezin met kinderen, maar die droom is nooit uitgekomen."
Sonja vond het aandoenlijk en ze had haar hand weer over zijn hand gelegd, maar was ontgoocheld over de anticlimax.
"Het spijt me."
"Waarom? Je hebt niets fout gedaan. Ik heb vanavond, ondanks al mijn zorgen, een fijne avond gehad. Ik wil je zelfs bedanken voor het samenzijn hier aan de bar."
Sonja had de nodige glazen Jack Daniels op en het gesprek had een vreemd gevoel achtergelaten. Ze wist niet goed wat ze ermee moest. Ze spraken af om contact te houden en ze wisselden kaartjes uit.
Sonja vertelde dat ze in oktober naar de conferentie in Berlijn zou gaan. Gustav zei met een glimlach op zijn gezicht dat deze ook op zijn lijstje stond.
Ze liepen samen op naar de hotelkamer en bij de kamer van Sonja gaf Gustav haar een hand. Sonja wenste hem veel sterkte met zijn vrouw. Hij pakte haar hand met beide handen vast en keek haar aan met een blik in zijn ogen dat meer inhield dan een gewoon afscheid.

Hoofdstuk 19

Tijdens de lunchpauze bij Navion wandelde Sonja met haar collega Frida langs het mooie donkerblauwe glazen kantoorpand in de richting van de Maashaven. Ze genoten van het voorjaarszonnetje. De mobiele telefoon van Sonja ging af met een onbekend nummer.

"Ha Sonja, met Stuart. Bel ik je gelegen?"

Sonja was uitermate verbaasd, omdat ze haar nummer nooit aan Stuart had gegeven.

"Ik heb je nummer van Edward gekregen en ik zou graag een keer met je willen afspreken."

Sonja was nieuwsgierig wat Stuart te vertellen had en ze hield het gesprek kort. Ze spraken af om dezelfde avond samen in de binnenstad te eten.

Sonja arriveerde om zeven uur en bestelde alvast een glas wijn. Stuart kwam kort daarna binnenlopen en hij begroette Sonja.

"Alweer een tijdje geleden dat we elkaar hebben gezien. Een jaartje?" en hij keek Sonja met zijn mooie donkere ogen aan.

Ze plaagde Stuart door te vragen of hij toestemming van Edward had gekregen. Die bleek een relatie te hebben, waarvan Stuart inschatte dat deze binnenkort over de houdbaarheidsdatum zou zijn.

Het gesprek ging over op de grote verzekeraar waar Stuart voor werkte. Sonja luisterde belangstellend naar zijn ideeën over de lopende ontwikkelingen. Maar ze had het voorgevoel dat hij haar iets wilde vragen. Pas na het eten vertelde Stuart waarom hij haar had gebeld.

"Binnenkort heb ik een extern directieoverleg, waarbij op de laatste dag de partners aanschuiven. Mijn collega's maken wel eens grapjes over mijn vrijgezellenstatus. Ik wil graag in aanmerking komen voor een promotie en wil serieus genomen worden. Mijn concrete vraag is of je me als partner zou willen vergezellen."

Sonja luisterde aandachtig, maar ze gaf geen antwoord.

"Jij bent de enige die op directieniveau gesprekken kan aangaan. Vind je het wat?" vroeg Stuart en hij keek Sonja hoopvol aan.

"Wat houdt dat externe overleg van jou in?

"Het opstellen van de strategische roadmap voor de komende jaren," en Stuart lichtte de belangrijkste punten van het programma toe. Sonja was beschikbaar en stemde in. Misschien had Stuart op directieniveau interessante collega's die voor haar netwerk van belang konden zijn en ze had zin in Stuart, zonder Edward.

Toen ze na het eten naar buiten liepen en afscheid namen vroeg Stuart: "Heb je nog zin om bij mij thuis wat te drinken?"
Sonja schoot in de lach: "Ik dacht al; waar blijft die vraag?"
Stuart sloeg vriendschappelijk zijn arm om haar schouder en ze liepen samen naar de metro.

Het appartement van Stuart lag op de vijftiende verdieping van een luxe appartementencomplex in het hart van Rotterdam. De inrichting was modern met veel kunst aan de muren. Sonja bekeek de stukken en vond dat Stuart een smaakvolle inrichting had.
  "Wat kan ik voor je inschenken?"
Sonja glimlachte en keek hem alleen maar aan. Waarop hij zijn wijsvinger omhoog stak en de boodschap doorhad. "Jack?"
Stuart liep naar de kast en pakte de fles met twee glazen.
Hij reikte haar glas aan, keek begeerlijk, maar ondernam nog niets. Sonja voelde dat hij de spanning opvoerde, want hij bleef haar met zijn omfloerste ogen lustig aankijken. Het gesprek ging over kleine details voor het externe directieoverleg, maar het duurde Sonja te lang want ze had zin in seks.
Ze zat in de stoel tegenover Stuart, keek hem verleidelijk aan en maakte tijdens het gesprek langzaam haar blouse los. Ze schoof haar rok omhoog en liet haar vingers in haar kleine slipje glijden. Ze likte aan haar vinger, stak hem weer in haar slipje, wreef op en neer en sloot haar ogen. Met haar andere hand schoof ze in haar BH, wreef over haar tepel en opende haar mond een stukje. Het duurde niet lang totdat ze de hand van Stuart in haar slipje voelde en zijn warme lippen op haar mond. Zijn tong schoof gulzig naar binnen. Sonja spreidde haar benen en was ontvankelijk voor alles wat Stuart in gedachten had.
Stuart stond op en ze hoorde ritselen. Hij pakte Sonja bruusk op en zette haar op haar knieën neer met haar kont omhoog. Haar billen trilden van lust. Ze voelde iets op haar onderrug. Stuart had een lijntje coke naar haar anus gelegd. Hij stak zijn vingers in haar vagina, haalde deze heen weer terwijl hij snoof. Daarna lieten ze zich tot exorbitante hoogten gaan.

De volgende ochtend nam Sonja de taxi naar Navion. Toen de taxi de straat waar Navion gevestigd was binnenreed en de bocht nam, zag ze nog net De heer Koot van de parkeerplaats wegrijden.
Hij zag haar niet, omdat Sonja achterin de taxi zat. Ze betaalde de taxi en liep naar de voordeur. De receptioniste was al binnen. Sonja vroeg aan haar of er al collega's binnen waren, maar de telefoniste zei zelfverzekerd dat ze nog niemand had gezien.

Een paar dagen later werd Sonja door haar adviseur geïnformeerd dat er een poging was gedaan om haar financiële status te achterhalen. De adviseur zou haar op de hoogte houden als er nieuwe ontwikkelingen waren.

Sonja had een uitgebreid telefoongesprek met Charles over de studievorderingen van Patricio. Hij haalde goede cijfers en samen met Carlos vermaakten ze zich in Salamanca. Ze trokken met elkaar op en stimuleerden elkaar op een positieve manier.
Uit beleefdheid vroeg Sonja hoe het met Alexander ging.
Hij bleek als kool te groeien, maar de relatie met Ruby verliep minder soepel. Ze zat veel bij haar ouders in Groot-Brittannië. Charles nam regelmatig opdrachten in Londen aan, om in de buurt van Ruby en Alexander te zijn.
Hij vroeg wanneer Sonja weer eens voor Patricio naar Portugal kwam.
Sonja beloofde dat ze dit met Patricio zou bespreken en dat haar besluit hiervan afhing. Na het telefoongesprek met Charles pakte ze haar weekendtas in en vertrok naar Stuart, om als pseudo partner opwachting te maken.

Stuart stond op de parkeerplaats met een collega te praten toen Sonja kwam aanrijden. Ze parkeerde haar auto, liep naar Stuart toe en gaf hem een kus, zoals partners doen. Binnengekomen, stelde Stuart Sonja als zijn vriendin voor. De gesprekken waren verkennend. Ze merkte dat ze door zijn collega's werd getaxeerd, door haar met vragen over Stuart te bestoken. Maar Sonja kon naadloos antwoord geven en ze merkte dat er langzaam maar zeker aanvaarding plaatsvond.
Tijdens het diner was de tafelschikking gearrangeerd om te voorkomen dat de collega's bij elkaar gingen zitten en de partners erbij zouden

hangen. Het diner was van uitstekende kwaliteit en tijdens het natafelen kwam het hoge woord eruit. Er werd aan Sonja gevraagd, wanneer het huwelijk met Stuart gepland stond. Sonja glimlachte innemend, maar ze was van de tongriem gesneden.

"Stuart, wat vind jij ervan? Zullen we voor de buitenwereld gaan trouwen of blijven we wekelijks musea bezoeken?"

Stuart lachte ondeugend met zijn donkere ogen, "Sonja, wat jij wilt. Ik stem met alles in."

Het bracht de collega's aan tafel in verwarring, die in de lach schoten en vervolgens het onderwerp lieten rusten.

Naast Sonja zat Philip. Hij was belangstellend en vroeg waar Sonja werkte. Je moest insider in de industrie zijn om Navion te kennen en het verbaasde Sonja dat Philip zeer goed op de hoogte was van de activiteiten van Navion. Ze was nieuwsgierig hoe hij aan deze kennis kwam, maar Philip bleef vaag, in de trant er wel eens van gehoord te hebben. Ze had de indruk dat hij haar subtiel uithoorde. Hij viste naar haar bevoegdheden. Sonja was achterdochtig en ging er niet op in, omdat ze Philip niet goed genoeg kende. Ze veranderde behendig van onderwerp, maar hij intrigeerde haar wel. Ze nam zich voor om Stuart onder vier ogen te raadplegen.

Na het diner verplaatste het gezelschap naar een nabij gelegen bar om de avond voort te zetten. Sonja en Stuart waren naar de hotelkamer gelopen om hun jassen te pakken. Sonja vroeg naar de status van Philip en ze vertelde over zijn belangstelling voor Navion. Stuart ging op bed zitten en keek haar bezorgd aan.

"Neem maar van mij aan dat hij iets weet, wat niet normaal is. Philip is eindverantwoordelijk voor grote fraudezaken en hij heeft regelmatig met externe partijen overleg. Hij heeft een belangrijke status binnen de verzekeringsmaatschappij en op internationaal niveau heeft hij een sleutelpositie. Als je meer wilt weten, moet je het hem gewoon vragen. Hij zal je niet alles kunnen vertellen op basis van geheimhouding. Straks in de bar is het beste moment om hem te polsen. Hou er wel rekening mee dat Philip een charmeur is. Zijn vrouw Barbara heeft zijn losbandige leven geaccepteerd en ze leeft haar eigen leven. Ze is hier om het beeld voor Philip te complementeren. Je kunt je voordeel met Philip doen, maar als hij van je in de ban is, is hij moeilijk te lozen."

Sonja luisterde belangstellend naar Stuart en was geschrokken. Er was blijkbaar iets niet in orde bij Navion.

"Kom, we gaan naar beneden, want we zijn laat," zei Stuart toen hij de deur van de hotelkamer opende.

"Je bent vannacht wel bij mij. Dus als je iets met Philip van plan bent, graag na dit weekend."

Sonja gaf Stuart een klap op zijn kont en zei: "Naar beneden jaloerse zeur."

In de bar werd druk geborreld en Sonja en Stuart mengden zich in de groep. Sonja benaderde Philip onopvallend. Hij had gelijk aandacht voor haar. Ze voedde hem met vragen over zijn expertise en koppelde hier voorbeelden van Navion aan. Ze moest het spel geconcentreerd spelen en ze kon in de tussentijd niet op Stuart letten. De hand van Philip gleed subtiel langs haar onderrug en ze vroeg zich af over welke gevoelige informatie hij beschikte. Sonja stuurde het gesprek behendig en een tactisch spel volgde om de vertrouwelijke informatie over Navion te vergaren. Philip was een bijdehante charmeur, probeerde Sonja in te palmen en liet weinig van waarde los, maar hij wilde wel in het weekend met haar afspreken. Ze vond het een prima idee en opperde een gelegenheid voor een lunch. Maar dat bedoelde Philip niet. Hij wilde dineren. Toen Sonja instemde liet hij gedoceerd informatie los.

Philip bleek met een juridisch fiscalist aan een grootschalig fraudeproject te werken, waar Navion onder vuur lag. Hij adviseerde Sonja cryptisch dat De heer Koot zich op glad ijs begaf. Hij vroeg naar haar verantwoordelijkheden en waarschuwde over de gevolgen van hoofdelijke aansprakelijkheid. Hij adviseerde Sonja waar ze op moest letten en welke bankrekeningen ze moest controleren. Philip insinueerde op Zwitserland. Verder liet hij niets meer los.

Philip gaf nog wat kleine tips, maar hij was meer geïnteresseerd hoe laat hij haar in het weekend kon ophalen. Sonja hoopte dat Stuart niet zo jaloers was als Edward, maar toen ze naar hem keek, zag ze dat zijn donkere priemende ogen strak op haar waren gericht. Ze knipoogde naar hem, maar hij reageerde niet van harte.

Boven in de hotelkamer keek Stuart haar aan.

"Sonja, je hebt toch niet met Philip afgesproken?"

Ze gaf geen antwoord, maar wist uit ervaring hoe ze Edward moest aanpakken om hem hitsig te krijgen. Stuart bleek uit hetzelfde hout gesneden te zijn als zijn broer Edward. Hij was opgewonden en jaloers. Ze keek hem aan en begon zich langzaam uit te kleden, zonder aandacht aan zijn betoog te schenken. Ze haalde uit haar make-up tasje een zakje coke, deed een beetje op de muis van haar hand en snoof het op. Daarna ging ze op bed liggen en creëerde een lijntje over haar kale venusheuvel naar haar speet. De woordenstroom uit Stuart's mond verstomde. Hij klom op bed en ze hoorde hem snuiven. Met zijn tong bracht hij Sonja tot een hoogtepunt, waarbij ze schreeuwde van genot.

Het diner op zaterdagavond met Philip was onderhoudend. Sonja deelde de informatie die ze de afgelopen week in alle stilte bij Navion had verzameld. Philip drukte haar op het hart dat hij vorige week in de bar buiten zijn boekje was gegaan en hij vroeg Sonja om absolute geheimhouding. Er bleek een grootschalig fraudeonderzoek te lopen, waarbij Navion betrokken was en De heer Koot hoofdelijk onder vuur lag. Het onderzoek liep nog. De uitkomsten zouden binnen afzienbare tijd worden gepresenteerd.

Na een paar glazen wijn draalde Philip behendig van het onderwerp af en vroeg hij of Sonja zin had om met hem mee te gaan naar een hotel. Ze vond Philip een aantrekkelijke man, maar bedankte hem. Sonja gebaarde de ober en ze gaf haar creditcard. Philip protesteerde, maar ze wimpelde hem af en zei dat hij de volgende keer mocht afrekenen. Hij bracht haar naar huis, hoopte op meer, maar Sonja nam hem niet mee naar boven.

Bovengekomen hoorde ze dat Charles een voicemailbericht had ingesproken. Robert van Teylingen, de man die Charles had grootgebracht was in zijn slaap overleden. Hij bleek al enige tijd ziek te zijn. Zijn hart had het begeven. Ondanks dat Robert niet haar grote vriend was, vond ze het niet meer dan haar plicht om zijn uitvaart bij te wonen.

Hoofdstuk 20

Een stijlvolle ceremonie ging aan de begrafenis van Robert vooraf. De kerkdienst was indrukwekkend. Om Patricio niet in verlegenheid te brengen hadden Sonja en Charles afgesproken dat Sonja Patricio onder haar hoede zou nemen. Charles ontfermde zich over Ruby. De ouders van Ruby waren ook gekomen om Alexander op te vangen. Tijdens de condoleance gaf Sonja Ruby een hand en ze merkte dat Ruby erg onzeker was. Ze had neergeslagen ogen en ze keek Sonja niet aan. Sonja observeerde haar in een onbewaakt moment van top tot teen en ze snapte niet wat Charles in haar had gezien. Simpel van aard en veel te jong.

Na de begrafenis spraken ze af in het appartement van Charles in Londen. Toen Sonja de woonkamer binnenliep kreeg ze een ongemakkelijk gevoel. Dit was de plek waar het voor haar allemaal was begonnen. Ze wist nog precies waar ze met Charles bij het raam had gestaan, toen hij haar de eerste keer kuste.
Ruby zat op de bank met Alexander op haar schoot. Charles vroeg wat ze wilden drinken en liep naar de keuken.
Het had geen zin om verstoppertje te spelen en Sonja opende het gesprek door Ruby te completeren met haar mooie zoon en ze vroeg belangstellend naar hem. Sonja verbaasde zich over Alexander, want hij had rood haar en een spichtig gezichtje. Hij leek niet op Charles, de familie van Charles, maar ook niet op de ouders van Ruby. Het was wel een guitig ventje.
Ruby begon enthousiast te vertellen welke woordjes Alexander al kon zeggen en ze mummelde lief naar hem, waarop hij begon te lachen. Patricio keek verveeld, pakte zijn laptop uit zijn rugtas en liep naar de eetkamertafel. Voor Sonja hoefde deze bijeenkomst niet, maar uit respect voor Charles bleef ze nog even. Charles zette de volle glazen op de tafel neer, maar tot een gesprek kwam het niet. Sonja was al in gedachten bezig met de terugreis. Nog een paar uur en dan zat ze weer in het vliegtuig naar Rotterdam.
Ruby liep de kamer uit om Alexander op bed te leggen. Toen ze de kamer had verlaten, vroeg Charles aan Sonja wat haar plannen voor de zomervakantie waren. Sonja zei dat ze nog twijfelde, maar misschien

een weekje naar Portugal zou komen om wat oude vrienden te bezoeken.

Patricio had meegeluisterd.

"Als je maar niet denkt dat ik met die trut meega op vakantie."

Charles reageerde geschokt: "Zo praat je niet over Ruby."

Patricio snoof, gaf geen antwoord en keek weer naar zijn scherm. Ineens reageerde hij heftig: "Ik vind jullie rare snuiters. Ik weet heus wel dat jullie weer graag bij elkaar willen zijn. Wees een beetje eerlijk tegen jezelf."

Charles en Sonja waren met stomheid geslagen. Patricio vervolgde zijn betoog met een luide stem richting Charles: "Ik verdenk ma ervan dat ze naar Portugal komt om een paar nachten met je door te brengen."

Charles zei met stemverheffing: "Genoeg Patricio."

Ruby kwam binnenlopen, had de woordenwisseling gehoord, maar kon het Nederlands niet verstaan en ze keek vragend naar Charles. Maar die gaf geen antwoord.

Patricio zei in het Engels met zijn blik op zijn scherm gericht, dat Ruby zich er niet mee moest bemoeien, waarop ze hem een dodelijk blik toewierp.

Toen Sonja in Rotterdam was aangekomen, besloot ze Sven te bellen om naar de situatie van Esmeralda te vragen. Ze bleek uit de kliniek ontslagen te zijn en Sven overhandigde de telefoon aan Esmeralda.

"Hoi, hoe is tie?" klonk het aan de andere kant.

"Hallo Esmeralda, met mij gaat het goed, maar hoe is het met jou?" informeerde Sonja belangstellend.

"Ik heb een lange weg achter de rug, maar ik heb nu mijn leven weer aardig op de rit."

Sonja had de indruk dat ze meer wilde vertellen, maar omdat Sven in de buurt was, het kort hield. Ze zei dat ze moe was en vroeg of Sonja over een uurtje kon terugbellen, wat ze deed.

"Sonja, ik wil je uit de grond van mijn hart mijn excuus aanbieden voor wat ik je heb aangedaan. Ik heb van Sven gehoord dat je van Charles bent gescheiden. Ik kan wel janken als ik eraan denk wat ik heb veroorzaakt."

Sonja slikte en ze vond het oprecht van Esmeralda.

"Ik waardeer wat je zegt, maar wat gebeurd is, is gebeurd en kunnen we niet meer terugdraaien. Ik wil er eigenlijk niet meer aan terugdenken, want ik word er alleen maar verdrietig van," zei Sonja met hevige emotie in haar stem, die ze probeerde te onderdrukken.

"Ik wil graag weer met je afspreken, zodat we de lucht kunnen klaren," zei Esmeralda.

"Dat is een goed voornemen, maar daar ben ik op dit moment nog niet aan toe. Laten we telefonisch contact houden en in de toekomst als de gemoederen zijn gezakt en je volledig stabiel bent, afspreken."

Esmeralda stemde in. Sonja legde de telefoon neer en ze voelde het klamme zweet in haar hand. Het was confronterend geweest. Esmeralda was de bom onder haar huwelijk geweest en deze confrontatie schoof ze liever voor zich uit.

Vlak voor de zomervakantie deelde Jurgen mee dat het tijd werd dat Navion zijn eigen internationale partnerbijeenkomst zou gaan organiseren. Navion streefde groei na en had een dominant beeld in de wereld van softwareontwikkeling nodig. Met een goed georganiseerde internationale partnerbijeenkomst zou dit beeld gecreëerd kunnen worden. Hij had bedacht dat Navion zijn strategie en roadmap zou kunnen presenteren en dat er productdemonstraties gegeven konden worden om de partners te enthousiasmeren.

Jurgen wilde het pragmatisch aanpakken. Er moest een projectplan worden opgesteld en een financieel model worden ontwikkeld. Het management team ging akkoord om Navion op deze manier meer zichtbaarheid in de software-industrie te geven. Sonja maakte de opzet voor het programma.

Sonja had besloten om de zomervakantie in Portugal door te brengen. Ze had Charles telefonisch gesproken en hij stelde voor als Patricio uit Salamanca thuiskwam, een keer gezamenlijk te barbecueën op het landgoed. Sonja vond dat Charles coöperatief was en alles in het werk stelde om de onderlinge verstandhouding goed te houden. Ze benijdde hem niet.

Het plotselinge opstandige gedrag van Patricio baarde Sonja zorgen. Hij had zich in het appartement in Londen confronterend gedragen. De uitspraak over haar relatie met Charles had Sonja bezig gehouden. Ze moest voor zichzelf bekennen dat ze het prettig vond om in zijn gezelschap te verkeren. Er waren geen fricties en de scheiding hadden ze ver achter zich gelaten. Sonja had er geen moeite mee dat Charles met Ruby was getrouwd. Ze bepaalde haar eigen leven en als Charles af en toe haar pad kruiste, vond ze het prima. Het was een kwestie van consumeren. Maar Patricio zat hier blijkbaar anders in en hij hoopte op een hereniging van zijn ouders.

Sonja besloot om met de auto naar Portugal te reizen in plaats van het vliegtuig te nemen. Ze had beloofd om Patricio persoonlijk in Salamanca op te halen. Maar toen Sonja daar aankwam, besloot Patricio nog een paar dagen langer te blijven om verschillende eindejaarsfeestjes af te lopen. Sonja vond het geen probleem en ze maakte van de gelegenheid gebruik om in de mooie oude binnenstad haar gemak te nemen en vooral te gaan winkelen.

Daarna vertrok ze naar Portugal. Toen ze in haar woning aankwam, zag ze dat Aznii de koelkast had gevuld en het huis had gelucht, want het rook fris.

Charles belde ongevraagd aan en hij vroeg of Sonja zin had om met hem mee naar het strand te wandelen. Ruby bleek bij haar ouders in Groot-Brittannië te zijn. Sonja was moe van de autorit en had geen fut, maar dit was wel de gelegenheid om Charles informeel te spreken en ze besloot met hem mee te lopen. Ze slenterden op het gemak naar het strand, liepen een strandtent binnen en namen plaats bij het raam.

"Charles ik maak me zorgen over Patricio. Ik vond hem in Londen opstandig," zei Sonja.

"Het zit me ook dwars. Hij is in het afgelopen jaar behoorlijk veranderd. Eigenlijk vanaf het moment dat hij voor zijn studie naar Salamanca vertrok, begon hij zich kritisch te uiten. Ik weet niet wat er is gebeurd, want Patricio kon in het begin prima met Ruby overweg. Op een zeker moment begon hij haar te negeren. Het studeren gaat hem goed af en ik verwacht dat hij zelfs verkort zijn titel zal halen," zei Charles trots.

Sonja keek bezorgd. "Ik ben bang dat hij zijn hoop op ons heeft gevestigd. Jij en ik weten dat dit niet zal gebeuren. Het is verwarrend voor hem dat wij elkaar normaal behandelen."

Charles beaamde dit, maar wist ook niet hoe hij dit moest aanpakken.

Ze aten in de strandtent en wandelden later op de avond terug. Charles liep met Sonja mee naar binnen en ging voor het raam staan. Sonja schonk de glazen met whisky in en vroeg hoe het nu echt met Ruby en Alexander ging.

Charles brandde los: "Ronduit slecht. Er valt niet veel meer te bespreken en we slapen in aparte slaapkamers. Ik denk dat we nu wel op het absolute dieptepunt zijn beland."

Hij keek Sonja met een trieste blik aan. "Ik heb echt spijt van onze scheiding," en hij zuchtte diep.

Sonja trok haar schouders op en zei nonchalant: "Onze scheiding heeft me verdriet gedaan, maar ik ben er overheen. Ik ben je dankbaar dat we goed met elkaar omgaan.

Zou je niet een keer een punt achter Ruby zetten?"

Charles keek haar bedenkelijk aan.

"Hoe bedoel je? Ik zit met Alexander. Deze jongen heeft een vader nodig. Ik voel me hier verantwoordelijk voor."

"Charles, ik ben nu eerlijk, maar ook confronterend naar je. Ik zeg er in één adem achteraan dat ik je met deze uitspraak niet wil terugwinnen."

Charles keek Sonja met samengeknepen ogen aan, alsof hij haar bedoeling taxeerde.

"In Londen heb ik Alexander bekeken. Een heerlijk kereltje. Het verbaast me dat hij niet op jouw familie, maar ook niet op de familie van Ruby lijkt. Tenzij Ruby een verre voorvader met rood haar en een smal gezicht had. Ik denk dat je niet de biologische vader van Alexander bent. Als jij je verantwoordelijk voelt voor Alexander en voor hem wilt zorgen, moet je dit absoluut doen. Doe jezelf niet te kort door wettelijk bij Ruby te blijven en als mens te verpieteren."

Charles was stil, pakte de fles Jack Daniels en schonk zijn glas in.

"Je zegt wat ik al lang denk. Ik heb al langer het vermoeden dat de hele bedscène in de Country Club doorgestoken kaart was om Ruby onder de pannen te krijgen. Ik was op dat moment gewoon een sukkel."

Charles keek naar de grond en Sonja zag dat hij met zijn gevoelens in de knoop zat.

"Wees verstandig en zoek een uitweg. Je kunt zo niet verder. Dat geldt ook voor Ruby, zij heeft ook recht op een nieuw leven."

Ze bespraken de mogelijkheden, totdat Charles haar aankeek en vroeg: "Kan ik hier blijven slapen?"

Sonja vond het prima.

Toen Charles in bed stapte zuchtte hij: "Ik ben zo uitgeblust dat ik zelfs geen zin in seks heb."

"Wie zegt dat ik met jou seks ga hebben?" zei Sonja moederlijk en ze ging tegen Charles aanliggen.

De volgende morgen was het al vroeg warm. Sonja sliep op haar rug toen ze de hand Charles over haar buik voelde strelen. Hij lag op zijn zijde en keek begeerlijk naar haar slanke lichaam. Ze knipperde met haar ogen en lachte hem tegemoet.

"Blijf zo liggen. Ik vind je mooi."

Sonja bleef stil liggen. Charles ging door met strelen en hij raakte opgewonden. Het duurde niet lang voordat hij op haar ging liggen. Hij was teder en zo had Sonja hem graag.

Na afloop kuste hij haar.

"Dit heb ik gemist. Zullen we er een paar dagen tussenuit knijpen, naar Lissabon gaan en genieten van wat de stad te bieden heeft?"

"Als we maar terug zijn voordat Patricio uit Salamanca komt," besloot Sonja.

Charles begon haar weer te strelen.

"Ik baal ervan dat hier ook andere mannen aanzitten," en hij liet zijn vingers over haar venusheuvel glijden. Sonja hoorde hem slikken en ze kreeg medelijden met hem. Maar ze werd ook opstandig. Hij was degene die haar had afgedankt. Daarna maakte ze zich van Charles los en stapte ze uit bed.

Na een paar dagen in Lissabon met Sonja, reed Charles alleen naar Salamanca om Patricio met de auto op te halen, omdat hij zijn spullen uit de studentenkamer mee naar huis wilde nemen.

Ze gingen 's avonds bij Sonja eten. Patricio had het naar zijn zin en zei aan tafel dat Sonja en Charles er gelukkig uitzagen.

"Ik zie dat jullie de afgelopen paar dagen met elkaar zijn opgetrokken."

"Patricio, je vader en ik zijn gescheiden en blijven gescheiden. Je vader is met Ruby getrouwd en dat is nu eenmaal de situatie."

Patricio snoof: "Ik kan me niet voorstellen dat pa met Ruby gelukkig is. Ik vind haar achterbaks. Pa doet zijn best om een goede echtgenoot voor haar te zijn en ze trekt zich er niets van aan. Ze kickt gewoon op zijn geld en status. Ze gedraagt zich hier in Portugal heel zedig, maar ik heb haar een paar keer in een nachtclub uit haar dak zien gaan. Ik weet zeker dat zich laat opzitten door allerlei kerels van haar eigen leeftijd." Charles greep gelijk in. "Patricio, ik wil niet dat je dit soort zaken ventileert. Ruby is mijn vrouw en ik ben verantwoordelijk voor haar. Het onderwerp Ruby is nu gesloten."

Waarop Patricio gelijk reageerde: "Ga je die hoer dan eindelijk aan de kant zetten?"

"Patricio stoppen, het is nu genoeg geweest," zei Sonja resoluut.

Na de uitbarsting van Patricio ging ieder zijn eigen weg. Charles trok zich terug op zijn landgoed. Patricio was hele dagen met Carlos op stap en ze maakten plezier op het strand. Sonja bezocht oude vrienden in Porto en ze hield haar gemak.

Vlak voordat Sonja naar huis vertrok belde ze Charles. Hij was niet erg spraakzaam, maar eerder afgemeten. Hij zei dat hij nog zou langskomen om afscheid te nemen, voordat ze naar Nederland vertrok.

Sonja trok haar schouders op en ze pakte haar auto in.

Diezelfde avond liep Charles onaangekondigd door de openstaande voordeur naar binnen. Sonja zag hem staan en ze vroeg zorgzaam wat er aan de hand was.

"Het is gisterenavond tot een uitbarsting gekomen," zei Charles getergd.

"Ruby kwam laat uit Groot-Brittannië aan en ze was chagrijnig. Alexander lag dwars en hij had zijn huiluurtje. Ik heb Ruby ongezouten de waarheid gezegd. Ze was hysterisch en zei dat ik haar had mishandeld. Ik heb haar het laatste half jaar met niet één vinger aangeraakt," zei Charles verontwaardigd. "Ze is vanmorgen halsoverkop met Alexander naar het vliegveld vertrokken en ze heeft de eerste beste vlucht naar Groot-Brittannië genomen. Ze dreigt met een echtscheiding. Ik ben op het punt gekomen dat het me geen zier kan schelen. Ik zie de echtscheidingspapieren wel komen."

Hij zuchtte diep en hield zijn hoofd tussen zijn handen.

"Sorry, dat ik me net liet gaan."

Hoofdstuk 21

De eerste dag na de vakantie was rommelig bij Navion. Een e-mailbox vol onbeantwoorde berichten, achterstallig werk, onopgeloste problemen en Jurgen die allerlei nieuwe ideeën doordramde, waarin de zomerperiode geen capaciteit voor beschikbaar was.

Sonja pakte als eerste de conferentie in Berlijn op. Want Navion zou daar een presentatie geven en hiervoor moesten op de korte termijn nog aantal schermen ontwikkeld en gebouwd worden. Sonja zou samen met haar Zweedse collega Frida de conferentie bijwonen en ze verdeelden de taken.

Het waren hectische weken om alle materialen voor de beursstand op tijd aangeleverd te krijgen. Door een goede samenwerking met het externe communicatiebureau haalden ze nipt de deadline.

Bij aankomst op het vliegveld in Berlijn was het een feest van herkenning. Over de hele wereld vlogen partners in en bij de taxistandplaats begon het informele kennismakingscircuit.

In het conferentiecenter waren Sonja en Frida druk bezig met het controleren van de afgeleverde materialen en het inrichten van de beursstand van Navion. Ze liepen op hun spitsroeden, omdat 's avonds al de eerste presentatie gepland stond.

Ze ontvingen bezoekers, voerden intensieve gesprekken met bestaande partners, maar ook met nieuwe partijen. Sonja was moe en voldaan toen ze samen met Frida bij het conferentiecenter in de taxi stapte om naar het restaurant te gaan. Toen de taxi wegreed zag ze Gustav aan de overkant van de straat lopen. Hij had haar ook gezien en hij stak zijn hand op. Frida keek Sonja verbaasd aan. "Waar ken je Gustav Johansson van?"

"Ik heb hem in Seattle ontmoet. Zijn bedrijf Kompass Software is voor Navion een waardevolle partner voor toekomstige ontwikkelingen," zei Sonja op een zakelijke toon.

"Dan heb je in Seattle een goed contact aangeboord, want Gustav is een invloedrijke zakenman met belangrijke connecties in de politiek. Hij is moeilijk te benaderen, want hij wordt als specialist regelmatig geconsulteerd voor toetsingscommissies. Als het je lukt om een deze dagen Gustav voor een afspraak te strikken, zou ik er graag voor het commerciële traject bij willen zitten. Trouwens, ik las een paar weken geleden dat zijn vrouw is overleden. Ze had een zwaar ziekbed achter de rug. Naar hè. Dat gun je toch niemand," zei Frida, die tegelijk naar buiten keek en Sonja aantikte.

"Je zit er niet helemaal bij. We zijn gearriveerd bij het restaurant. Kom uitstappen, ik zie al bekenden naar binnen lopen."

De volgende ochtend, in de taxi op weg naar het conferentiecenter belde Sonja aan een stuk met de medewerkers van Navion in Nederland over de voortgang van de lopende projecten.

Met veel puzzelen lukte het Sonja om de afspraakverzoeken voor de komende dagen in Berlijn in te plannen. Het was een strak werkschema en om negen uur liep ze met een beker koffie in haar hand naar de beursstand. Ze zette haar tas neer en toen ze zich omdraaide stond Gustav achter haar. Ze zette snel haar koffie neer, schudde hem de hand en stelde Frida voor, die naast haar stond.

Met z'n drieën liepen ze naar een apart zitje en ze hadden een verkennend gesprek over de maritieme industrie en hoe Navion samen met Kompass Software hier een leidende positie zouden kunnen innemen. Ze hadden maar een uur ter beschikking en spraken af om een vervolgafspraak te maken.

Sonja liep gelijk met Gustav op naar een andere hal voor haar volgende afspraak.

"Heb je voor vanavond al plannen voor het diner?" vroeg hij.

"Ja, ik ben uitgenodigd door een ERP-partner uit IJsland."

Gustav keek naar beneden en glimlachte besmuikt.

"Dan zitten we hier alvast samen. Ik had deze uitnodiging willen annuleren, maar laten we net als in Seattle na afloop nog wat drinken."

Sonja accepteerde zijn aanbod en ze liep versneld naar haar volgende afspraak, met in haar achterhoofd dat Gustav beschikbaar was.

's Avonds toen Sonja op de plaats voor het diner bij de ERP-partner arriveerde, zag ze Gustav met de andere gasten in gesprek. Ze zag aan zijn gezicht dat hij haar had gezien. In de tussentijd ging ze zelf ook zakelijke gesprekken aan.

Het was pas na het diner dat Sonja Gustav onder vier ogen sprak.

"Zullen we straks hier in de buurt wat gaan drinken en het niet meer over maritieme zaken of de software-industrie hebben?" vroeg Gustav.

Sonja vond het een uitstekend idee en ze vertrokken kort daarna.

Een paar straten verder was een bar. Ze bestelden wat te drinken en Gustav vroeg belangstellend wat het afgelopen half jaar Sonja had gebracht. Ze glimlachte bevallig en ze vertelde over haar vakantie met Patricio in Portugal. Gustav stelde subtiel vragen over haar achtergrond. Hij wilde weten wat haar hobby's waren en wat ze in haar vrije tijd deed. Sonja gaf netjes antwoord, maar ze gaf het gesprek na verloop van tijd een draai, omdat ze vond dat ze genoeg had verteld.

"Hoe is het met jou, want ik hoorde van mijn collega dat je een verlies te verwerken hebt gehad," en Sonja keek Gustav gepast aan.

"Dat klopt, mijn vrouw is een paar weken nadat ik uit Seattle terug was, overleden."

Sonja zag dat Gustav ontroerd was, toen hij over zijn vrouw vertelde. Het was een groot verlies voor hem geweest. Daarna verschoof het onderwerp van gesprek naar algemeenheden. Gustav was onderhoudend en een prettige gesprekspartner. Hij deed Sonja aan Charles denken.

Tijdens het gesprek bekeek ze hem met meer dan normale belangstelling. Zijn mond zag er aantrekkelijk uit en ze vroeg zich af hoe hij er naakt uitzag. Haar fantasie nam een loopje en ze fantaseerde hoe het zou zijn, om seks met Gustav te hebben.

Ondanks het verlies van zijn vrouw, was Gustav opgewekt en hij haalde het beste uit het leven. Vlak voordat ze naar het hotel gingen vroeg hij of Sonja zin had om binnenkort een keer naar Stockholm te komen. Gustav zei er in één adem achteraan dat hij een uitstekend hotel voor haar zou reserveren. Ze accepteerde zijn aanbod en Gustav zei dat hij over de datum nog contact zou opnemen. Bij het afscheid gaf ze Gustav een kus op zijn wang en ze bedankte hem voor de gezellige afsluiter.

Sonja liep het hotel binnen. Op de kamer schopte ze haar schoenen uit, keek in het koelkastje, pakte een flesje whisky en schonk het in een glas leeg. Ze nam een slok en keek genoeglijk voor zich uit. Haar lichaam werd al warm van de gedachte aan Gustav.

Kompass Software nam contact op met Navion om een verkennende samenwerking op te starten en tegelijkertijd ontving Sonja de uitnodiging van Gustav om begin december een weekend in Stockholm door te brengen. Gustav had vermeld dat het bezoek een privékarakter had en los stond van Navion. Sonja raadpleegde haar agenda en ze stuurde Gustav een bevestiging.

Philip belde Sonja voor een afspraak, maar hij wilde niet over de telefoon zeggen waar het over ging. Sonja had haar vermoedens en ze stemde in.

"Ik was blij dat je op korte termijn beschikbaar bent," zei Philip met een charmante glimlach rond zijn mond.

"Over de telefoon kan ik geen gevoelige informatie delen, maar hier op neutraal terrein wil ik je waarschuwen, onder voorwaarde dat je dit niet van mij hebt gehoord. De heer Koot is op dit moment bezig om zijn hele BV-imperium te herstructureren. De ene na de andere wijziging wordt bij de Kamer van Koophandel geregistreerd. Hij is bezig om de financiering van de BV's te ontmantelen en we zien een financiële stroom richting Zwitserland. We verwachten dat hij bewust op een faillissement afstevent.

Navion wordt door de Belastingdienst op de voet gevolgd, maar er is op dit moment nog onvoldoende bewijs om stappen te ondernemen."

Philip drukte Sonja op het hart om zich bij de Kamer van Koophandel voor Navion te laten uitschrijven. Hij verwachtte binnenkort meer informatie en hij stelde voor om een afspraak voor een gezellig avondje in te plannen. Sonja moest inwendig lachen, maar ze maakte Philip gelijk duidelijk dat het bij een diner zou blijven. Ze zag de teleurstelling op zijn gezicht, maar ze wilde Philip niet afkappen voor het geval hij weer belangrijke informatie had. Ze nam zich voor om na haar bezoek aan Stockholm hiermee aan de slag te gaan.

De decembermaand had grote uitdagingen voor Sonja vanwege de nieuwe productaanpassingen van de Navion software, die op korte termijn gerealiseerd moesten worden. Sonja sloot haar ogen toen ze in het vliegtuig naar Stockholm zat en kwam tot rust.

Gustav wachtte haar in de aankomsthal op en pakte haar trolley over. Hij manoeuvreerde zijn grote Volvo door de donkere stad en hij parkeerde voor een exclusief hotel in de binnenstad. Gustav stelde voor om eerst in te checken en daarna wat te gaan eten.

Hij was casual gekleed in een spijkerbroek met een wollen trui en hij zag er een stuk frivoler uit dan in Seattle en Berlijn. Sonja vond hem woest aantrekkelijk. Zijn mooie heldere blauwe ogen, zijn egale gezicht en het gemêleerde blond-grijze haar. Een echte Scandinaviër.

Hij nam haar mee naar een knus eethuisje. Het gesprek aan tafel had het karakter van een bredere kennismaking. Sonja had af en toe een déjà vu. Het deed haar denken aan de periode dat ze Charles leerde kennen. Gustav was net zo hoffelijk als afstandelijk. Ze had de indruk dat ze weer dezelfde rituelen doorliep voordat het misschien tot een relatie zou komen.

Aan het einde van de avond wist Sonja het zeker. Ze was verliefd op Gustav. Ze moest om zichzelf gniffelen, want ze was bijna vijftig jaar oud en had vlinders in haar buik. In een relatie met Gustav zou ze niets verliezen, alleen maar winnen. Sonja had ook twijfels. Stel dat hij haar niet accepteerde en onbereikbaar voor haar was?

Na het eten zette Gustav Sonja bij het hotel af, gaf haar een kus op de wang en zei met een brede glimlach dat ze deze nog te goed had na het afscheid in Berlijn.

Voor zaterdag had Gustav een interessant schema samengesteld. Ze bezochten een galerie, maar ook het historisch museum van Stockholm. Ze merkte dat hij zijn liefde voor kunst graag met haar wilde delen. Er hing een gezellige sfeer in de binnenstad, want de straten en winkels hingen vol met kerstversiering.

Het diner op zaterdagavond was in een exclusief restaurant, waar je connecties moest hebben om op korte termijn binnen te komen. Sonja had op een diner gerekend en ze had voor de zekerheid een schitterende klassieke avondjurk meegenomen, waarin haar lange slanke lichaam goed tot zijn recht kwam. Haar lange blonde haar had ze in een wrong opgestoken en haar grote blauwe ogen schitterden.

Toen Gustav na binnenkomst in het restaurant haar jas aanpakte, kon hij zijn ogen niet meer van Sonja afhouden. Aan tafel voerden ze een intiem gesprek en Gustav vertelde nu veel over zichzelf. Waar hij in het leven van genoot, maar ook serieuze zaken zoals zijn afkomst. Hij bleek uit een invloedrijke familie te komen en bezat een stuga aan de kust waar hij volledig tot rust kon komen. Hij nodigde Sonja uit om binnenkort een weekend in zijn stuga door te brengen.

Sonja kon het niet laten en vroeg op de man af waarom Gustav haar had uitgenodigd voor een privébezoek aan Stockholm. Dit was een directe vraag, maar Gustav was geroutineerd en zei dat hij in Seattle toen ze aan de bar zaten van haar als persoon had genoten. Haar eerlijkheid en directheid hadden hem aangesproken. Gustav wachtte even en voegde er als laatste aan toe, dat hij Sonja ook een uitzonderlijke mooie vrouw vond.

Hij had haar de hele avond begeerlijk aangekeken. Na het uitstekende diner bracht hij Sonja naar het hotel en nam hij afscheid zonder enige vorm van affectie. Ze had hem graag mee naar boven genomen, want haar lichaam snakte naar Gustav. Sonja accepteerde de situatie. Ze wist uit ervaring hoe ze mannen als Gustav om haar vinger moest winden. Het initiatief moest van hun kant komen. Geëmancipeerd of niet.

Op zondag bracht Gustav Sonja naar het vliegveld en ze namen afscheid. Ze spraken af om contact te houden. Tijdens het afscheid merkte Sonja dat Gustav verliefd op haar was, maar hij liet het niet openlijk blijken. Ze wist nu zeker dat het een lange, maar ook succesvolle route naar een bestendige relatie met Gustav zou worden. Ze ging ervoor.

Na haar terugkomst uit Stockholm werd Sonja gelijk door haar adviseur gebeld. Er was weer een poging gedaan om haar financiële situatie boven tafel te krijgen. Ze hadden kunnen achterhalen dat de poging was ondernomen door het eenmansbedrijfje van Mr. LaGrande uit Rotterdam. Het was niet te achterhalen voor wie hij deze opdracht had aangenomen. De poging was volgens de afspraak afgeleid.

Sonja piekerde wie Mr. LaGrande was. De naam kwam haar bekend voor, maar ze kon hem niet plaatsen. Het feit dat hij de titel van Meester had, gaf haar een ongemakkelijk gevoel.

Sonja had De heer Koot lang niet meer gezien, maar ze trof hem onverwachts vroeg op het kantoor aan. Hij toonde een zelfingenomen houding en hij vroeg gekunsteld hoe het met haar ging. Ze was achterdochtig, zeker na het verhaal van Philip.

De heer Koot liep naar de administratie waar hij ordners uit de kast haalde, erin bladerde en vermoedelijk naar iets op zoek was. Kort daarna zag ze hem met twee orders onder zijn arm het pand verlaten.

Sonja wist niet wat ze ervan moest denken, maar dacht aan de woorden van Philip en ze hield deze kennis voor zich. In de vooravond belde ze Philip en vroeg of de naam LaGrande hem iets zei.

"Ja, dat is de juridische adviseur van De heer Koot. Een beunhaas," snoof Philip. Sonja wist genoeg.

Tot haar volle verbazing werd ze dezelfde avond nog door De heer Koot gebeld. Hij vroeg of ze voor een belangrijk overleg weer direct naar kantoor kon komen. Hij wilde niet over de telefoon zeggen waar het over ging.

Sonja baalde, omdat ze niet alleen met De heer Koot op het kantoor wilde zijn en ze zei om tijd te rekken dat ze een afspraak had, maar ze zou proberen om deze te verzetten. Ze belde de secretaresse van De heer Koot op haar mobiel en ze vroeg wat er aan de hand was. Zij wist het ook niet, want ze was ook op het kantoor van Navion ontboden. Net als Sonja, twijfelde de secretaresse ook om te gaan. Haar vriend had aangeboden om haar te vergezellen. Dat bood zekerheid, waar Sonja graag gebruik van maakte. Ze spraken om acht uur bij het kantoor af.

Klokslag acht uur parkeerde Sonja haar auto. De verlichting in het pand brandde. Vlak achter haar reed er een onbekende auto de parkeerplaats op. Er stapte een kort gedrongen mannetje met grijze stekeltjes en een rond brilletje uit. Terwijl hij naar de voordeur liep, parkeerde er nog een auto op de parkeerplaats. De secretaresse en haar vriend stapten uit. Sonja liep naar ze toe en gezamenlijk gingen ze naar binnen. De heer Koot wachtte ze in de kamer van Jurgen op. Het was de bedoeling dat Sonja, de secretaresse en het rare mannetje bij hem aan de tafel kwamen zitten.

Het rare mannetje werd door De heer Koot als Simon-Otto Kool voorgesteld. Sonja had deze naam wel eens horen vallen en ze wist dat Jurgen niet van hem gecharmeerd was. Hij had in het verleden ook voor Navion gewerkt en hij was na een heftige ruzie vertrokken. Zijn bijnaam was SOK, de afkorting van zijn naam in het computersysteem. SOK was de huisvriend van De heer Koot. Het was Sonja niet helder waarom ze 's avonds naar kantoor moest komen.

De heer Koot startte zijn betoog: "Ik heb gisterenavond Jurgen Birne ontslagen, omdat ik vond dat hij te veel zijn eigen weg ging en dat gaat ten koste van mijn bedrijf."

Sonja en de secretaresse waren met stomheid geslagen, omdat ze Jurgen vandaag nog hadden zien rondlopen.

SOK zat met glanzende oogjes te grijnzen en zei tegen De heer Koot: "Vertel eens wat hij heeft gedaan," en wreef in zijn kleine handen.

"Hij had geld uitgegeven aan cursussen, die ik niet belangrijk vond en mijn pendeltje gaf een ander signaal af, waardoor ik genoodzaakt was om hem te ontslaan."

Sonja knipperde met haar ogen. Ze had wel eens van haar collega Frida verhalen over pendeltjes gehoord, waarvan ze dacht dat deze overtrokken waren. SOK begon een verhaal over het verleden, dat totaal niet ter zake deed, waarop Sonja geïrriteerd raakte en vroeg of hij zijn mond kon dichthouden.

De heer Koot deelde mee dat hij alle directietaken had overgenomen en nu de bewindvoerder was. Daarna sprak hij zijn verwachtingen voor de komende tijd uit.

Tegen half tien hoorde Sonja zware stappen op de trap naar boven komen. Het was de vriend van de secretaresse. Hij stak zijn hoofd om de hoek van de kamer en gebood haar mee naar huis te komen. De heer Koot maakte onverstoorbaar zijn verhaal af, keek op zijn horloge en knikte goedkeurend. Sonja nam geen risico, stond gelijk op en liep met de secretaresse en haar vriend mee naar buiten.

Op de parkeerplaats zei de secretaresse: "Daar zijn we mooi klaar mee. Als er een persoon is, waarvan ik blij was dat die vertrokken was, is het die SOK wel."

Hoofdstuk 22

De volgende dag informeerde De heer Koot het personeel over het vertrek van Jurgen en ontvouwde hij zijn plannen voor de toekomst. Na zijn toespraak brak er onrust uit, omdat SOK zich op de voorgrond drong en allerlei uitspraken deed over oude zaken die nergens op sloegen, waarmee hij naar schouderklopjes van De heer Koot hengelde. Er stond personeel op de parkeerplaats te vloeken en er werd gezegd, dat als SOK hier weer kwam werken, ze hun ontslag zouden indienen.

Sonja moest zich bij De heer Koot melden. Hij zat met glimmende ogen en natgelikte lippen in de directiekamer achter zijn bureau. Sonja wenste hem een gelukkig Nieuwjaar, gaf hem een hand en ging gelijk zitten. De heer Koot kwam uit zijn stoel omhoog om Sonja te zoenen, maar merkte dat hij te laat was en liet zich weer op zijn stoel zakken. Sonja griezelde van hem en ze moest er niet aan denken dat hij met zijn natte lippen haar gezicht zouden beroeren.
De heer Koot zei gebiedend: "Volgende maand staat onze internationale partnerbijeenkomst gepland. Ik wilde deze aanvankelijk annuleren, maar Jurgen had het communicatieproces al in werking gezet en onze partners hebben verwachtingen. Ik heb extra budget vrijgemaakt om de voorbereidingen op te starten en de planning op korte termijn uit te rollen."
De heer Koot keek Sonja bedenkelijk aan, wachtte even en ging verder met zijn betoog.
"Het evenementenbureau wees me op een ondertekend contract en ze hebben al een factuur voor de voorbereidende werkzaamheden gestuurd, die betaald moet worden. Wist je dat er een distributeur via de email had gevraagd waar hij zich kon inschrijven? Zou jij dit verder willen oppakken?" Sonja knikte, schreef de details op en ze verliet zijn kamer.

Sonja zag achter in de vergaderruimte personeel met elkaar staan praten. Ze keken verschrikt op toen ze naar binnen liep. Eén van haar collega's vertelde dat Jurgen overwoog om een rechtszaak tegen De heer Koot aan te spannen. Sonja besloot zich van deze acties te distantiëren en haar werkzaamheden op te pakken, met die gedachte dat ze er op korte termijn toch een punt achter zou zetten.

Ze belde met het evenementenbureau en besprak wat er op korte termijn moest gebeuren om de planning op tijd klaar te krijgen.

Nadat de commerciële activiteiten waren opgestart, liepen de inschrijvingen binnen en Sonja kreeg de lijst met namen onder ogen. Ze zag Gustav er tussen staan en dacht gelijk aan hem. Hoe zou ze hem tijdens zijn verblijf in Nederland kunnen verleiden?

De laatste weken voor de internationale partnerbijeenkomst had Sonja een overvolle agenda, omdat de demo-omgeving opgeleverd moest worden. Maar ze was ook geïrriteerd, want ze had SOK hele dagen in haar kielzog. Hij had van De heer Koot toestemming gekregen om twee onderwerpen op de bijeenkomst te presenteren. Het waren achterhaalde technische oplossingen en Sonja had geprobeerd zijn bijdrage op een onaantrekkelijk tijdstip in te delen. Helaas had De heer Koot ingegrepen toen hij het voorlopige programma onder ogen kreeg en hij had SOK weer op een aantrekkelijk moment ingedeeld.

De Internationale Partnerbijeenkomst startte in de vooravond en de gasten stroomden binnen. De heer Koot hield een welkomsttoespraak. Voor de genodigden stonden er hapjes en drankjes klaar. Sonja en haar collega's liepen rond. Er waren veel bekenden gekomen, maar ook nieuwe partijen schoven aan. Halverwege de avond had Sonja Gustav in het vizier. Hij had een collega bij zich. Ze waren met andere gasten in gesprek. Sonja kon het niet laten en bekeek Gustav in een onbewaakt moment van top tot teen. Ze was verliefd op hem en ze vond alles mooi aan Gustav. Sonja had de dagen afgeteld en naar hem uitgekeken.

Later op de avond stelde Gustav zijn collega aan Sonja voor. Het was een zakelijk gesprek en Gustav gedroeg zich uitermate serieus.

De Internationale Partnerbijeenkomst was strak georganiseerd en het mindere optreden van SOK viel in het niets. Er werd veel informatie en kennis gedeeld. Het overzicht van de toekomstige ontwikkelingen en producten werd door de aanwezigen naar volle tevredenheid ontvangen. Hier bleken sommige partners speciaal voor gekomen te zijn. Er werden tussentijds orders uitgewerkt en deals gesloten.

Op de afsluitende avond namen Sonja en haar collega's afscheid van de gasten. Zo ook van Gustav. Hij zou het weekend in Rotterdam blijven, omdat hij nog een afspraak in zijn agenda had staan.

Toen ze alleen stonden vroeg Gustav: "Morgen heb ik in de loop van de dag een afspraak, maar daarna ben ik vrij. Kan ik je uitnodigen voor een diner? Ik heb wel je advies nodig voor een goed restaurant, want ik ben in Rotterdam onbekend."

"Dank voor de uitnodiging. Ik zal voor morgenavond een reservering maken. Formeel of informeel? En in welk hotel logeer je?"

Gustav gaf de voorkeur aan een informele eetgelegenheid en ze spraken om acht uur voor zijn hotel Metropolis af. Daarna vertrok Sonja naar huis. Ze verheugde zich erop. Morgenavond had ze Gustav voor zich alleen.

Sonja maakte een reservering voor Hotel New York. Het lag praktisch naast haar eigen appartement en het was informeel. Ze vond dit de ultieme plaats om het maritieme thema af te sluiten.

In de vooravond had ze een tijd voor de spiegel staan treuzelen en trok ze een strakke zwarte broek aan met hoge zwarte suède laarzen en hierop droeg ze een felrode Kasjmir trui, waarvan de randen net op haar schouders hingen.

In plaats van de auto, nam Sonja de metro naar het hotel van Gustav. Rond acht uur stapte ze bij het Centraal Station uit, liep naar de entree van het hotel en ze zag Gustav in de lobby bij het raam staan wachten. Hij zag haar aankomen lopen en liep Sonja tegemoet. Ze trok haar handschoenen uit, gaf Gustav een hand en een vluchtige kus op zijn wang.

"Wat ben je koud. Hoe ben je?"

"Met de metro. De binnenstad is op verschillende plaatsen opgebroken en met de auto ben je drie keer zoveel tijd kwijt aan de opstoppingen."

Gustav trok zijn handschoenen aan en liep met Sonja mee naar de metro.

De warmte kwam ze tegemoet toen ze Hotel New York binnenstapten. Er stond een lange rij bij de ingang, maar Sonja had gereserveerd. Ze zag aan de ogen van Gustav dat de locatie hem beviel.

Aan tafel sprak hij geanimeerd over de partnerbijeenkomst, maar hij had zo zijn twijfels over De heer Koot. Hij vond het een rare kwibus en hij was verwonderd dat Sonja voor zo'n man kon werken.

"Deze man maakt zijn eigen onderneming kapot. We willen graag zaken doen met Navion, maar ik maak me zorgen over de continuïteit van het bedrijf."

Sonja schudde haar hoofd en ze vroeg of Gustav dit onderwerp kon parkeren, omdat ze van haar eten wilde genieten. Hij keek haar met een glimlach aan, gaf haar gelijk en veranderde van onderwerp.

Na het eten bestelden ze uitgebreid koffie. Gustav maakte geen aanstalten om te vertrekken en hij vroeg aan Sonja of ze straks nog ergens wat konden drinken, zoals ze in Berlijn hadden gedaan. Ze glimlachte en zei dat er op zaterdagavond in de binnenstad genoeg open was.

Gustav rekende af. Ze trokken hun dikke jassen aan en liepen de kou in. Sonja nam Gustav mee naar de voorkant van Hotel New York. Hij keek vanaf de punt uit over het havengebied. Gustav genoot.

"Dat vind ik nu mooi. Het is jammer dat het al donker is, maar ik vind de verlichte schepen die langzaam over de rivier varen mooi om naar te kijken. De bedrijvigheid die gewoon doorgaat. Dag in dag uit."

Ze slenterden terug langs de kade. Gustav keek omhoog.

"Je zult daar maar wonen," en hij wees omhoog.

"Schitterend, dat uitzicht over de rivier. Waar woon je eigenlijk? Hier in Rotterdam?"

"Daar," zei Sonja en ze wees naar boven.

"Hier?" alsof Gustav haar niet geloofde.

Sonja keek hem ondeugend aan en ze greep haar kans.

"We kunnen wat in de stad gaan drinken of boven uit het raam van het uitzicht genieten. Jij mag het zeggen."

Ze keek hem aan, in de hoop dat hij voor haar zou kiezen.

Hij nam de tijd en besloot niet overhaast.

"Ik zou graag de rivier bij nacht willen zien. Alleen, als je het niet vervelend vindt."

Gustav was beleefd. Hij wilde zich niet opdringen.

Sonja rommelde in haar tasje en pakte haar sleutelbos.

"Zullen we dan maar?"

Gustav lachte: "OK, lets go."

Sonja liet Gustav binnen en pakte zijn jas aan. Ze deed de sfeerverlichting aan en zette de muziekinstallatie zachtjes aan. Gustav liep gelijk naar de schuifpui en keek nieuwsgierig naar buiten.

"Schitterend. Dit is nu het laatste wat ik vanavond had verwacht. Vind je het vervelend als ik mijn jas weer aantrek en even op het terras ga kijken?"

Sonja vond het geen probleem, maar Gustav bleef lang op het terras staan. Hij kwam uiteindelijk met een rood gezicht naar binnen en hing zijn jas in de gang aan de kapstok. Sonja had voor zichzelf al een glas Jack Daniels ingeschonken en ze vroeg wat Gustav lustte. Hij lustte ook een glas whisky en wreef zijn handen warm.

Gustav was nieuwsgierig hoe lang Sonja hier al woonde en ze merkte dat hij behoedzaam viste of ze alleen woonde of in de tussentijd een relatie was aangegaan.

Na twee glazen whisky wilde Gustav terug naar zijn hotel, omdat hij morgen fit wilde zijn voor de terugreis naar Zweden.

Sonja belde een taxi en zei dat deze er binnen een kwartier zou zijn. Gustav pakte zijn jas en bedankte Sonja voor haar gastvrijheid. Ze zag dat hij twijfelde. Hij hing zijn jas weer over de stoel, wendde zijn hoofd af en keek naar de schuifpui. Alsof hij iets wilde zeggen en naar de juiste woorden zocht. Daarna keek hij Sonja weer aan, schoof met zijn hand haar lange blonde lokken over haar schouder naar achteren. Hij wreef langzaam over haar blote schouder en keek haar aan met ogen die pure liefde uitstraalden. Gustav kwam langzaam met zijn mond naar haar toe en kuste haar. Hij kuste opnieuw en nu opende hij zijn mond. Sonja sloot haar armen om zijn nek en beantwoorde zijn kus.

Toen ging de bel. De taxi was gearriveerd. Ze lieten elkaar abrupt los en Sonja liep naar de intercom. "We komen er aan," en ze draaide zich om naar Gustav, maar het momentum was voorbij.

"Kom binnenkort een keer naar Rotterdam, dan gaan we iets leuks doen." Meer kon ze niet bedenken en Gustav stapte in de lift.

Sonja vernam een lange tijd niets meer van Gustav. Het verwonderde haar, omdat hij op haar was overgekomen als iemand die zich aan zijn afspraken hield. Ze moest zichzelf temperen en ze nam zich voor om niet achter hem aan te gaan, want mannen als Gustav waren niet ontvankelijk voor kleffe vrouwen.

Een paar weken later, toen Sonja in de auto voor een rood stoplicht wachtte, claxonneerde er een auto achter haar. Door de laaghangende zon kon ze niet zien wie er in de auto zat. Een luttel moment later ging haar mobiele telefoon. Het was Stuart.

"Hallo Sonja, ik stond bij het stoplicht achter je. Zag je me niet?"

Ze verontschuldigde zich. Stuart vroeg of ze zin had om mee te gaan naar een bedrijfsfeest. Dat kwam Sonja uitstekend uit, omdat ze daar zijn collega Philip informeel kon raadplegen over Navion, zonder een aparte afspraak met hem te moeten maken.

"Wat doe je vanavond?" vroeg Stuart.

"Niets bijzonders, we kunnen in de stad afspreken," zei Sonja.

Stuart maakte een reservering en tijdens het eten vertelde hij meer over het bedrijfsfeest.

"Ik was van plan om alleen te gaan, want ik vond het vervelend om je weer te bellen."

Sonja trok haar schouders op, zei dat ze het geen probleem vond en vroeg gelijk hoe het met de relatie van Edward ging. Stuart schoot hard in de lach en vertelde dat Edward weer een vrije jongen was.

"Waar ligt dat nu aan dat jullie je niet kunnen binden?" vroeg Sonja provocerend.

Stuart keek Sonja met zijn donkere ogen verleidelijk aan. "We zijn allebei gek op je. Je bent voor ons een onbereikbare vrouw. We mogen af en toe van je proeven en genieten. Alles wat in het leven onbereikbaar is, is onweerstaanbaar. We weten dat met jouw zelfstandige manier van leven een vaste relatie uitgesloten is. Ik zou de uitdaging wel met je willen aangaan, maar ik vrees dat Edward het me voor altijd kwalijk zal nemen. Je bent voor hem toch de hoofdprijs."

Het ego van Sonja was gestreeld en ze legde haar hand op de hand van Stuart.

"Maar Sonja, wat verlang jij in het leven? Je bent al jaren gescheiden. Heb je op dit moment een relatie of heb je er meerdere tegelijk?"

"Je vraagt me het hemd van het lijf," en ze glimlachte bevallig naar Stuart.

"Ik ga je vertellen dat ik geen relatie heb en al zeker niet meerdere tegelijk."

Stuart keek haar amusant aan. "Ik kan me niet voorstellen, na de heftige seks die we hebben gehad dat je als een non door het leven gaat."

"Misschien zijn die momenten wel zo hevig, omdat ik geen relatie heb?" en ze keek Stuart verleidelijk aan.

"Die uitnodiging voor dat bedrijfsfeest is zo gek nog niet...."

Stuart hield haar hand met beiden handen vast en was bloedserieus.

"Zou je met mij willen samenwonen? Al is het maar tijdelijk."

"Stuart, samenwonen is voor mij synoniem voor een huwelijk en dat is iets wat ik niet meer wil."

"Zou je het niet een keertje willen proberen? Of heb je toch iemand anders op het oog?"

Sonja schudde haar hoofd. Die avond besloot ze om de nacht niet bij Stuart door te brengen, maar het goed te maken na het bedrijfsfeest.

Voor het bedrijfsfeest had Sonja een mooie elegante avondjurk aangetrokken. Ze had haar haren opgestoken en haar gezicht schitterend opgemaakt. Haar tas stond in de gang klaar. Niet veel later ging de bel. Stuart kwam haar ophalen. Ze pakte haar jas en tas en stapte in de lift naar beneden. Stuart opende het portier, kuste Sonja op de mond en fluisterde: "Je ziet er goddelijk uit. Ik heb nu al moeite om van je af te blijven."

Hij startte de auto en zette koers naar Amsterdam. Op de toegangsweg liet hij zijn hand op haar bovenbeen rusten.

"Heb je een string of zo'n wijd broekje aan?"

"Je bent vreselijk zeg. De avond moet nog beginnen en je zit jezelf al op te geilen. Je houdt wel van raadseltjes, toch? Wat denk je?"

Hij keek voor zich uit. "Ik denk een string?" en hij liet zijn hand over haar dij naar haar kruis glijden. Maar Stuart moest schakelen en tegelijkertijd op de weg letten, haalde zijn hand weg en liet hem op de versnellingspook rusten. Sonja schoof langzaam haar zwarte fluwelen avondjurk omhoog. Ze zag de ogen van Stuart van de weg, naar haar dijen verschuiven.

"Stuart, op de weg letten!"

Hij moest lachen en schoof met zijn rechterhand voorzichtig het laatste stukje van haar jurk omhoog. Nu was haar zwarte kous en het clipje van haar gordeltje zichtbaar.

"Hier word ik gek van. Het liefste zou ik nu de auto aan de kant van de weg zetten."

Sonja plaagde hem, "ik zal mijn rok maar weer snel naar beneden doen anders komen er kreuken in. Ze schoof haar rok zedig naar beneden. De toon was gezet.

Het ontvangst was hartelijk en Sonja sprak met de andere MT-leden, die ze eerder had ontmoet. Ook Philip en zijn vrouw Barbara waren er. Na de klassieke muziekvoorstelling gingen ze naar de bar van het hotel. Philip kwam naar Sonja toe, nam haar apart en besprak kort en bondig wat Navion te wachten stond. De Belastingdienst zou binnenkort binnenvallen en hij drukte haar op het hart dat ze stappen moest ondernemen. Philip beloofde dat als er meer informatie was, hij contact met Sonja zou opnemen.

Stuart had een glas whisky voor Sonja gehaald.

"Zo, weer helemaal bij met Navion?"

Sonja knikte en ze liep met hem mee.

Tegen middernacht keek Stuart op zijn telefoon en zei zachtjes: "Kom, we gaan naar boven."

Sonja zette haar lege glas op de bar en ze maakte aanstalten om met Stuart mee te lopen. Tegelijkertijd liepen Philip en Barbara mee. Ze stapten gezamenlijk uit de lift. Stuart pakte het toegangskaartje van de kamer, toen Philip voorstelde om met z'n vieren nog iets te gaan drinken. Sonja begreep waar hij op doelde. Stuart wimpelde Philip resoluut af. Het blik van Barbara sprak boekdelen, maar Stuart was volhoudend en had blijkbaar andere plannen.

Philip en Barbara liepen onverrichte zaken door naar hun eigen kamer, terwijl Stuart de deur opende.

Edward lag in zijn spijkerbroek op bed en bladerde achteloos in een tijdschrift.

"Waar blijven jullie nu? Ik lig al een tijd te wachten."

Hij stond op, kuste Sonja en ze voelde tegelijkertijd zijn geoefende handen erotisch over haar lichaam glijden.

"Ik heb je gemist, echt gemist," en hij begon haar heftig te zoenen. Ze zag uit haar ooghoek dat Stuart een fles Jack Daniels en glazen pakte. Hij schonk de glazen in en ze proostten op "ouden tijden". Stuart zette zijn glas neer, liep naar zijn tas en haalde er een zakje coke uit.

"We gaan er een heerlijke nacht van maken. Sonja, ik heb al de hele avond zin in je. Zou je een lekkere striptease kunnen opvoeren? Ik denk dat Edward wel wat opwinding kan gebruiken. Edward nam nog een paar slokken whisky en creëerde in de tussentijd de lijntjes. Hij deed zijn blouse uit, stond in zijn blote borst, snoof een lijntje en kleedde zich verder uit. Sonja snoof mee, ging midden in de kamer staan en liet haar mooie jurk langzaam naar beneden glijden. Daarna gaf ze een striptease, die niet lang duurde omdat Edward haar beetpakte, op bed neergooide, zich niet meer kon beheersen en zijn libido de vrije ruimte gaf.

De volgende ochtend toen Sonja wakker werd, voelde ze zich beroerd. Ze was misselijk, stapte snel uit bed en haalde ternauwernood het toilet. Ze moest overgeven, had diarree en voelde zich doodziek. Toen Edward de badkamer binnenliep, trof hij Sonja slap onderuitgezakt op de wc-pot aan. Hij schrok, pakte haar voorzichtig op en legde Sonja op haar rug op het bed neer. Ook Stuart was bezorgd. Ze kronkelde door het bed van de krampen. Edward wilde de dokter bellen, maar Sonja verbood het hem.

"Ik begin een beetje te oud te worden voor dit soort spelletjes. Mijn lichaam sputtert. Ik denk dat het de combinatie van drank en drugs is. Dit is de laatste keer dat ik drugs heb gebruikt," zei Sonja beslist.

"Maar trek het je niet aan, want ik heb het zelf gedaan."

Ze bestelden ontbijt op de kamer. Sonja dronk voorzichtig thee, at een paar kleine hapjes mee en het leek of haar lichaam tot rust kwam. Nadat ze hadden gedoucht vertrokken ze naar Rotterdam. In de auto naar huis nam Sonja zich voor om te stoppen met dit soort buitensporige uitspattingen. Het was leuk, maar niet meer met beide broers tegelijk in combinatie met drugs en drank.

Hoofdstuk 23

Maanden later belde Gustav. Sonja was verrast, want ze had hem al stilletjes afgeschreven. Hij verontschuldigde zich. Zijn oom was overleden en Gustav had als testamentair executeur de omvangrijke erfenis afgewikkeld. Omdat zijn oom geen nazaten had, was er binnen de familie veel discussie geweest over het te verdelen onroerend goed. Daarnaast had Gustav gezien de huidige economische crisis een reorganisatie in zijn eigen bedrijf doorgevoerd.

Hij accepteerde het aanbod van Sonja om naar Nederland komen en ze maakten een afspraak. Na het telefoongesprek klopte het hart van Sonja onstuimig. Ze keek met volle verwachting naar Gustav uit.

Ze stond op Schiphol klaar toen Gustav de ontvangsthal binnenliep. Hij kuste haar op de wang en zei dat hij blij was dat hij haar zag. Ze liepen naar de parkeergarage. Sonja opende de achterbak van de auto, glimlachte naar Gustav en zei dat ze vandaag vanwege het mooie weer naar Zeeland wilde doorrijden om de Deltawerken te bezichtigen. Tijdens de rit kwam het gesprek op gang. Gustav vertelde geërgerd over het gezeur van de verdeling van de erfenis. Maar ook, dat er ondanks de aanwezigheid van een goed beschreven testament veel ruis voor interpretaties was geweest.

"Dat moet toch voor jou niet meevallen. Je hebt vorig jaar de begrafenis van je vrouw ervaren, wat een diepe impact gehad moet hebben."

Gustav vond het prettig dat ze dit ter sprake bracht en ging hier op in. Sonja bekeek Gustav toen hij zijn verhaal deed. Ze vond hem behoorlijk open. Hij vroeg aan Sonja hoe ze omging met het verlies van dierbaren. Ze vertelde over het verlies van haar moeder op jonge leeftijd en haar vader een paar jaar later. Gustav was geïnteresseerd door wie Sonja was opgevangen toen ze er alleen voor stond. Niemand, want ze was gewend om alles zelf te regelen. Het verbaasde Gustav.

In de middag reden ze over de kustweg. Bij een parkeerplaats stapten ze uit en liepen via de duinen het strand op. Toen ze voor de waterlijn stonden pakte Gustav de hand van Sonja. Hij keek haar met een glimlach aan. Hand in hand liepen ze over het strand. De volle wind in het gezicht gaf een vrij gevoel.

Na een flinke wandeling gingen ze op een duintop zitten en keken ze uit over de ruwe zee. Gustav vond het uitzicht mooi. Hij hield van de zee, kon er geen genoeg van krijgen en sloeg zijn arm om de schouder van Sonja.

"Weet je, toen ik je voor het eerst in Seattle zag, vond ik je een aantrekkelijke dame. Ik kon het niet laten om steeds in de rondte te kijken of ik je ergens zag. Het was een genot om te zien hoe je bezig was met het regelen van allerlei zaken. Je kwam zelfs naast me aan tafel zitten. We hebben 's avonds aan de bar gezeten waar ik me onhandig gedroeg. Ik ben blij dat je het me niet kwalijk hebt genomen."

Hij keek Sonja aan, bleef haar aankijken en kuste haar voorzichtig. Daarna duwde hij Sonja jongensachtig achterover in het zand. Ze bleef liggen en keek hem vragend aan. Hij kuste haar opnieuw. Nu opende hij zijn mond en Sonja beantwoordde de kus. Ze sloot haar ogen. Gustav wreef met zijn hand over haar borsten, maar stokte ineens. Sonja opende haar ogen, kwam langzaam omhoog en ze pakte zijn hand. Hij worstelde blijkbaar met de gedachten aan zijn overleden vrouw.

"Kom, laten we naar het water lopen," stelde Sonja voor.

Ze wandelden zwijgend langs de waterlijn terug naar de auto.

Sonja en Gustav dineerden in Zeeland, met uitzicht over de Noordzee.

"Dit had ik niet verwacht, omdat ik op Rotterdam had gerekend. Vandaag heb ik een andere kijk op Nederland gekregen. Het zandstrand en de wind gaven een vrij en ontspannen gevoel. Mijn hoofd is leeg, zonder zorgen."

"Wat zijn je wensen ten aanzien voor de toekomst?" vroeg Sonja.

Gustav viel kort uit zijn rol en keek haar argwanend aan.

"Hoe bedoel je?"

"Nou, je hebt een eigen bedrijf waar je veel tijd in steekt. Ik ben benieuwd waar je je privé mee bezighoudt en wat er op je verlanglijstje staat?"

Gustav glimlachte, maar ze zag ook een zekere opluchting in zijn ogen.

"Dat zijn twee vragen. Ik heb een bijzondere periode achter de rug die ik eerst moet afsluiten, maar ik wil ook genieten van het leven," en hij keek Sonja liefdevol aan.

"Iets wat ik nu doe door met jou kreeft te eten. Hoe ik de toekomst zie? Tja, allereerst hoop ik een partner te vinden waarmee ik vertrouwelijk kan praten, maar ook plezier kan maken. Ik wil mijn bedrijf vroeg of laat een keer verkopen. Dan zou ik een deel van mijn tijd willen besteden aan goede doelen en ik heb een aantal reizen op mijn verlanglijstje staan. Maar Sonja, hoe lang blijf jij nog aan het werk? En wat staat er op jouw verlanglijstje?"

"Ik had het kunnen weten. Als je vragen afvuurt, komen er ook vragen terug. Op dit moment ben ik het niet eens met de bedrijfsvoering bij Navion en ik heb besloten om na het congres in Stockholm op te zeggen. Wat ik daarna ga doen, weet ik nog niet. Eigenlijk heb ik er nog niet over nagedacht wat ik zou willen doen als ik niet meer werk. Misschien wil ik mijn dagen slijten in een land waar het iets warmer is dan Nederland. In welk land zou jij willen wonen als je mag kiezen?"

"Alleen in Zweden en nergens anders," zei Gustav resoluut. "Ik heb mooie landen en gebieden gezien, maar de bossen in Zweden en de manier waarop de samenleving in Zweden is georganiseerd is toch uniek."

"Als je nu de ideale vrouw ontmoet, die niet in Zweden wilt wonen, wat doe je dan?"
Gustav moest lachen en zei met een voorovergebogen hoofd: "Ik zou haar naar mijn burcht ontvoeren."
Sonja kwam ook naar voren, "ik zou wel door jou ontvoerd willen worden, maar de geschiedenis in Nederland heeft geleerd, wanneer de Vikingen de vrouwen ontvoerden, ze de steden platbranden. Dus...."
Gustav lachte hardop: "Ja, dat is een risico, maar ik heb mijn aansteker thuisgelaten, dus je kunt gerust zijn."

Na het eten was het nog een klein uurtje terugrijden naar Rotterdam. Sonja parkeerde haar auto in de parkeergarage onder haar appartement en ze liepen naar de lift.
Omdat het buiten nog lekker zwoel aanvoelde liep Sonja naar de schuifpui. Terwijl ze de pui openschoof, vroeg ze wat Gustav wilde drinken, kreeg geen antwoord, maar voelde zijn armen om haar heupen. Hij fluisterde zachtjes in haar oor dat hij haar wilde, begon haar nek te kussen en ze voelde dat hij haar borsten vastpakte. De zwoele avondwind blies naar binnen. Sonja draaide zich om. Gustav kuste haar hartstochtelijk en ze voelde zijn handen onstuimig over haar lichaam glijden.

"Kom," en ze nam Gustav aan zijn hand mee naar de slaapkamer.

Sonja nam de leiding, kleedde Gustav uit en kuste en masseerde hem. Het was een genot, want hij had een mooi gespierd lichaam. Hij sloot zijn ogen, maar dat duurde niet voor lang, raakte opgewonden door de aanrakingen van Sonja en nam het initiatief over. Hij was het type als Charles. Heel teder en bedreven. Zijn tong dreef haar naar een hoogtepunt, waarna de vonken er vanaf vlogen.

Midden in de nacht werd Sonja wakker en ze zag dat het bed naast haar leeg was. Ze liep naar de kamer en vond Gustav in zijn onderbroek en een loshangend overhemd op het terras. Ze ging naast hem staan en gaf hem een kus.
"Waar kijk je naar?"
"De schepen."
"Zal ik theewater opzetten?"
Gustav knikte en Sonja liep naar binnen.

Hij pakte de mok met hete thee aan en bedankte Sonja. Langzaam, terwijl hij ononderbroken naar de schepen keek, dronk Gustav zijn thee met kleine teugjes op. Sonja vermoedde dat hij met zijn gedachten bij zijn overleden vrouw zat en misschien een schuldgevoel had over de seks die ze hadden genoten.
Ze liep naar binnen en ging op bed liggen. Gustav volgde, ging tegen haar aanliggen en hij sloeg zijn arm om haar middel. Het leek wel of hij haar niet meer los wilde laten.

Sonja werd vroeg wakker, stond op, maar liet Gustav slapen. Ze trok een kort broekje en een dun T-shirtje aan en liep naar de keuken om het ontbijt klaar te maken. Ze had de kussens al buiten op de stoelen gelegd. In de keuken stond het blad met vers fruit en broodjes klaar.
Gustav kwam in zijn onderbroek en zijn loshangende overhemd de kamer binnenlopen. Hij vroeg of hij kon helpen. Sonja schudde haar hoofd en ze vroeg of hij een gekookt of gebakken eitje lustte. Hij lustte wel een gekookt eitje. Ze liep bedrijvig heen en weer, lachte naar Gustav en gaf hem in het voorbijlopen een kus op de mond. Maar hij greep Sonja om haar middel vast en trok haar naar zich toe.
"Je loopt in dat broekje rond dat niets te raden overlaat en ik zie je borsten in dat strakke T-shirt lekker vooruit staan."

Hij trok het T-shirt over haar hoofd uit en kuste haar borsten. Ze zag zijn stijve penis in zijn onderbroek vooruitsteken, maakte zich voorzichtig los, ging op haar knieën zitten en opende haar mond. Gustav zuchtte van genot en met een oergeluid kwam hij midden in de woonkamer klaar.

"Wanneer zien we elkaar weer?" vroeg Gustav.
Sonja stelde voor om volgende maand, na het congres in Stockholm, een paar dagen langer in Zweden te blijven.
Gustav nodigde haar uit om een week in zijn stuga aan de kust door te brengen.

Hoofdstuk 24

Charles belde. Hij wilde graag over Patricio bijpraten. Hij had extra vakken aan zijn studie toegevoegd en deed het uitstekend. Charles had zijn appartement in Rotterdam verkocht en hij vertelde dat zijn echtscheiding met Ruby er eindelijk doorheen was. Het was een uitputtend juridisch gevecht geweest.

"Ruby en Alexander zijn nu definitief naar Groot-Brittannië vertrokken. Ik had een DNA-test voor Alexander geëist, maar Ruby weigerde pertinent. Dat zegt al genoeg. Sinds Robert is overleden, kom ik bijna nooit meer in mijn appartement in Londen. Ik ga het te koop zetten. Ik heb de Manor van Robert geërfd, die ook onderhouden moet worden. Maar, hoe is het met jou?"

Sonja vertelde kort en bondig over haar belevenissen bij Navion.

"Ik ga eind juni, na het congres in Stockholm opzeggen. Daar zal ik sowieso interessante relaties ontmoeten. Misschien lukt het me om op de valreep een interim-opdracht binnen te halen."

Charles haakte hier onmiddellijk op in. "Dat is ook toevallig, want ik ga ook. We kunnen met elkaar afspreken en gelijk de ontwikkelingen van Patricio bespreken."

Nadat het gesprek was afgesloten stond Sonja met een glas Jack Daniels in haar hand voor het raam. Ze keek naar buiten en het maalde door haar hoofd. Hoe moest ze dit aanpakken. Charles met Gustav confronteren of kijken hoe het proces zich ontwikkelde? Zou Charles, nu hij weer vrij was een claim op haar leggen? Wilde ze Charles terug? Aan de ene kant wel, maar aan de andere kant was er Gustav, die haar ook een toekomst te bieden had.

Twee dagen voor het vertrek naar Stockholm belde Charles. Hij was met de auto onderweg naar Nederland, omdat hij na het congres nog een paar afspraken in Zweden wilde afwikkelen. Hij reed op de hoogte van Noord-Frankrijk en hij verwachtte rond tien uur bij Sonja te zijn. Hij had geen appartement meer in Nederland en ze had hem in het verleden ruimte geboden om te overnachten. Nu was er Gustav, die ze over een paar dagen weer zou zien. Sonja worstelde met Charles. Moest ze hem nu wel of niet informeren?

Een paar uur later belde hij aan. Hij was opgetogen en vrolijk want er was een loden last van zijn schouders gevallen, die Ruby heette. Hij ging voor de schuifpui staan, schoof deze verder open, stapte het terras op en keek uit over de rivier.

Ze gingen in een luie stoel zitten en borrelden als vanouds. Charles wreef na de lange autorit in zijn ogen.

"Zullen we maar gaan liggen?

Hij ging achter Sonja staan en kuste haar achterhoofd.

Haar hart lag bij Gustav, maar die was ver weg, dus besloot ze de nacht met Charles door te brengen. Dit was misschien wel de laatste nacht die ze met hem in bed zou doorbrengen.

Ondanks dat Charles in zijn ogen had zitten wrijven en had gezegd dat hij gaar was van de autorit, was er in bed niet veel van te merken.

's Ochtends werden ze in elkaars armen wakker. Sonja stapte uit bed om koffie te gaan zetten en ze vroeg of Charles ook naar de woonkamer kwam. Hij trok haar op een joviale manier weer terug in bed en keek Sonja serieus aan.

"Sonja, wil je met me trouwen?"

Sonja bevroor en ze keek hem verschrikt aan.

"Laten we hier over ophouden Charles. We kluiven af en toe aan elkaar, maar laten we geen verplichtingen aangaan. We weten uit het verleden dat dit niet werkt."

Charles keek teleurgesteld. "We hebben het nooit meer geprobeerd. Of heb je een ander?"

Sonja keek hem niet aan en ze twijfelde om Charles over Gustav te informeren. Ze besloot het wel te doen.

"Ik ben verliefd op een andere man, maar ik weet niet of hij ook op mij verliefd is."

Charles kreeg een rood hoofd en barstte los: "Je laat je neuken, terwijl je op een ander verliefd bent. Zo ga je niet met mensen om," en hij gaf Sonja ineens een harde klap midden in haar gezicht. Ze schrok en greep naar haar gezicht van de pijn. Daarna sprong ze uit bed, pakte haar badjas en sloeg deze om.

In de deuropening schreeuwde ze met een overslaande stem: "Oprotten uit dit huis. Mannen die vrouwen slaan zijn klootzakken."

Charles ging op de rand van het bed zitten, hield zijn hoofd tussen zijn handen en schaamde zich diep.

"Sorry, sorry, sorry, ik weet niet wat me overkwam. Het was niet de bedoeling om je pijn te doen."

Sonja liep naar de keuken en propte hevig geëmotioneerd met een bevende hand van kwaadheid een koffiepadje in de Senseo. Daarna liep ze naar binnen, ging op de bank zitten en zette de televisie aan. Ze keek ontgoocheld voor zich uit. Dit was het laatste wat ze van Charles had verwacht. Ze zuchtte, kreeg tranen in haar ogen en ze kon alleen maar zichzelf verwijten, omdat ze hiervoor aanleiding had gegeven. Het had geen zin om boos uit elkaar te gaan en Sonja besloot om straks, als de gemoederen waren gezakt met Charles een gesprek aan te gaan. Charles kwam de kamer binnenlopen, ging voor het televisiescherm staan, pakte de afstandsbediening en zette de televisie af.

"Excuses van mijn kant. Het spijt me. Ik schaam me diep."

Sonja negeerde Charles.

"Ik begrijp dat je boos bent en terecht," zei hij. "Hoe kan ik het goedmaken? Wat je maar wilt. Al moet ik nu op mijn knieën naar je toe kruipen."

Sonja keek hem argwanend aan. Haar linkerwang was vuurrood van de klap. Ze zei niets, maar bleef Charles alleen maar aankijken. Hij ging op een stoel zitten die haaks op de bank stond.

"Wat heb ik me in jou vergist," zei Sonja weloverwogen.

"Jij bent degene die de echtscheiding in werking hebt gezet. Jij bent degene die opnieuw is getrouwd. Ik was vanmorgen eerlijk naar je. Hoeveel vriendinnen heb jij na het vertrek van Ruby gehad? Hoeveel?"

Charles keek ongemakkelijk.

"Hoeveel heb jij er geneukt, om even jouw taalgebruik te gebruiken?" Sonja brieste: "Je komt bij me langs en nadat je je hebt uitgeleefd vraag je me ten huwelijk. Vervolgens krijg ik een klap midden in mijn gezicht, omdat ik op iemand verliefd ben. Hoe serieus moet ik je in hemelsnaam nog nemen? Je neukt de hele wereld om aan je gerief te komen. Ik vond het vannacht ook lekker. Wie is hier nu reëel? Ik vind je gewoon een lul," en Sonja wendde haar hoofd af.

Charles stond op en ging naast Sonja op de bank zitten. Ze keek hem hautain aan.

"Kom je nu zoete broodjes bakken? Ik hoop dat ik er geen blauwe plek aan overhou, anders loop ik op het congres in Stockholm voor schut."

Charles pakte haar hand. "Nogmaals, het spijt me. Ik had dit nooit mogen doen."

Hij wreef teder met zijn hand over de pijnlijke plek. Pakte voorzichtig haar hoofd en trok Sonja naar zijn borstkas. Hij kuste haar hoofd. Ze liet het toe, maar ze hield zich groot en vocht tegen haar tranen.

De klap van Charles; ze zou het hem niet snel vergeven, maar ze wilde er ook geen halszaak van maken.

"Hoe laat vlieg je morgen naar Stockholm? vroeg Charles.

"Ik vlieg niet, maar ik ga met de auto."

Hij keek Sonja verbaasd aan, "waarom rijd je niet met mij mee?"

Sonja twijfelde even, maar ze besefte wanneer hij haar met Gustav zou zien, het toch zou uitkomen.

"Omdat ik na het congres een week in Zweden blijf. De man op wie ik verliefd ben, zal ook in Stockholm zijn. Misschien ken je hem? Gustav Johansson van Kompass Software."

Sonja zag een totale verbazing op het gezicht van Charles.

"Die ken ik goed," en Charles vertelde dat hij een paar jaar geleden voor Kompass Software een groot project in de scheepvaart in Portsmouth had gedraaid. Hij kende Gustav persoonlijk erg goed.

"Ik heb zelfs een afspraak met Gustav in Stockholm."

Charles herpakte zich. "Hoe serieus is het?"

"Ik ben verliefd op Gustav, maar ik weet niet of hij ook verliefd op mij is," loog Sonja, om het als onbelangrijk af te doen.

"Waar ken je Gustav dan van?

Sonja vertelde dat ze Gustav vorig jaar in Seattle tegen het lijf was gelopen en dat hij de internationale partnerbijeenkomst van Navion had bijgewoond.

"Gustav is een prima kerel. Hij heeft alles goed voor elkaar. Ik hoop dat je gelukkig met hem wordt, want dat gun ik je uit de grond van mijn hart. Als je je ooit bedenkt, zal ik er altijd voor je zijn."

Daarna keek Charles leeg voor zich uit, alsof hij een persoonlijk verlies verwerkte.

De autorit naar Stockholm verliep zonder vertraging en Sonja handelde onderweg gelijk een paar zakelijke telefoongesprekken af. Na ingecheckt te hebben, liep Sonja naar de ontvangstruimte waar op dat moment de welkomstreceptie startte. Ze zag haar collega Frida staan. Terwijl ze naar het buffet liep om een glas rode wijn te halen, zwaaiden ze naar elkaar. Het was druk in de ontvangstruimte en Sonja zag veel bekenden. Tijdens het begroeten van de relaties zag Sonja uit haar ooghoek dat Charles en Gustav aan de zijkant van de bar geanimeerd met elkaar in gesprek waren. Sonja had de indruk dat het om iets informeels ging, iets plezierigs wat ze beiden hadden meegemaakt. Ze besloot om Gustav te vermijden totdat Charles uit beeld was.

Terwijl Sonja met een relatie in gesprek was, tikte Gustav tijdens het voorbijlopen discreet op haar schouder. Na het buffet, waar Sonja met de klanten van Navion aan tafel had gezeten, liep ze Gustav weer tegen het lijf. Hij vroeg of ze over een half uurtje tijd had om in de grote tuin bij te praten. Hij keek haar met zijn mooie blauwe ogen aan, waarin Sonja bijna verdronk.

Ze liep door de openstaande deuren de tuin in en ze was vergeten om aan Gustav te vragen waar hij haar zou opwachten. De tuin was groter dan ze verwachtte. Sonja keek om zich heen en wandelde langzaam naar de grote vijver waar romantisch gekleurde lampjes op het water dreven. Ze ging op het bankje zitten. Gustav had Sonja gezien, was haar gevolgd en hij kwam naast haar zitten. Ze zaten formeel als zakenrelaties bij elkaar. Hij pakte teder haar hand vast.

"Kom je vannacht bij mij slapen?"

Ze keek hem verliefd aan en knikte.

"Ik lig in kamer 425. Hier is het toegangskaartje, dan kun je erin. Blijf nog even zitten, dan haal ik een glas wijn voor je.

Gustav reikte Sonja haar glas aan en ging weer naast haar op het bankje zitten.

"Ik heb de dagen afgeteld. Onze laatste ontmoeting heeft me goed gedaan. Ik voel me een gelukkig man en wil dit gevoel graag vasthouden. Ik verheug me al op ons samenzijn na dit congres."

Gustav was zelfvoldaan, zat op zijn praatstoel en vertelde dat hij vanavond een oude vriend had gesproken. Sonja wist precies om wie het ging en ze besloot open kaart te spelen. Gustav zou er vroeg of laat toch achter komen dat ze met Charles getrouwd was geweest.

Ze keek hem aan, "Charles Martinez."

Gustav reageerde enthousiast: "Ken je die ook?"

Sonja knikte, "Charles Martinez is mijn ex-echtgenoot."

Hij keek haar ongelovig aan. "Charles was toch met Ruby getrouwd?"

"Nadat hij van mij was gescheiden. Overigens gaan we goed met elkaar om. Ik heb Charles voor zijn vertrek naar Stockholm nog op bezoek gehad om de studievorderingen van onze zoon te bespreken. Hij is op de hoogte dat we met elkaar omgaan en dat ik na de conferentie een paar dagen bij jou blijf."

Gustav nam een slok van zijn glas wijn en hij keek Sonja serieus aan. "Ik heb hem vanavond uitgebreid gesproken, maar hij heeft hier niets over gezegd."

"Charles is discreet, maar we zijn altijd open naar elkaar geweest. Ook tijdens zijn huwelijk met Ruby sprak ik Charles regelmatig. We zijn geen ruziemakers. Ze keek Gustav liefdevol aan en zei met een zoete stem: "Wil je het toegangskaartje van kamer 425 terug hebben?" Gustav schoot in de lach en zei resoluut: "Nee, geen denken aan. Ik verlang al dagen naar je."

Vervolgens was hij even stil, alsof hij de mededeling over haar relatie met Charles verwerkte.

"Ik vind je eerlijk, maar het is even schrikken. Het feit dat je tijdens je huwelijk met Charles weinig in de media bent geweest zegt ook iets van jou. De meeste vrouwen vinden het uitermate belangrijk om een man te trouwen die statusverhogend is. Jij blijkbaar niet en het verbaasd me dat je gewoon een baan hebt. Ik kan me niet voorstellen dat Charles je met lege handen heeft achtergelaten."

Sonja glimlachte genoeglijk, "Charles heeft me goed behandeld en achtergelaten. Het feit dat we elkaar na al die jaren nog steeds respecteren zegt al genoeg. Overigens, ik heb besloten om mijn baan bij Navion op te zeggen, omdat de samenwerking met De heer Koot dusdanig is verstoord, dat het kansloos is."

"Ik hou van vrouwen die vrijgevochten zijn en niet aan de leiband meelopen. Ga je mee naar boven? Loop jij maar eerst, dan volg ik over een half uur."

Sonja grinnikte om de woordspeling en zei zachtjes tegen Gustav: "Waar zal ik op je wachten? In bad of in bed?"

Hij keek haar ondeugend aan, maar zei niets. Ze stond op en liep bevallig op haar hoge hakken naar de lift.

Op weg naar boven kwam ze haar collega Frida weer tegen. Ze was ook op weg naar haar kamer. Ze spraken kort over de sessies die voor de volgende dag op de agenda stonden. Sonja wachtte even, om zeker te zijn dat Frida in haar kamer was en liep toen terug naar de kamer van Gustav, aan het begin de gang.

Ze stapte snel onder de douche, pakte het scheermesje van Gustav, onthaarde zich volledig en ging daarna in bed klaarliggen.

Een half uur later kwam hij de kamer binnen en keek gelukzalig naar Sonja. Hij kleedde zich uit en stapte in bed. Ze spreidde haar benen en hij knielde ertussen. Een heerlijke nacht volgde.

Sonja was verliefd en ze voelde zich gelukkig. Af en toe liep ze op het congres Charles tegen het lijf. Ze sprak dan met hem over de nieuwste technologieën die gepresenteerd waren. Maar de onvermijdelijke confrontatie kon niet uitblijven. Toen ze samen met hem over de inhoud van de laatste presentatie sprak, zag ze Gustav uit haar ooghoek naderen. Hij kwam er ongevraagd bij staan en met z'n drieën vervolgden ze de discussie. Maar Sonja had moeite met de confrontatie, kneep er tussenuit en ze ging op zoek naar haar collega Frida.

Op de laatste avond stonden Sonja en Gustav bij elkaar, toen Charles energiek kwam aanlopen.

"We zien elkaar binnenkort bij het project voor de radarbeveiliging," zei hij tegen Gustav.

Gustav sloeg met zijn hand op de schouder van Charles en bedankte hem. Charles gaf Sonja een kus op haar wang en wenste haar een fijne vakantie met Gustav. Het sierde hem dat hij dit deed.

Ze reden afzonderlijk naar de stuga van Gustav. Sonja had haar navigatiesysteem ingesteld en met de tips van Gustav vond ze de stuga, die diep in het bos verscholen lag. De sierlijke toegangshekken stonden open en ze parkeerde haar auto naast de grote Volvo van Gustav. Sonja liet haar trolley in de auto staan, omdat ze het onbeleefd vond om gelijk met een gepakte tas voor de deur te staan. Ze pakte haar laptoptas en handtas, liep naar de voordeur en klopte aan. Gustav opende de deur.

"Ik ben blij dat je er bent," en hij sloeg zijn arm om haar heen toen ze naar binnen liepen.

De eerste indruk die Sonja van de stuga kreeg was oubollig. Ondanks dat Gustav modern overkwam, zag de stuga er van binnen gedateerd uit. Jaren zeventig van de vorige eeuw. Ze zag op de leuning van de bank oranje met bruin gehaakte kleedjes liggen. De woning bracht herinneringen uit haar jeugd naar boven. Het gaf Sonja een onbehaaglijk gevoel.

Gustav leidde haar door de openstaande terrasdeuren de tuin in, die aan het dennenbos grensde. Hij vertelde dat er door het bos een pad liep, dat naar de kust leidde. De tuin zag er natuurlijk onderhouden, maar ook romantisch uit. Sonja nam plaats in het zitje. Gustav liep terug naar binnen en kwam niet veel later naar buiten met een fles Champagne en twee glazen. Hij opende de fles en schonk de glazen in.

"Ik wil proosten op ons samenzijn."

Gustav zette zijn lege glas neer, keek Sonja aan en wreef met zijn vlakke hand over haar blote schouder en kuste Sonja teder. Hij pakte haar hand en leidde Sonja naar zijn slaapkamer, waar hij haar uitkleedde en liefhad.

Na afloop liet Sonja haar vinger ronddraaien in de navel van Gustav.

"Had je wel seks met je vrouw?"

Het was lang stil, voordat hij reageerde. "Nee, ik kan me de laatste keer niet meer herinneren. Het moet echt jaren geleden zijn geweest. Maar als je zo intensief met de verzorging van je vrouw bezig bent, ben je niet met seks bezig."

"Er moet toch wel eens een moment geweest zijn, dat je gevoelens aangesproken werden wanneer je vrouwelijke zakenrelaties ontmoette? Dit wil niet zeggen dat je dan gelijk seks hebt."

"Natuurlijk ontmoette ik wel eens mooie vrouwen waar ik gevoelens bij had en die mijn fantasie prikkelden. Maar als ik naar huis ging en aan mijn zorgtaak begon, ebde dat gevoel snel weg. Vorig jaar in Seattle, toen we aan de bar zaten had ik zo'n moment. Mijn hart hunkerde naar je, maar mijn geweten knaagde aan mijn integriteit."

"Ben je wel eens vreemdgegaan of ben je wel eens naar de hoeren geweest?"

Gustav zuchtte, "Jezus, Sonja wat een vragen. Nee, ik ben nooit vreemdgegaan of naar de hoeren geweest. Ik trok me wel eens af als ik alleen was. Dan droomde ik over mijn vrouw toen ze nog gezond en vol leven was. Dat is toch menselijk? Jij bent na dertig jaar huwelijk de eerste vrouw met wie ik het bed deel. Ik geniet van je en voel me verliefd als een puber. Het liefst zou ik de hele week met je in bed willen blijven liggen, maar dat is een beetje onrealistisch. Maar nu we het toch over onthullingen hebben en jij als Nederlandse wel gewend bent aan het stellen van hele directe vragen: "Hoe was jouw seksleven na je huwelijk?"

Sonja vertrouwde Gustav en ze besloot voor het eerst in haar leven een kleine opening te geven en ze vertelde over de uit de hand gelopen relatie met Esmeralda. Ze vertelde er niet bij, dat Charles haar had betrapt. In Nederland ben ik een paar keer met een oud collega op stap geweest. Hij en zijn broer zijn verstokte vrijgezellen. In de afgelopen jaren heb ik wel eens seks met ze gehad. Geen verplichtingen, gewoon een avondje plezier.

In Boston heb ik een tijdelijke relatie gehad met een man. Ik vond hem aardig, maar niet de persoon om mijn verdere leven mee te delen. Tot ik jou in Seattle zag. Het was liefde op het eerste gezicht. Je rustige en beheerste manier van doen trok me gelijk aan en ik vind je knap. Ik ben blij dat we nu in ieder geval deze week samen zijn."

Gustav keek bedenkelijk, maar stelde de vraag: "Die man in Boston, waarom was dat niets? Had het met geld te maken?"

"Ha, daar komt die dan," zei Sonja lachend. "Nee, daar had het niets mee te maken. Hij zat ook in de IT, wat hem een prettige gesprekspartner maakte, maar dat is niet waar het leven uit bestaat. Wellicht zat de liefde niet diep genoeg.

Ik heb altijd tijdens mijn huwelijk gewerkt en goed gespaard. Na de scheiding heeft Charles me goed achtergelaten. Dus ik ben niet op zoek naar een man met geld. Ik hoop zelfs, dat ik binnenkort weer een interim-opdracht kan binnenhalen. Niet voor het geld, maar ik vind het leuk om te werken, nieuwe ontwikkelingen te leren en onder de mensen te zijn."

"In de korte periode dat ik je meemaak, kom je als een vrijgevochten vrouw met een eigen wil over. Daar hou ik van," zei Gustav en hij gaf Sonja een kus op haar voorhoofd.

Even voor middernacht wandelden ze over het bospad naar de kust, waar de golven van de Oostzee over een langgerekt kiezelstrand uitrolden. Op de rand van het bos stond een schuur. Gustav opende deze, pakte twee klapstoelen, nam ze mee en zette ze vlakbij de waterlijn neer. Het was een heerlijke zwoele nacht en de traag ondergaande Mittsommer zon creëerde een schitterende ambiance op de kalme zee.

Sonja stond op, liep naar de waterlijn en schopte haar slippers uit. Het water was erg koud, maar dat deerde haar niet. Gustav kleedde zich helemaal uit en liep het water in. Sonja lachte onwennig, liet zich niet kennen, kleedde zich ook uit en volgde hem. Ze zwommen een stukje en Sonja liet zich in de beschermende armen van Gustav door het water meedrijven.

Toen ze in het schemerlicht uit het water kwamen, renden ze naar de schuur waar Gustav grote badlakens uit de kast pakte. Sonja klappertandde van de kou. Hij trok Sonja naar zich toe en wreef haar warm met een dik badlaken. Daarna liepen ze terug naar de stuga en gingen naar bed.

Het waren relaxte dagen in de stuga bij Gustav. In de tussentijd werd Sonja gebeld door een relatie die ze op het congres in Stockholm had ontmoet. Hij had een interim-klus in Zweden, wat haar op dit moment uitstekend uitkwam. Gustav glimlachte tevredenheid toen ze het hem vertelde. Voor het kennismakingsgesprek moest ze naar Stockholm. Ze besloten om daar gelijk te blijven.

Het appartement van Gustav lag in een statige buurt in de binnenstad van Stockholm. Die middag wilde Sonja van de gelegenheid gebruik maken om lekker te gaan winkelen. Gustav stond erop om mee te gaan.

"Wat moet nu een man nu in het kielzog van een vrouw, die winkel in en uit loopt?"

Gustav lachte geheimzinnig. "Misschien heb ik ook kleding nodig en zou ik graag jouw advies krijgen."

"Aha, maar wie heeft jou dan in de afgelopen jaren aangekleed?"

"Ik heb een adviseur die voor een zakelijke- en privécollectie bij mij thuis langskomt. Dit scheelt een hoop tijd en het is handig, omdat hij precies weet wat bij me past."

Gustav was niet lastig, zoals sommige andere mannen tijdens het winkelen kunnen zijn en ze moest erkennen dat ze zijn gezelschap zelfs leuk vond. Ze hadden allebei volle handen met tasjes, toen ze langs een juwelier liepen. Gustav maakte zijn ene hand vrij en sloeg zijn arm om Sonja. Hij troonde haar op het laatste moment naar binnen.

Gustav begroette de juwelier amicaal, alsof ze elkaar goed kenden. Ze spraken Zweeds.

Sonja verstond een beetje Zweeds en destilleerde hieruit dat Gustav een mooie ring zocht, voor de knapste vrouw op aarde. Ze voelde zich vereerd, maar ze deed net of ze het niet had verstaan. De juwelier pakte een plateau met schitterende ringen en legde deze op de toonbank. Gustav keek Sonja verliefd aan. "Ik wil je graag een vriendschapsring schenken. De afgelopen dagen zijn de plezierigste sinds een lange tijd." Sonja kreeg een kleur en ze keek afwachtend naar het tableau met ringen.

"Zoek maar uit wat je mooi vindt. Geld speelt geen rol."
Ze paste er een paar en ze keek Gustav vragend aan die van haar genoot.

"Als ik een ring mag uitzoeken, sta ik erop dat jij er ook één uitzoekt. Die krijg je van mij," zei Sonja.
De juwelier had meegeluisterd en pakte een plateau met herenringen. Nu pasten ze beiden verschillende modellen en ze moesten lachen om ringen die ze apart vonden.
Sonja koos een witgouden ring uit met blauwe saffieren en Gustav ging voor een gladde witgouden ring. Ondanks de spontane actie, paste de ringen bij elkaar. Ze lieten hun namen en de datum van vandaag in de ringen graveren. Ze bleven in de winkel wachten totdat ze klaar waren en schoven, als bij een huwelijksplechtigheid, de ringen aan elkaars vingers. Na afloop kusten ze elkaar.

Het sollicitatiegesprek voor de interim klus was een gelopen race. Het was eerder de vraag wanneer Sonja kon beginnen. Een vervolggesprek was niet meer nodig. Ze spraken de startdatum 1 augustus af. Het bedrijf wilde zelfs voor de huisvesting bemiddelen, maar Sonja gaf aan dat dit al was geregeld. Gustav haalde haar na het gesprek op en glimlachte voldaan.

"Morgen is het 21 juni en dan is het de langste dag in Zweden. Dat vieren we altijd uitbundig. Ik heb een uitnodiging van een kennis ontvangen," zei Gustav.

"Er komen op het Mittsommerfest veel mensen die ik goed ken. Dit is een uitstekende gelegenheid om je gelijk aan mijn vrienden en kennissen voor te stellen. Vind je het wat?"
Het leek Sonja wel wat. Alles beviel haar in Zweden.

"Hoe ga je me introduceren," vroeg ze.
"Als mijn verloofde."

"Je durft."

"Hoe bedoel je? Is dat niet goed?"

Sonja lachte hardop: "Je hebt gelijk, ik zou niets liever willen. Het gaat ineens wel erg snel. Hoe zal onze boodschap op het Mittsommerfest bij jouw vrienden en kennissen worden ontvangen? Ze kennen me niet en ze hebben zelfs nog nooit van mij gehoord. Je vrouw had een goede band met de kerk en het gemeenschapsleven. Denk je dat ze me zullen accepteren?"

"Ik denk dat het allemaal wel zal loslopen. Natuurlijk heeft mijn vrouw met haar ziekte een bepaald beeld achtergelaten, maar de buitenwacht zal het moeten accepteren. Het leven gaat door en ik heb ook het recht om opnieuw gelukkig te zijn. Jij met je onafhankelijke houding zal hier in Zweden als positief worden beoordeeld. Er zullen ongetwijfeld mensen zijn die denken dat je op mijn geld uit bent, maar die neem ik niet serieus."

Het stemde Sonja gerust en ze keek er naar uit om op het Mittsommerfest kennis te maken met de wereld van Gustav.

De woning waar het feest gehouden zou worden lag diep in het bos verscholen. Er stonden grote luxe auto's netjes op het grasveld voor de deur geparkeerd. Gustav parkeerde zijn auto op het mos tussen de bomen en ze liepen om de woning heen naar de tuin, waar de gasten zich ophielden. Ze stonden in groepjes met elkaar te praten. Sommige kwamen gelijk naar Gustav toe en omhelsde hem hartelijk als blijk van vriendschap. Ze keken naar Sonja, die Gustav als zijn verloofde voorstelde. Ze zag dat sommige gasten geschokt reageerden. Blijkbaar hadden ze niet verwacht dat Gustav zo snel een nieuwe relatie zou aangegaan. Ze zag aan hem dat hij trots was. Gustav was gelukkig en dat staalde hij uit.

De muziek stond hard aan. Er werden verschillende muziekstijlen door elkaar gespeeld. Vrouwen maakten kransen van bloemen en bladeren. Later op de avond liepen ze ermee op hun hoofd, zongen liederen en dansten rondom de levensboom. Op een lange tafel voor het huis stond een buffet uitgestald met allerlei gerechtjes. Sonja herkende de beroemde Zweedse gehaktballetjes. Tussentijds werden er folkloristische liedjes gezonden en met Schnaps geproost.

Sonja had geen zin om de hele avond aan de arm van Gustav te lopen en ze ging zelf op onderzoek uit. Ze raakte in gesprek met een politica uit Stockholm, die alleen op het feest was. Ze heette Lynn en was geïnteresseerd in het politieke systeem in Nederland. Sonja vond het een toffe vrouw. Ze was zelfverzekerd en ondanks haar echtscheiding, samen met haar ex-man de twee kinderen opvoedde. Ze schatte Lynn een paar jaar jonger dan dat ze zelf was.

Lynn vertelde hoe ze in de politiek terecht was gekomen en ze twijfelde al een langere tijd, of ze in het bedrijfsleven meer op haar plaats zou zijn. Sonja vertelde waar ze mee bezig was en dat ze binnenkort voor een half jaar in Zweden zou gaan werken. Lynn opperde dat het haar wel eens leuk leek om in Nederland rond te kijken. Ze bleken veel overeenkomsten te hebben. De echtscheiding die ze achter de rug hadden, maar ook het doorzettingsvermogen om hun carrière succesvol gestalte te geven.

Na middernacht zag Sonja dat Lynn met een glas whisky in haar hand alleen stond. Ze kon haar ogen niet meer van haar losmaken. Lynn had een identiek lang en slank postuur dat Esmeralda in het verleden had. Haar lange witgrijze haren hingen keurig gesoigneerd over haar schouders. Eerder had Sonja opgemerkt dat Lynn mooie lichtbruine ogen had, die warmte uitstraalde.

Sonja schonk haar eigen glas met whisky vol en ze liep naar haar toe. Ze raakten weer aan de praat, gingen onderuit in de tuinstoelen zitten en moesten lachen om het ongecoördineerde gedans op het grasveld. Lynn keek Sonja op een manier aan, waarvan ze schrok. Ze herkende hetzelfde blik en het gevoel wat ze vroeger ook bij Esmeralda had. Het spookte door haar hoofd, dat het niet zo kon zijn, dat Lynn de breuk in haar relatie met Gustav zou worden. Sonja had teveel gedronken en haar hoofd sloeg op hol.

Lynn observeerde Sonja gebiologeerd.

"Ik vind je mooi."

Sonja verschoot van kleur en ze wendde haar blik af.

"Sorry, ik moet je niet in verlegenheid brengen," excuseerde Lynn. "Ik heb het nog niet eerder ervaren dat ik een vrouw begeerlijk vind. Ik doe nu uitspraken, omdat ik te veel drank op heb," en ze hief haar glas nonchalant omhoog.

"Misschien zie je het wel goed en ben je eerlijk, omdat je drank op hebt," zei Sonja.

Lynn legde haar hand op de hand van Sonja.

"Laten we vrienden zijn, die eerlijk naar elkaar zijn en dat ben je."

Sonja glimlachte naar Lynn, pakte haar lege glas, liep naar de bar en vulde beide glazen. Ze zag dat Gustav in een tuinstoel onderuit lag en sliep.

Lynn was in de tussentijd opgestaan, pakte haar volle glas aan en ze liepen samen naar de waterlijn van het grote meer, waar de tuin op een natuurlijke manier in overliep. Zwijgend gingen ze op een afgelegen steigertje achter een verweerde houten kano zitten. Toen de glazen bijna leeg waren begon Lynn over haar kinderen te vertellen en Sonja vertelde over Patricio.

Na een moment van stilte keek Sonja Lynn aan. Ze slikte, want ze wist wat er ging gebeuren. Er was geen ontkomen aan. Haar begeerte voor Lynn was zo heftig geworden. Hun monden raakten elkaar en gingen over in een kus. Haar hart bonkte. Lynn aanraken was opwindend, maar de angst dat Gustav of iemand anders haar zou betrappen beangstigde haar nog meer. Het idee dat ze weer de man van haar dromen voor een vrouw op het spel zette maakte haar onzeker.

Ze maakte zich abrupt los uit de kus en zei zachtjes: "Lynn, dit kan niet."

"Laten we terugwandelen," zei Lynn en ze trok Sonja omhoog.

Het merendeel van de gasten lag te slapen. De muziek stond nog zachtjes aan. Lynn zette de lege glazen op de lange tafel en liep naar binnen. Sonja liet zich op de bank in de tuin onderuitzakken. Haar geweten knaagde. Daarna viel ze in een diepe slaap.

Hoofdstuk 25

Sonja hoorde stemmen, maar ze kon ze niet thuisbrengen. Ze liep op het strand, langs de waterlijn. Alles was in een dichte nevel gehuld. Sonja herkende de stem van Esmeralda, maar ze kon haar niet zien. Het voelde koud aan. In de verte zag ze een schim met lange rode haren opdoemen. Ze hoorde haar wanhopig roepen, maar er was niemand die haar kon helpen. Ineens voelde Sonja een hand op haar schouder en ze schrok abrupt wakker. Het was Gustav. Hij keek bezorgd.

"Je lag zo diep te slapen. Het leek alsof je in een coma lag. Wat heb je vannacht allemaal gedronken?"

Sonja knipperde met haar ogen. Er stonden een paar vrienden naast hem, die ook bezorgd keken.

Sonja wreef in haar ogen en ze ging voorzichtig rechtop zitten. Ze had een macabere droom gehad, waarin ze op het strand bij de vakantievilla in Amerika was. De plaats waar ze Esmeralda en Charles in bed had betrapt.

Sonja verontschuldigde zich en zei dat alles in orde was. Ze had gewoon diep geslapen en ze maakte luchtig een grapje over de gezonde buitenlucht in Zweden. Iemand reikte haar een glas water aan, wat ze aanpakte en meteen leegdronk.

Toen ze bij de stuga van Gustav aankwamen, nam Sonja eerst een douche en stond ze er lang onder om haar gedachten te ordenen. Ze verlangde naar Gustav, maar ook naar Lynn. Waarom kon er bij haar nooit iets normaal verlopen? Ze bezat Gustav, en Lynn bezat haar. Ze zeepte zichzelf zorgvuldig in, liet het schuim langzaam van haar lichaam spoelen en keek naar het oplossende schuim wat cirkelend in het afvoerputje werd weggezogen. Een dilemma.

Direct na thuiskomst in Rotterdam, schreef Sonja nog dezelfde avond haar ontslagbrief voor Navion. Ze moest dit eerst afhandelen voordat ze aan haar interim-opdracht in Zweden kon beginnen.

Op maandagmorgen overhandigde ze haar ontslagbrief aan De heer Koot, die de brief met een neutraal gezicht in ontvangst nam. Hij had geen behoefte aan een toelichting.

Het luchtte op dat ze nu definitief een punt achter Navion had gezet. Ze moest alleen nog het opzegtermijn uitzitten en haar werkzaamheden overdragen.

Op LinkedIn ontving ze een uitnodiging van Lynn, die ze accepteerde. Kort daarna stuurde Lynn een berichtje waarin ze Sonja bedankte voor de openhartige kennismaking.

Sonja glimlachte, maar haar hart begon sneller te kloppen toen ze aan Lynn dacht. Ze zag onder het berichtje het telefoonnummer van Lynn, pakte impulsief haar mobiel en belde haar op.

Het telefoongesprek verliep soepel en het voelde aan alsof ze al jaren vriendinnen waren. Het gaf een déjà vu met Esmeralda, wat Sonja krachtig verdrong.

Nadat Sonja het gesprek met Lynn had beëindigd keek ze naar de witgouden saffieren ring om haar vinger en vroeg ze zich af waar ze mee bezig was. Ze wist dondersgoed waar dit toe leidde. Waarom zette ze Gustav op het spel? Hij was de man die haar de afgelopen weken weer het gevoel van geluk en geborgenheid had teruggegeven.

Een paar dagen later belde Lynn en ze vroeg of ze het komend weekend naar Rotterdam kon komen. Sonja draalde, omdat het haar niet lekker zat. De lust voor Lynn weerhield haar niet om uiteindelijk in te stemmen.

Ze pikte Lynn bij Schiphol op, die gekleed was in een strakke spijkerbroek met een kort truitje, dat niets te raden overliet. Lynn omhelsde Sonja hartelijk en ze voelde de warmte van haar lichaam.

Lynn had wel wat gegeten in het vliegtuig, maar niet voldoende. Sonja nam haar mee naar binnenstad van Rotterdam waar ze in een eethuisje neerstreken en nog lang natafelden.

Lynn had het naar haar zin en ze wilde na afloop nog wat in een bar drinken. Er was een gemengd publiek in de kroeg aanwezig. Ze kregen ondanks hun middelbare leeftijd ruim aandacht van de mannen.

Tegen de ochtend namen ze een taxi naar huis. Bovengekomen schoof Sonja de pui naar het grote terras open. Ze schonk twee glazen Jack Daniels in en gaf Lynn een glas.

"Dat is lekkere whisky, welk merk?"

"Jack Daniels, mijn levenselixer."

Toen de glazen leeg waren, pakte Sonja de hand van Lynn en nam haar mee naar de slaapkamer. Daarna liep ze terug naar de woonkamer om een zakje coke uit haar handtas te pakken. In de tussentijd had Lynn zich uitgekleed en lag ze behaaglijk op bed.

Sonja zag dat Lynn haar zwijgend gadesloeg. Zonder zich iets van haar aan te trekken trok Sonja een paar lijntjes coke en snoof. Ze gaf het spiegeltje aan Lynn, die haar gereserveerd aankeek. Het leek alsof ze in eerste instantie zou weigeren, maar ze pakte het spiegeltje aan en snoof mee. Daarna pakte Lynn iets uit haar handtas, die naast het bed stond. In haar hand had ze een paarse vibrator in de vorm van een kabouter. Ze zette hem aan, waardoor de kabouter begon te trillen. Voordat Sonja iets kon zeggen, duwde ze de kabouter tegen haar vagina en schoof hem met kleine schokjes naar binnen.

Samen met Lynn beleefde ze een buitensporig weekend, maar na afloop had Sonja last van een schuldgevoel. Haar zelfverzekerde houding was alleen maar de buitenkant. Innerlijk was ze zwak, had ze zich niet kunnen beheersen en had ze Lynn alle ruimte gegeven om zich uit te leven.

Nadat Lynn voor de terugvlucht naar Stockholm was ingecheckt, reed Sonja naar huis. Ze voelde zich euforisch, had pijn in haar hoofd, en wist het eigenlijk niet meer. Ze vroeg zich af hoe ziek ze in haar hoofd was, want ze had nu ontembare behoefte om de nacht met Edward en Stuart door te brengen.

Bij thuiskomst ging Sonja op de bank zitten, trok haar knieën op en liet haar hoofd hierop rusten. Ze had tranen in haar ogen. Maar waarvan? Emoties? Lust? Verdriet?

Ze liep onrustig naar de kast, schonk een glas whisky in, dronk het in één teug leeg en vulde het opnieuw. Daarna waggelde ze naar de slaapkamer kleedde zich uit en bekeek zichzelf in de spiegel. Ze pakte het restant coke van het kastje en snoof het weg. Haar hoofd tolde. Sonja was onrustig, pakte de telefoon en belde Edward, maar kreeg zijn voicemail. Ze sprak geen boodschap in en verbrak de verbinding. Daarna probeerde ze Stuart. Hij pakte op, maar had visite en hij beloofde om Sonja terug te bellen. Ze liep de kamer weer in en dronk stelselmatig de fles whisky leeg.

Vlak voor haar vertrek naar Zweden werd Sonja gebeld door haar adviseur. Er was weer een poging gedaan om haar financiële status te achterhalen. Dit keer was het een financiële organisatie uit Zweden. Sonja vertelde haar adviseur dat ze voor een half jaar naar Zweden zou vertrekken. Misschien was het de interim-opdrachtgever uit Stockholm, die informatie over haar had verzameld. Ze vond het wel vreemd, omdat ze zich ging bezighouden met de architectuur van softwareprogramma's, waarbij ze geen financiële eindverantwoordelijkheid had.

Het hield Sonja wel bezig wie in haar financiën geïnteresseerd was. Charles sloot ze uit, want die wist wat ze had. Gustav zag ze er niet voor aan, hij had nooit toespelingen gemaakt of vragen gesteld over haar bankrekeningen. Lynn zou naar aanleiding van haar bezoek aan haar penthouse in Rotterdam vragen gehad kunnen hebben op basis van haar politieke carrière, maar dit leek Sonja te ver gezocht. Misschien iemand die ze op het Mittsommerfest had ontmoet en nieuwsgierig was naar haar achtergrond.

Nadat ze alles had opgeruimd en afgewikkeld stapte Sonja in haar auto en vertrok ze voor een half jaar naar Stockholm.

Het bedrijf wat Sonja voor de interim-opdracht had ingehuurd lag op een kwartier lopen van het appartement van Gustav. Het was gehuisvest in een groot kantorencomplex en er werkte vijfhonderd mensen.

Sonja hield van de Zweedse open cultuur. Haar collega's waren jong en prettig in de omgang. Vanwege de ondercapaciteit waren er werkzaamheden te lang blijven liggen, hierdoor maakte Sonja lange dagen om de achterstand weg te werken. De opdrachtgever vond het geen probleem dat er overuren werden gemaakt en betaalde de declaraties vanzelfsprekend uit.

Gustav werd door allerlei complicaties binnen zijn eigen bedrijf in beslag genomen. De financiële crisis had ook invloed op goed renderende bedrijven zoals Kompass Software. Hiervoor zat hij regelmatig in Groot-Brittannië om samen met Charles het nieuwe project bij de Britse Marine vlot te trekken. Sonja was gewend haar eigen gang te gaan en vond het helemaal niet erg om alleen te zijn. Eén keer per maand reisde ze naar Salamanca om Patricio te bezoeken. Ze merkte dat Gustav hier moeite mee had, maar hun gezamenlijke weekenden waren prettig en liefdevol en dat maakte weer veel goed. Sonja had het oude patroon weer te pakken, zoals ze in het verleden met Charles leefde. Maar Charles was toch wat soepeler in de omgang, dan de formele Gustav.

De afgelopen maanden was Sonja door Gustav bij zijn familie, kennissen en zakenrelaties geïntroduceerd. Ze noemde het gekscherend haar Grand Tournee. Het was wel een gepuzzel geweest om alle bezoeken in haar overvolle agenda in te plannen.
De familie van Gustav en intieme kennissen vond Sonja koud en afgemeten. Ze waren beleefd en toonden een vriendelijk gezicht, maar ze voelde dat ze niet echt werd omarmd. Het kon te maken hebben met het acceptatieproces als de nieuwe partner van Gustav. Maar ze vermoedde dat haar afkomst niet aan hun maatstaven voldeed. In tegenstelling tot de zakenrelaties, die contacten waren warm. Ze ging graag met Gustav mee naar bijeenkomsten waar haar aanwezigheid in ieder geval wel op prijs werd gesteld.

Het komend weekend zou ze met Gustav naar zijn stuga gaan. Het was winter, er lag veel sneeuw en het was koud. Sonja keek er naar uit, omdat ze het fijn vond om samen met Gustav het weekend in een schitterende besneeuwde omgeving door te brengen. Ze kleedden zich dik aan en vertrokken.

In de stuga pookte Gustav de kachel op. Extra hout lag ernaast opgestapeld. Sonja pakte de krat met boodschappen uit. Daarna gingen ze naar buiten om de sneeuw van het toegangspad weg te schuiven. Ze hadden rode gezichten toen ze klaar waren en naar binnen liepen. Sonja zette koffie en ze gingen samen op de bank bij de open haard zitten.
Gustav had tot ongenoegen van Sonja, de afgelopen maanden het interieur van zijn stuga laten vernieuwen door iemand die hij goed kende. De oubollige ambiance was vervangen door lichte natuurlijke kleuren. Sonja vond het jammer dat ze hier niet bij betrokken was, want dan had ze het anders aangepakt. Maar het was Gustav's stuga en zijn geld.

's Avonds na het eten zette Gustav achtergrondmuziek op en schonk hij twee glazen Jack Daniels in. Ze zaten behaaglijk voor de open haard toen Gustav vroeg: "Heb je het naar je zin? Je bent altijd zo druk."

"Ik heb het uitstekend naar mijn zin. Ik word bemind door een man van wie ik hou, op een schitterende locatie, waar je als vrouw alleen maar van kan dromen. Alleen is het geen droom, maar de werkelijkheid. Ik heb een leuke interim-opdracht in Stockholm, die bijna is afgerond. Het gaat goed met mijn zoon. Wat kan een mens zich nog meer wensen?"

Gustav kuste Sonja op haar voorhoofd.

"Maak je je niet te druk op je werk. Ik maak me wel eens zorgen wanneer ik naar je werktempo kijk."

Sonja keek hem verbaasd aan. "Hoe bedoel je?"

"Je maakt lange dagen en dan zou je in het weekend lekker je gemak moeten houden, maar dan stap je weer in het vliegtuig om Patricio te bezoeken. Je zit vol energie, dat moet ik toegeven, maar het houdt toch een keer op?"

Sonja vond Gustav wel erg bezorgd.

"Ik leef al mijn hele leven op deze manier en geniet ervan met volle teugen. Als ik moe ben, doe ik het vanzelf rustiger aan. Ik slaap goed en heb weinig slaap nodig om het leven te leiden wat ik prettig vind."

Sonja draaide zich om, duwde Gustav op de bank naar achteren en ging op hem liggen.

"Je bent veel te bezorgd," en voordat Gustav iets kon zeggen, snoerde ze hem de mond door hem te zoenen. Hij sloot zijn ogen en ze voelde zijn handen over haar lichaam strelen. Ze kuste zijn ogen.

"Hier of in de slaapkamer?"

"Hier bij de open haard."

Ze liefkoosden elkaar teder, wat steeds heftiger werd en ontaarde in lust.

Met bezwete lichamen lieten ze zich op de bank neervallen. Gustav gaf Sonja kleine kusjes en fluisterde: "Ik hoop dat je nog lang bij me blijft."

De volgende dag scheen de zon over het schitterende romantische sneeuwlandschap. Gustav stelde voor om een wandeling te maken. Hij had haar moonboots al klaargezet. Sonja moest inwendig lachen en ze vroeg zich af wanneer hij haar ten huwelijk ging vragen. Dit zou wel eens een schitterende ambiance kunnen zijn.

Ze liepen samen naar buiten, de sneeuw in. Gustav gooide een sneeuwbal naar Sonja, die gelijk bukte en een sneeuwbal naar hem teruggooide. Deze was raak en ze sprintte weg tussen de dennenbomen door, over het smalle pad naar het kiezelstrand. Gustav zette de achtervolging in en hij rende hijgend achter haar aan. Uiteindelijk kwam Sonja op het besneeuwde kiezelstrand uit, waar ze zich door hem liet pakken. Ze vielen lachend op de grond in de sneeuw.

"Ik kan me niet voorstellen dat we hier een paar maanden geleden nog in het water lagen," zei Sonja met rode wangen van de kou.

"Ik vind dat de tijd veel te snel gaat," en Gustav kuste haar.

"Wat zijn je plannen als je interim-opdracht erop zit?"

"Dat weet ik nog niet. Het kan zijn dat mijn opdracht wordt verlengd, omdat er nog veel te veel onopgeloste problemen zijn die eerst afgerond moeten worden. Binnenkort heb ik een gesprek met de directeur over een eventuele verlenging. Als deze er niet komt, kijk ik verder."

"Als er geen opdrachten meer zijn in Stockholm, wat ga je dan doen?" wilde Gustav weten.

Sonja zag een oncomfortabele uitdrukking in zijn ogen, maar ze besloot om open kaart te spelen.

"Dat hangt van de locatie af. Misschien kies ik ervoor om een paar maanden naar Nederland te gaan."

"Je kunt toch je appartement in Nederland verkopen en bij mij intrekken?"

Sonja had het door. Het was Gustav, die in haar financiële zaken had zitten wroeten, of hij had hiervoor iemand de opdracht gegeven.

"Dat is een optie, maar ik weet niet of ik zo lang zonder opdracht stil kan zitten."

"Je hoeft het toch niet voor het geld te doen. Als je bij mij intrekt, zorg ik ervoor dat je niets te kort komt."

Sonja was niet van plan om te vertellen wat haar financiële positie was. Dat ging Gustav niets aan. Het ging om haar en niet om het geld.

Ze waren opgestaan en wandelden langzaam terug naar de bosrand. Vlak bij huis zei Gustav: "Je hebt me nog geen antwoord op mijn voorstel gegeven."

Sonja keek hem geïrriteerd aan. "Gustav ik vind het prettig om iets onder handen te hebben. Een interim-opdracht is leuk, omdat je elke keer in een andere omgeving werkt en nieuwe mensen ontmoet. Ik hoef niet altijd aansluitend een opdracht te hebben, maar ik vind het wel prettig als ik minimaal zestig procent van het jaar iets te doen heb."

Gustav opende de deur. Ze stampten hun laarzen uit en ze liepen op hun sokken naar binnen. Ze hingen de jassen aan de kapstok en Sonja liep gelijk door naar de keuken. Ze had het gevoel dat Gustav het gesprek niet wilde laten rusten en dat klopte. Hij liep achter haar aan de keuken in en begon opnieuw over de interim-opdracht.

"Sonja. Ik moet er niet aan denken dat je drie maanden in een ander land zit en af en toe in de weekenden naar Stockholm komt."

Sonja hield er niet van om als bezit beschouwd te worden, maar ze besefte dat Gustav verliefd was en dat hij haar het liefst permanent in zijn omgeving had. Ze moest haar lip eraf bijten om hier niet assertief op te reageren.

"Ik begrijp wat je zegt. Vlak voor mijn huwelijk met Charles ben ik gestart met interim-opdrachten en ik heb hier nu eenmaal plezier in. Laat me."

"Dat is precies want Charles vertelde. Hij zei dat je eigengereid bent en dat ik je de ruimte moet geven. Ik begrijp nu wat hij bedoelt."

Sonja keek Gustav met opgetrokken wenkbrauwen aan, liep naar de kast, pakte twee glazen en schonk deze ongevraagd in. Ze gaf een glas aan Gustav, die het glas aanpakte en gelijk op de tafel neerzette.

"Zitten jullie over mij te roddelen?"

Gustav verontschuldigde zich gelijk, "nee, dat moet je zo niet zien."

"Hoe bedoel je?" vroeg Sonja scherp.

Gustav kreeg een rood hoofd. "Sonja, na het binnenhalen van de opdracht in Groot-Brittannië zat ik 's avonds na het werk met Charles in de pub. Hij vroeg belangstellend hoe het met ons ging. Volgens mij heeft hij diep in zijn hart nog geen afscheid van je genomen. Ik vind het ongepast om een betrouwbare zakenpartner als Charles uit te horen, maar ik heb hem zijn verhaal laten doen. Ik zag aan zijn lichaamstaal dat het hem pijn deed dat je nu bij mij bent. Hij zei met treurnis in zijn stem dat hij nooit meer een vrouw als jou was tegengekomen. Ik kreeg medelijden het hem. Ik begreep van hem dat jullie uit elkaar waren gegroeid en te laat in gaten kregen dat je in een huwelijk moet investeren. Wat mij nog het meest heeft verbaasd, is dat hij zelfs woonruimte voor je heeft geregeld in Portugal. Een miraculeus verhaal."

Sonja had zich al verschillende malen afgevraagd of Gustav geen substituut voor Charles was. Had Patricio dan gelijk gehad dat ze uitvluchten zocht om een nieuwe verbintenis met Charles te voorkomen? Charles had meerdere keren zijn spijt betuigd dat hij van haar was gescheiden en hij had zelfs verschillende malen gezegd dat ze altijd bij hem kon terugkomen. Sonja had zich voorgenomen dit nooit te zullen doen, want Charles had haar aan de kant geschoven en zij niet hem.

Voor haar maandelijkse bezoek aan Patricio vloog ze in de vakantieperiode naar Portugal. Maar Sonja had ook nog een ander plannetje. In Porto zat een ambachtelijke goudsmid waar ze in het verleden enkele sieraden had laten maken. Ze wist dat deze goudsmid over een collectie bijzondere horloges beschikte. Ze wilde voor Gustav's verjaardag een exclusief cadeau kopen, iets wat in Zweden niet te koop was. Tegen Gustav zei ze dat ze komend weekend naar Portugal ging om met Patricio over de afronding van zijn studie te praten. Gustav was chagrijnig geweest, omdat ze weer een weekend weg was, maar hij had het schoorvoetend geaccepteerd.

Vrijdagavond laat, kwam Sonja in haar appartement in Portugal aan. De volgende ochtend liep ze nog in haar badjas toen de bel ging. Het was Charles. Hij had een volle tas bij zich, die hij bij binnenkomst uitpakte. Op tafel stond een fles verse jus d'orange, lagen diverse belegde broodjes en een bak schoongemaakt vers fruit. Daarna liep hij naar de keuken om koffie te zetten.
Sonja voelde zich een beetje overvallen door zijn actie en vond dat ze hiervan iets moest zeggen, maar ze besloot het positief te brengen.
"Charles, wat ben je aan het doen? Je overvalt me."
"Morgen ben ik weg. Vanavond wil ik graag met je dineren en dan voor de verandering niet over Patricio praten, dus vandaar het idee voor een werkontbijt."
Hij had blijkbaar behoefte aan gezelligheid. Nu hij alles had uitgepakt, vond Sonja het vervelend om hem weg te sturen. Ze gingen op de bank zitten en aten de broodjes op. Ondertussen maakten ze afspraken over

de diploma-uitreiking van Patricio en informeerde Charles Sonja over de ambities van Patricio. Hij wilde carrière maken in de Verenigde Staten en Patricio had het idee opgevat om in het appartement van Charles in Boston te gaan wonen. Sonja en Charles hadden daar connecties, die de deuren voor zijn carrière konden openen.
Ondanks dat Sonja sceptisch was over de spontane actie van Charles, was het een vruchtbaar werkontbijt.

Nadat hij was vertrokken belde ze Patricio die langskwam en zijn plannen ontvouwde. Hij wilde graag als trainee aan de slag bij een prestigieuze consultancy organisatie. Patricio was al in Boston geweest voor een introductiegesprek en hij was door naar de volgende ronde. Maar hij had nog een weg te gaan. Zijn droom was om uiteindelijk voor deze organisatie wereldwijd uitgezonden te worden. Om de druk op te voeren zou Sonja met haar relaties in Boston contact opnemen om Patricio in het internationale circuit te introduceren.
Sonja was nieuwsgierig naar zijn privéleven en ze vroeg hiernaar, want Patricio was een knappe jongeman om te zien.
"Ja mam, ik weet dat je nieuwsgierig bent. Ik heb een Spaans vriendinnetje, maar die is om mee te feesten. Als ik straks naar Amerika vertrek, zal dat over zijn. De vrouw waarmee ik mijn leven wil delen, ben ik nog niet tegengekomen. Daar ben ik nog wat te jong voor. Maar wie weet, in de toekomst," zei Patricio lachend: "Dan ben jij de eerste die het mag weten."
Sonja glimlachte genoeglijk.

Patricio had die middag met Carlos afgesproken en ze zouden naar Porto gaan.
"Kan ik met jullie meerijden, want ik wil graag naar de goudsmid. Gustav wordt vijftig en ik wil iets moois voor hem uitzoeken."
"Geen probleem mam. Ik denk dat Carlos het ook leuk vind, want dan kun je hem onderweg bijkletsen."

De horlogecollectie bij de goudsmid was omvangrijk en Sonja kon moeilijk kiezen. Ze koos uiteindelijk voor het meest strakke model en liet aan de binnenkant met klassieke letters ingraveren: *50 years - With love from Sonja*. Daarna ging ze winkelen en kocht mooie spullen. Sonja had lang niet meer gewinkeld in Porto. Dit had ze gemist.

Voor het diner met Charles kleedde Sonja zich mooi aan. Ze wist dat hij dat op prijs stelde. Na het nuttige ontbijtgesprek over Patricio en een leuke dag winkelen, had Sonja zin in het diner met Charles. Het voelde wel triviaal aan, omdat Gustav in Zweden zat en ze hem miste.

Om acht uur reed Charles bij Sonja voor en stapte ze in. Ze reden naar een klein intiem restaurant. Bij het uittrekken van de jassen, zag ze zijn goedkeurende blik. Ze kende dit maar al te goed.

"Je ziet er vanavond mooi uit," en hij liet haar voor gaan naar het tafeltje.

Aan tafel opende Charles het gesprek.

"Hoe voel je je? Volgens mij ben je gelukkig?"

"Charles, hier heb ik heb geen zin in. Ja, ik ben gelukkig. Je zult ongetwijfeld met Gustav hebben gesproken, want jullie zijn net een stel oude wijven."

Charles keek even naar beneden voordat hij Sonja weer aankeek.

"Ga je in de toekomst in Zweden wonen?"

Sonja schudde haar hoofd twijfelachtig. "Ik voel er weinig voor om de rest van mijn leven in Zweden te slijten."

Charles schoot in de lach: "Ik hoor het al en ik vrees dat je relatie met Gustav niet voor eeuwig is."

Sonja wilde in de tegenaanval gaan, maar ze kon zich beheersen.

"Dat loopt wel los, maar hoe zit het met jouw relaties? Heb je al een vriendin?"

"Dat lukt niet echt. Het is eigenlijk weer hetzelfde probleem, voordat ik jou leerde kennen. In het begin is het leuk, maar het kaarsje gaat vrij snel uit als ik voor een langere periode naar het buitenland vertrek. Morgenmiddag heb ik een afspraakje met een stewardess, die ik kortgeleden heb ontmoet."

"Je kijkt er mistroostig bij. Het lijkt wel of je er morgen niet echt zin in hebt."

"Misschien heb je gelijk, maar dan kan het nog wel een leuke middag worden," en hij knipoogde naar Sonja.

Charles vertelde dat het project waar hij samen met Gustav in Groot-Brittannië aan werkte, bijna was afgerond. Hij overwoog om voor een langere periode naar Boston te vertrekken, maar hij wilde Patricio niet

225

voor zijn voeten lopen. Daarna haalden ze herinneringen op over de jaren dat ze in Boston woonden.

Charles zette Sonja bij haar appartement af.

"Wil je nog wat drinken? Alleen heb ik geen idee, wat er nog in de kast staat," zei Sonja.

Inwendig voelde het raar aan, alsof ze weer met Charles was getrouwd. Hij liep mee naar binnen.

Sonja zag een nieuwe fles Jack Daniels staan, pakte twee glazen en schonk ze in. Ze raakten aan de praat over de familie van Charles, die Sonja de afgelopen jaren niet veel meer had gezien. Het ging over kennissen die ze uit het oog waren verloren, maar ook over situaties op de werkvloer in Groot-Brittannië en Zweden, waarover ze discussieerden. De fles was half leeg en Charles stond op om naar huis te gaan. Ze liepen met de lege glazen naar de keuken. Sonja pakte het glas van Charles aan om het in de vaatwasser te zetten. Ze stonden vlak bij elkaar en staarden elkaar aan. Sonja voelde een tinteling in haar lichaam, die haar naar Charles dreef. Ze voelde zijn lichaamswarmte in de koude keuken. Ze rook Charles. Zijn lucht was lekker en aantrekkelijk. Het ging door haar hoofd dat dit echt niet kon en ze probeerde zichzelf uit het erotische gevoel te bevrijden, maar het lukte niet. Het werd erger, want ze begon naar Charles te verlangen. Hij pakte haar hand. Zijn blik, zijn lucht, de begeerte en zijn warme hand. Ze sloot haar ogen, voelde de lippen van Charles haar lippen beroeren en zijn tong zachtjes tegen haar lippen duwen. Ze opende haar mond en beantwoordde zijn kus, die een eeuwigheid mocht duren en ze snakte naar meer. Sonja voelde haar hart kloppen en ze moest innerlijk vechten om van Charles af te blijven.

"Kom", fluisterde hij en nam Sonja aan de hand mee naar de slaapkamer. Het voelde aan als de eerste nacht in het appartement in Londen.

Na afloop huilde Sonja.

"Wat is er?"

"Niets. Dit heb ik gemist. Maar dat kan eigenlijk niet. Gustav. Ik geef veel om hem en ik vergooi op deze manier mijn toekomst. Laat me," en ze wendde haar hoofd af.

Charles dekte Sonja toe, kuste haar en nam haar in zijn armen.

Ze vielen in slaap en de volgende ochtend werd Sonja wakker, omdat ze haar mobiel in de woonkamer hoorde afgaan. Ze schoot haar badjas aan en liep gehaast de kamer in om haar telefoon te pakken. Ze zag drie gemiste oproepen. Gustav had geprobeerd haar te bellen.
Ze belde hem terug.

"Waar zat je? Ik heb je al een paar keer geprobeerd te bereiken, maar je nam niet op"

"Mijn telefoon zat nog in mijn handtas en hoorde hem niet afgaan."
Tegelijkertijd zag Sonja op de klok dat het elf uur was en dat ze over twee uur op het vliegveld moest zijn.

"Ik ben aan het pakken en vertrek zo naar het vliegveld."
Gustav beloofde om Sonja in Stockholm van het vliegveld halen.
Ze liep gehaast naar de slaapkamer, maakte Charles wakker en zei dat ze ging pakken en weg wilde. Hij trok haar weer in bed, maar ze stribbelde tegen. Vliegensvlug pakte ze haar spullen en zette de gepakte tas in de gang klaar.

Charles kleedde zich aan en bracht Sonja naar het vliegveld. Onderweg zeiden ze niet veel tegen elkaar.
Op de parkeerplaats zette Charles de tas van Sonja op een trolley. Ze kuste elkaar en Sonja keek bescheiden naar de grond.

"Ik vind het allemaal erg complex Charles."

"Het is een kwestie van keuzen maken. Gustav is een prima kerel, laat hem niet vallen."
Ze knikte, pakte de trolley en liep alleen naar binnen. Ze keek niet meer om naar Charles. Er stonden tranen in haar ogen.

Hoofdstuk 26

Gustav stond op het vliegveld te wachten en sloot Sonja in zijn armen toen ze kwam aanlopen.

"Is het in Portugal allemaal een beetje gelukt?"

"Wacht maar tot je verjaardag," zei ze monter en trok een geheimzinnig gezicht.

Toen ze naar de auto liepen merkte Gustav op: "Wat ben je stil? Is alles naar wens verlopen?"

Sonja zei op een luchtige toon: "We hebben over de toekomst van Patricio gesproken. Hij heeft ons zijn carrièrepad toegelicht. Als ouders kunnen we hem daarbij helpen door relaties binnen ons eigen netwerk aan te boren. Gisterenavond tijdens het diner, hebben we de details besproken."

Gustav vroeg nieuwsgierig of Charles het project in Groot-Brittannië nog ter sprake had gebracht, maar Sonja schudde haar hoofd.

"We hebben het niet over werk gehad en zeker niet over jou," grapte ze.

Een paar dagen later vertelde Sonja dat ze binnenkort naar Nederland moest om met haar accountant openstaande belastingzaken af te wikkelen. Gustav keek haar met een uitdrukking op zijn gezicht aan dat boekdelen sprak.

"Waarom die afkeurende houding? Er lopen nu eenmaal zaken via Nederland, waar af en toe een handtekening op een document gezet moet worden. Kom dan ook gezellig mee."

"Nee, want ik heb andere zaken aan mijn hoofd. Ga jij maar alleen naar die boekhouder van je in Nederland. Waarom breng je je financiën niet in Zweden onder? Mijn adviseur kan hierbij behulpzaam zijn."

Sonja reageerde hier niet op.

Patricio wilde graag met Gustav kennismaken en hij zou voor het verjaardagsfeest invliegen. Sonja haalde hem van het vliegveld in Stockholm op en ze was trots op hem, toen hij kwam aanlopen. Patricio was een echte kruising tussen haar en Charles. Hij had mooie blauwe ogen, blond haar en een vol gezicht. Hij was lang, slank, gespierd en had een zelfverzekerde uitstraling. Hij had een goed ontwikkelde sensitiviteit en kon daardoor goed schakelen tussen de verschillende culturen. Ondanks zijn Noord-Europese uitstraling beschikte hij over de Zuid-Europese flair. Patricio sprak zijn talen en Sonja vond hem een echte Europeaan met een brede keek op de wereld.

Toen hij Sonja zag, grijnsde hij. Ze omhelsde elkaar. Het sneeuwde en het was koud in Zweden, toen Patricio in de auto stapte.

"Ik ben benieuwd wie ik komende dagen ga ontmoeten en hoe je erbij zit."

"Je zult Gustav een prima vent vinden. Misschien wel goed om te weten dat mijn bezoekjes aan Spanje en Portugal niet altijd in goede aarde vallen. Hij vindt het niet leuk dat hij me in het weekend moet missen, omdat we doordeweeks niet veel tijd voor elkaar hebben. Binnenkort ga ik naar mijn accountant in Rotterdam en dit is ook al tegen het zere been. Begin er in hemelsnaam niet over."

Sonja en Patricio liepen al pratend het appartement in Stockholm binnen. Gustav stond in de kamer en liep ze enthousiast tegemoet.

"Hallo Patricio, leuk je te ontmoeten. Ik heb veel van je vader en je moeder over je gehoord."

Ze gingen zitten en op een natuurlijke manier kwam er een gesprek op gang. Sonja liet Patricio aan het woord. Als een volwassene voerde hij het gesprek met Gustav. Hij nam zelfs de leiding in het gesprek. Aan de manier waarop Gustav reageerde, zag Sonja dat hij Patricio als een volwaardige gesprekspartner accepteerde. Patricio stelde rake vragen over de bedrijfsvoering van Kompass Software, waardoor Gustav op de punt van zijn stoel in het gesprek opging.

De volgende ochtend stond Sonja vroeg op om het ontbijt te verzorgen. Toen alles klaarstond, liep ze terug naar de slaapkamer en stapte ze weer bij Gustav in bed. Sonja zag dat hij zijn ogen snel sloot. Ze ging met haar neus tegen zijn neus liggen.

"Ik weet dat je wakker bent. Je houdt je slapend, omdat je bang bent om vijftig jaar te worden."

Hij opende beide ogen en schoot in de lach. Sonja feliciteerde hem met zijn vijftigste verjaardag. Hij sloot haar in zijn armen.

"Ik ben blij dat ik op mijn vijftigste verjaardag met een vrouw in bed lig, met wie ik de komende vijftig jaar zal doorbrengen."

Tijdens het ontbijt gaf Sonja het pakje dat ze voor Gustav uit Porto had meegenomen. Toen hij de verpakking opende, werd hij stil en keek gebiologeerd naar het horloge. Hij pakte het voorzichtig uit het doosje, alsof het zou breken en hij keek Sonja met een verlegen blik aan.

"Ik vind dit een mooi cadeau," en Gustav bekeek de inscriptie.

"Bedankt, uit de grond van mijn hart."

Hij stond op, kuste Sonja, ging weer zitten en deed het horloge om.

"Ik mag het eigenlijk niet vragen, maar waar heb je dit mooie horloge vandaan?"

Sonja begon geheimzinnig te lachen en zei niets. Gustav pakte het doosje en las op het kaartje de naam van de goudsmid uit Porto.

"Ik begrijp nu waarom je zo nodig naar Portugal moest."

Op zaterdagavond brak het feest voor zijn vijftigste verjaardag los. De familieleden van Gustav hadden de organisatie op zich genomen en een ruimte in één van de duurste hotels van Stockholm gereserveerd.

Gustav en Sonja werden in een limousine voorgereden. Toen ze uitstapten werden ze door een haag van familie en vrienden toegezongen. In de hal stond een band te spelen met de muziek waar Gustav van hield.

Het thema was Scheepvaart en alles stond in het teken van zijn succesvolle bedrijf Kompass Software. Hij werd uitbundig gefeliciteerd met zijn verjaardag en er werden stukjes opgevoerd. Het was erg druk, maar het feest was superstrak georganiseerd.

Ineens zag Sonja Charles tussen de gasten lopen. Hij liep met Patricio naar Gustav toe en feliciteerde hem. Sonja vond het niet prettig dat hij hier rondliep.

Later op de avond toen ze van haar glas Champagne nipte, kwam hij bij haar staan.

"Wat een verrassing dat je hier bent. Ik wist niet dat je was uitgenodigd," zei Sonja verbaasd.

Charles gaf geen antwoord maar complimenteerde Sonja met haar avondkleding.

"Je ziet er weer schitterend uit. Dat mag ik toch wel zeggen?"

"Natuurlijk mag je dat zeggen, maar ik voel me ook een beetje onbehaaglijk als je in mijn buurt bent. Zeker na onze laatste ontmoeting in Portugal," en ze keek langs Charles heen, terwijl ze tegen hem sprak.

"Daar heb ik geen last van, maar laten we het hier maar niet over hebben. Ik ga maar weer eens verder."

"Zo bedoelde ik het niet, Charles."

Hij tikte vriendschappelijk op haar schouder en vervolgde zijn weg op het feest.

Gustav kwam naar Sonja toe en pakte haar hand. "Kom we gaan dansen." De muziekband zette dansnummers in en de dansvloer stroomde vol.

Toen ze in de vroege uurtjes thuiskwamen en de deur van het appartement opende was het hele huis versierd. Overal hingen grote ballonnen met "50" erop. Ze schoten in de lach en schopten de ballonnen in de gang voor zich uit.

In de zomer boekten Sonja en Gustav een luxe vakantie op een romantisch Grieks eiland. Het was een ongedwongen vakantie. Ze hadden afgesproken om voor de verandering niet over het werk te praten.

Ze bezochten opgravingen, musea en ze wandelden veel. Maar na een week en de nodige glazen whisky, ontstonden er weer heftige discussies over het werk. Sonja zei zelfverzekerd dat nu haar vervolgopdracht in Stockholm was afgerond, ze weer een nieuwe klus wilde oppakken. Ze had haar glas gepakt en genoeglijk een slok whisky genomen.

"Misschien moet je nu eens een keuze maken voor onze gemeenschappelijke toekomst."

"Hoe bedoel je?" vroeg Sonja schijnheilig.

"Ik vind dat je veel te veel werkt. Je moet het eens wat rustiger aan doen. Voor je er erg in hebt, heb je een burn-out. Wat je vroeg of laat opbreekt, is dat gependel tussen Zweden, Portugal en Nederland. Wellicht is het een optie om je appartement in Nederland te verkopen en definitief voor Zweden te kiezen. Over geld hoef je je geen zorgen maken, want daar kunnen we een oplossing voor bedenken."

Sonja keek Gustav met samengeknepen ogen aan en ze voelde een irritatie opkomen. Waar bemoeide hij zich mee?

"Ik vind het gewoon leuk om te werken en ik ben geen mens die de hele dag op de bank zit te wachten totdat je 's avonds uit je werk thuiskomt. Wat had je dan in gedachten?"

"Ik zal open kaart spelen. Van mijn accountant heb ik vernomen dat je een behoorlijke hypotheek op het appartement in Rotterdam hebt en dat je ook nog eens een persoonlijke lening hebt lopen. Ik denk dat je zo hard werkt, om deze leningen af te lossen. Als je het appartement in Rotterdam verkoopt, kun je de twee leningen in één keer aflossen en dan hoef je niet meer te werken."

Sonja hield zich in, maar de boosheid had al bezit van haar emoties genomen. Op een provocerende toon zei ze: "Gaan we dan trouwen en krijg ik dan huishoudgeld?"

Gustav schoof ongemakkelijk op zijn stoel.

"Zo bedoelde ik het niet."

"Oh, dus je vraagt me niet ten huwelijk? Dat valt me dan weer tegen Gustav."

Maar Gustav had hier geen zin in.

"Laten we hier over ophouden. Het spijt me."

"Dan had je er niet over moeten beginnen," zei Sonja bits. Ze deed haar slippers aan en liep naar binnen om een glas whisky in te schenken. Daarna bleef ze binnen, ging op de bank zitten, nipte haar glas leeg en ze overdacht het gesprek. Gustav zoekt een vrouw die luistert en gezellig voor hem klaarzit als hij 's avonds uit zijn werk thuiskomt. Het meest verbolgen was Sonja over het voorstel om haar appartement in Rotterdam te verkopen. Het ging weer over geld en niet over haar. Het irriteerde haar mateloos. Als hij echt van me houdt, dan vraagt hij mij ten huwelijk, vond ze.

Na verloop van tijd kwam Gustav naar binnen en hij ging naast haar zitten.

"Sonja, ik wil geen ruzie. Ik vind het vervelend. Wat wil je dan wel?"

"Ik hou van je en wil graag bij je zijn, maar ik heb ook de behoefte aan een eigen leven en ik wil niet afhankelijk van iemand zijn. In jouw beeldvorming herken ik me niet. Ik ben financieel onafhankelijk en wil dat blijven. Je zult van mij geen last hebben. Ik wil ook niet door een vriend of echtgenoot onderhouden worden. Als we niet over geld en werk praten, kunnen we deze mooie vakantie voortzetten."

Gustav knikte, maar ze zag dat hij nog niet klaar was met zijn verhaal.

"Waarom wil je niet van dat appartement af? Zijn het herinneringen aan andere tijden? Wat is het Sonja?"

"Gustav, Nederland is mijn thuisland. Ondanks ik er geen familie heb, vertoef ik er graag. Om de waarheid te zeggen, zou ik het heerlijk vinden om een opdracht voor een paar maanden in Nederland aan te nemen."

"Zo bedoelde ik het niet."

"Ga je me dan ten huwelijk vragen?"

Gustav had een ongemakkelijk uitdrukking op zijn gezicht.

"Daar moet ik nog over nadenken."

"Dat betekent dus, "Nee", want anders had je gezegd hoeveel tijd je nog nodig hebt, om tot een beslissing te komen," zei Sonja scherp.

Gustav schudde zijn hoofd. "Laten we hierover ophouden, want ik wil geen ruzie met je. Dat is het niet waard."

Sonja kon het niet laten en ging door met provoceren.

"Of ben ik als huwelijkspartner niet kapitaalkrachtig genoeg of is mijn afkomst niet goed genoeg voor je?"

Gustav zette zijn glas met een plof op tafel neer en liep boos naar buiten. De volgende morgen besloten ze dit onderwerp voorlopig te laten rusten.

Na de vakantie belde Charles onverwacht.

"Hallo Sonja, ik ben zo vrij om je te bellen, want ik heb je advies nodig. Heb je even?"

Zonder haar antwoord af te wachten ging hij verder: "Kortgeleden hebben we de opdracht in Groot-Brittannië afgerond en ben ik op dit moment in Portugal bezig om een Internet portal voor een adviesbureau op te zetten. Ik zou je graag als partner erbij willen betrekken, maar voordat je "nee" zegt, zou ik het op prijs stellen als je erover na zou willen denken."

Sonja was door de woordstroom van Charles overvallen.

"Charles, zakelijk gezien zou ik "ja" zeggen, maar na onze laatste ontmoeting in Portugal lijkt me dat geen optie."

"Ik was al bang dat je dit ging zeggen," zuchtte Charles. "Ik heb er alle begrip voor. Naast mijn verzoek heb ik ook nog iets anders in de aanbieding. Ik ben vorige week door een zakenrelatie gevraagd voor een opdracht in Nederland, maar ik heb daar geen woonruimte meer. Misschien is het wat voor jou?"

Sonja was geïnteresseerd. Charles vertelde over de inhoud van de opdracht en het bedrijf waar de opdracht uitstond.

"Ik zit wel met een probleem, want Gustav is allergisch voor interim-opdrachten buiten Zweden. Wanneer start deze opdracht?"

"Halverwege januari en ik schat in dat het project een doorlooptijd van een paar maanden heeft."

"Interessant, maar ik zal wel eerst een behoorlijke discussie met Gustav moeten voeren."

"Ik zal de zakenrelatie laten weten dat je geïnteresseerd bent. Als je er met Gustav uit bent, hoor ik het wel."

"Dat is goed. Laten we hierover contact houden."

Het gesprek werd beëindigd en Sonja besloot om voorlopig nog niets tegen Gustav te zeggen.

In de tussentijd had ze diverse telefoongesprekken met de opdrachtgever in Rotterdam. De voorwaarden en salariëring waren uitstekend. Het bedrijf wilde graag met Sonja kennismaken voordat ze aan de opdracht begon. Ze maakten een afspraak en Sonja besloot Gustav toch nog voor de kerstdagen te informeren.

Hoofdstuk 27

"Gustav, ik ben gebeld door een bevriende zakenrelatie in Nederland voor een interim-opdracht. De opdracht start in januari en duurt minimaal twee maanden."

Sonja zag zijn gezicht betrekken en met een plof zette hij zijn kopje op de tafel neer.

"Je weet dat ik dit niet wil."

Ze keek Gustav hautain aan. "Wat is dat nu? Wie ben jij, dat jij bepaalt wat ik wel en niet mag doen?

Gustav bond in en Sonja vervolgde: "Je kunt toch wel een paar maanden zonder me. Ik ben bereid om elk weekend naar Stockholm terug te vliegen om bij je te zijn, als dat het probleem is."

"Nee, dat is het niet, maar ik vind het niet leuk als je in het buitenland zit. Waarom doe je dat? Als geld het probleem is dan moeten we dat met mijn financiële man bespreken. Hij is creatief met aanpassingen van bestaande financiële constructies. Je kunt het complete pakket bij hem onderbrengen en daarnaast kan hij je uitstekend adviseren. Misschien kunnen we je appartement in Nederland behouden."

Tergend langzaam zei Sonja: "Gustav, het is geen kwestie van geld. Ik vind het gewoon leuk om af en toe te werken en ik heb een goede adviseur in Nederland."

Sonja was geïrriteerd en ze keek Gustav met genepen ogen aan. "Wat is jouw probleem?"

Gustav kreeg een rood hoofd en zei dominant: "Ik wil gewoon dat je bij mij in Zweden blijft. Ik hou van je en vind het prettig om je bij me te hebben. Ik moet er niet aan denken om 's avonds in een leeg huis, thuis te komen."

Sonja zei koel: "Je kunt ook vrij nemen en een paar weken naar Nederland komen om bij mij in het appartement te blijven. Ik hou ook van jou en ik wil ook graag bij je zijn. Maar kom op, we zijn allebei vijftig en we kunnen toch wel een paar weken zonder elkaar? Als we elkaar dan weer zien, is dat toch heerlijk?"

"Daar ben ik niet zo zeker van. Je bent niet voor niets van Charles gescheiden. Jullie waren uit elkaar gegroeid, omdat je te pas en te onpas opdrachten over de hele wereld aannam. Een man en vrouw horen in elkaars omgeving te leven."

"Hé Gustav, je kunt toch wel twee maanden zonder me. Ik ben bereid om elk weekend naar huis te komen."

Gustav gaf geen antwoord meer en keek boos voor zich uit. Na een lange stilteperiode keek hij haar scherp aan.

"Ga je die opdracht in Nederland doen?"

"Ik wil deze opdracht graag accepteren, maar je dwingt me om de opdrachtgever op te bellen en te zeggen dat ik geen toestemming van mijn verloofde krijg."

"Sonja, je provoceert me. Hier hou ik niet van. Als je de opdracht wilt doen, dan moet je dat zelf weten."

"Wat zijn dan de consequenties? Is onze relatie dan over? Dat heb ik er niet voor over hoor."

"Schei uit. Stoppen. Ik begrijp nu dat je huwelijk op de klippen is gelopen," en ze hoorde Gustav snuiven.

Sonja kneep haar ogen samen. "Je maakt aannames over zaken waar je totaal geen verstand van hebt. Misschien heb ik wel spijt dat ik ooit van Charles ben gescheiden. Hij zeurde nooit als we elkaar een paar weken niet zagen. Het contact hoeft niet altijd fysiek te zijn. Gustav, daar heb je een mobiele telefoon en Skype voor. Je hebt een ouderwetse manier van denken."

Gustav keek boos voor zich uit, zweeg en was blijkbaar niet gewend dat hij tegenspraak van een vrouw kreeg.

"Laten we er maar over ophouden," en hij wendde zijn hoofd af. Maar voor Sonja was het nog niet klaar.

"En dan? Wat zijn de consequenties voor mij?"

Gustav stond op en liep de kamer uit. Sonja had haar beslissing al genomen. Ze zou de opdracht aannemen. Het gezeur over haar financiën en het kneuterige gedoe van Gustav irriteerde haar mateloos. Sonja begon zich af te vragen of Gustav wel de goede man voor haar was. Ze zag hem buiten in de tuin lopen, waar hij de sneeuw van het pad schoof. Gustav was een mooie man, hij was een heerlijke minnaar en zijn tong was hemels, maar Sonja liet zich niet betuttelen.

Ze streek de hand over haar hart, trok een dikke jas aan en besloot Gustav in de tuin te helpen, wat hij op prijs stelde.

Na de kerstdagen vertrok Sonja naar Nederland voor het afrondende gesprek met de opdrachtgever. Ze had Gustav zover gekregen dat hij haar naar Nederland vergezelde. De plaats voor de interim-opdracht was dichtbij haar eigen appartement in Rotterdam. Ze kon het aanlopen.

's Avonds stond Gustav voor de grote schuifpui en keek naar de schepen die op de Maas voorbij gleden.

"Sonja heb je enig idee wat dit appartement waard is?"

Sonja voelde waar hij op insinueerde, maar ze had geen zin in ruzie met Gustav, omdat ze net een goed gesprek met de opdrachtgever achter de rug had.

"Nee, en het interesseert me ook niet."

Ze zei verder niets meer en ging door waar ze mee bezig was.

In het nieuwe jaar reed Sonja met de auto naar Nederland om voor twee maanden aan haar nieuwe interim-opdracht te beginnen. Gustav had zich erbij neergelegd. Ze hadden afgesproken dat Sonja tussentijds in het weekend naar Zweden zou afreizen en Gustav ook een keer naar Rotterdam zou komen.

De opdrachtgever zat met smacht op Sonja te wachten. Ze pakte het project voortvarend op en ze zette de vaart erin. Dit veroorzaakte in eerste instantie veel stress bij de teamleden, maar binnen de kortste keren raakten ze gewend aan haar aanpak en begon het project zijn vruchten af te werpen. Dat was ook de bedoeling van de opdrachtgever, omdat Sonja na twee maanden door een vaste medewerker vervangen zou worden.

Alles verliep volgens het boekje. Sonja reisde in het weekend naar Stockholm en Gustav was ook al een keer in het weekend naar Rotterdam gekomen.

Totdat Sonja na werktijd het kantoor van de opdrachtgever verliet. Een auto bleef langzaam naast haar rijden. Ze schonk er in eerste instantie geen aandacht aan, totdat de auto kort claxonneerde. In de auto zat niemand minder dan Edward. Hij opende het raampje en riep: "Waar ga je naar toe?"

"Naar huis om te eten."

"Ik heb met Stuart afgesproken om een hapje te gaan eten. Eet je mee?"

Sonja twijfelde, want van Edward en Stuart kwam ze niet zomaar af.

"Wat sta je te treuzelen?"

Sonja stapte impulsief bij Edward in de auto.

"Ik heb je een tijdje gemist. Volgens mij zat je in Zweden. Heb je weer zo'n rijke gozer aan de haak geslagen? Oh help, ik zie weer een mooie ring om je vinger. Waarom krijg ik niet de kans om een ring aan je vinger te schuiven en je definitief te claimen?" en Edward legde zijn hand op haar dij.

Sonja glimlachte bevallig naar Edward en wist dat ze in zijn net verstrikt zat, maar ze gaf geen antwoord op zijn vragen.

Stuart zat al in het eethuisje en keek verrast toen Edward met Sonja kwam binnenlopen. Ze praatten bij over allerlei zakelijke ontwikkelingen en na de nodige drank volgden de luchtige verhalen. De sfeer was los en de toon was gezet. Stuart liep naar buiten en Sonja zag hem bellen. Hij bleef even weg, maar kwam weer naar binnen en hij stelde voor om een taxi te bellen. Hij keek Sonja met zijn verleidelijke donkere ogen aan en ze wist genoeg. Dit zou een zware nacht worden, want Stuart had coke gescoord.

Er waaide een koude wind over het weidse strand. Esmeralda stond aan de waterlijn en ze gilde in paniek om hulp. Sonja probeerde naar haar toe te lopen, maar de wind was te hard. Esmeralda zag er vreemd uit. Ze had een rode zijden avondjurk aan, haar lippen waren vuurrood gestift en haar lange haren wapperden in de wind. Het lukte Sonja niet om de waterlijn te bereiken. De golven werden hoger en Sonja zag de rode haarlokken van Esmeralda onder de golven verdwijnen. Sonja veegde haar hand langs haar mond en ze zag dezelfde rode lippenstift aan haar hand. Een snerpend geluid zong in haar oren rond. Zwetend werd Sonja wakker van een mobiel met een onbekende ringtone. Ze had een nare droom gehad, had geen idee van de tijd en ze merkte dat ze thuis was. Maar daar was alles mee gezegd.

Edward had de telefoon ook gehoord en strompelde naar de woonkamer. Sonja hoorde hem praten, maar ze kon hem niet verstaan. Met een zware kater liep ze stap voor stap de kamer binnen en plofte op de bank neer. Edward legde zijn telefoon op de tafel.

"Hoe zit het nu met jou. Ben je al met die Zweed getrouwd?"

"Nee, maar hij staat wel op mijn verlanglijstje."

Edward schudde zijn hoofd. "Je bent net zo slecht als Stuart en ik. Ik ga je vertellen dat het op een deceptie uitloopt."

"Wat loopt op een deceptie uit?" vroeg Stuart, die de kamer binnenliep.

"Volgens Edward, mijn relatie met Gustav. Eerlijk gezegd knaagt vannacht aan me, want ik ben de boel aan het belazeren en dat voelt niet goed aan," zei Sonja bedenkelijk en ze liet haar vermoeide hoofd op haar handen rusten.

"Wij zijn alle drie precies hetzelfde. Denk niet, dat je het lang bij die Zweed uithoudt. Ik ben nog steeds verbaasd dat je het zolang bij die Charles hebt volgehouden. Maar Sonja, ook hier was een scheve schaats de reden van je echtscheiding. Toch?" poneerde Edward zelfverzekerd.

Edward bracht Sonja aan het twijfelen. Er zat een grond van waarheid in zijn betoog. Vannacht had ze zich weer buitensporig laten gaan, terwijl ze zich had voorgenomen dit nooit meer te doen. Hoe zou haar leven eruit zien, wanneer Gustav haar officieel ten huwelijk zou vragen. Hoe lang zou ze het volhouden, voordat ze zich weer in de armen van Stuart en Edward zou werpen?

Na het beëindigen van de interim-opdracht in Nederland was Sonja weer onder de comfortabele, maar ook beklemmende vleugels van Gustav. De gesprekken die ze voerden waren respectvol en Gustav probeerde dieper in haar belevingswereld te komen. Het leek wel of Gustav, net als Charles in een ver verleden een lijstje afstreepte om tot een besluit voor een huwelijk te komen.

Hij nam Sonja in het weekend mee naar een luxe restaurant. Aan tafel keek hij Sonja serieus aan.

"Wat kijk je? Is er iets?" vroeg Sonja achterdochtig.

"Ja. Misschien wel," en Gustav zweeg weer.

Sonja bleef hem aankijken, maar zijn gezicht verried geen emotie.

"Waar doel je op?" en ze nam een slok uit haar wijnglas.

Gustav schraapte zijn keel, "Sonja, ik heb er lang over nagedacht en ik heb besloten om je ten huwelijk te vragen. Wil je met me trouwen?"

Sonja was overvallen door het onverwachte aanzoek.

"Ja, ik wil graag met je trouwen," zei ze volmondig. "Gustav, geweldig, hier heb ik lang naar uitgekeken."

Gustav keek haar liefdevol aan.

"Ik hou onvoorwaardelijk van je. Je bent eigenwijs en het was voor mij een behoorlijk acceptatieproces. Mensen in mijn omgeving vroegen me telkens weer, wanneer ik je nu eens ten huwelijk ging vragen."

Sonja voelde een golf van warmte en geluk door haar lichaam golven.

"Wanneer had je in gedachten?"

"Daar wil ik het graag met jou over hebben. De datum en de invulling."

Sonja opperde verschillende mogelijkheden, maar Gustav reageerde niet gelijk en hij bleef haar uitermate serieus aankijken.

"Ik vind het vervelend om dit ter sprake te brengen, maar ik wil graag op huwelijkse voorwaarden trouwen. Zullen we komende week een moment prikken om onze administraties op elkaar afstemmen?"

"Dat is prima," zei Sonja. "Ik laat mijn financiële adviseur contact opnemen met de jouwe."

"Vind je dat dan geen probleem?"

Sonja schudde haar hoofd.

"Ik was met Charles ook op huwelijkse voorwaarden getrouwd."

Sonja wist dat Gustav geen inzicht in haar financiën had en dat hij wantrouwend was om voor eventuele schulden op te moeten opdraaien, die er overigens niet waren. Hij zocht zekerheid en hij wilde problemen voorkomen. Dit kwam Sonja uitermate goed uit, omdat ze haar eigen vermogen wilde veiligstellen voor Patricio.

Nadat ze het over de constructie van de huwelijkse voorwaarden eens waren vroeg Sonja: "Zullen we dit najaar trouwen of wil je het liever over het jaar heen tillen, naar het voorjaar?

"Ik ga voor het najaar. Hoe eerder, hoe beter."

Sonja werd helemaal warm van zijn uitspraak. Over een paar maanden zouden ze voor het altaar staan en elkaar het jawoord geven. Ze verkeerde in een roes. Sinds haar scheiding met Charles, had ze nu weer het gevoel dat haar persoonlijke leven compleet was.

De volgende ochtend wandelden Gustav en Sonja in het centrum van Stockholm. Ze stopten voor de etalage van een luxe kledingwinkel, toen er iemand op haar schouder tikte. Sonja draaide zich om en ze stond oog in oog met Sven en Esmeralda. Ze was overvallen, want dit was het laatste wat Sonja verwachtte.

Het viel haar op dat Esmeralda een metamorfose had ondergaan. Het uitgebluste en verwaarloosde beeld was vervangen door een slanke, modern geklede verschijning met een mooi rood kapsel en een twinkeling in haar ogen. Sonja omhelsde Esmeralda en ze vroeg hoe het met haar ging.

"Uitstekend. Ik heb een moeilijke periode achter de rug, maar ik zit nu weer vol met energie," zei ze stralend. Het viel Sonja op dat Sven betrokkenheid toonde. Het moest dus na alle buitenechtelijke escapades weer goed gekomen zijn tussen die twee.

"Hoe gaat het met Britt?"

Esmeralda begon te glunderen. Sonja zag dat ze trots was.

"Het was een lastige puber, maar dat is allemaal goed gekomen. Ze is afgestudeerd en werkt als econoom bij het Ministerie, hier in Stockholm. Ze woont samen met een leuke vriend. Maar we staan hier op straat te praten. Is het niet een goed idee om vanavond bij ons langs te komen?"

Sonja keek naar Gustav, die bevestigend knikte.

Op weg naar huis sprak Gustav zijn verbazing uit. Hij kende Esmeralda alleen maar uit de verhalen van Sonja, maar hij viel over hun gelijkenis.

"Is Esmeralda familie van je?"

"Nee, dat denkt iedereen. Als je de moeder van Esmeralda ziet, snap je waar haar rode haren vandaan komen."

De ontvangst bij Esmeralda en Sven thuis was hartelijk en Sonja keek nieuwsgierig rond in het comfortabel ingerichte appartement. Ze zag dat Esmeralda en Sven het goed voor elkaar hadden en ervan genoten. In het begin tastte Sonja de situatie af. Wat ze vooraf had bedacht, gebeurde ook; Sven en Gustav raakten geanimeerd in gesprek over de techniek. Sonja kletste weer als vanouds met Esmeralda en het viel Sonja op dat Esmeralda zich niet meer zo uitdagend gedroeg. Ze dacht meer na over wat ze zei.

Sonja informeerde belangstellend naar haar gezondheid en Esmeralda vertelde over de zware periode, die ze achter de rug had. Haar drankprobleem was volledig uit de hand gelopen. Ze was blij geweest dat Sven had ingegrepen en haar had overtuigd voor een behandeling in een afkickkliniek. Ze was meerdere keren in herhaling vervallen en weer opgenomen, voordat ze haar leven weer op de rit had.

"Ik vind het heel dapper van je dat je het gevecht met jezelf bent aangegaan. Je ziet er nu super uit. Hoeveel ben je niet afgevallen? Je hebt een geweldig figuur."

"Dank je voor het compliment, ik voel me ook goed. Nadat ik was afgekickt, heb ik me laten adviseren door een consulente. Ze heeft me geholpen om deze metamorfose door te maken. Ik ben blij dat ik het heb gedaan, want het voelt goed."

Sonja had Esmeralda goed bekeken, ook toen ze de kamer uitliep om koffie in te schenken. Ze zag er lichamelijk aantrekkelijk uit, maar ze had nu wel iets afstandelijks. Ze gedroeg zich niet meer zo aanhankelijk en ze provoceerde Sonja ook niet meer met haar lichaam.

"Hoe is het met Trudie?" vroeg Sonja.

Ze zag het gezicht van Esmeralda betrekken.

"Die is vorige maand overleden."

"Sorry, dat wist ik niet," excuseerde Sonja.

"Dat kun je ook niet weten. Het gebeurde plotseling. Ze had een fatale beroerte toen ze alleen thuis was. Ze is te laat door de buurvrouw gevonden. Ik ben de afgelopen tijd regelmatig in Nederland geweest om de financiën te regelen en het huis leeg te halen."

"Heb je nog spullen meegenomen naar Zweden?" vroeg Sonja belangstellend.

"Nee, alleen wat persoonlijke zaken zoals foto's en de dagboeken die Trudie bijhield. De rest heb ik weggedaan."

Esmeralda stond op, liep naar de zijkamer en kwam met een kleine doos terug. Ze haalde er een fotoalbum uit en glimlachte naar Sonja.

"Kijk, hier sta je ook nog op, toen we met onze kerstcadeaus uit Zweden thuiskwamen."

Op de foto lagen de cadeaus op de tafel uitgestald. Ze stonden er trots naast toen Trudie de foto maakte. Gustav keek belangstellend hun kant op en Esmeralda liet hem een paar oude foto's zien.

Sonja keek in de doos. "Is dat jouw babyalbum?"

"Wat een ouderwetse kaft hè?" Esmeralda pakte het album.

Toen ze het album opende vielen er foto's op de grond. De plakkertjes waren verdroogd. Sonja pakte ze op en wilde ze aan Esmeralda geven, toen haar oog op een foto viel.

Ze zag een kleuter op een driewieler, die enthousiast naar de fotograaf lachte. Sonja staarde naar de foto, want deze had ze jaren geleden onderin het doosje met de manchetknopen van haar vader gevonden. Hoe kwam haar vader aan deze foto? Wat moest haar vader met de foto van Esmeralda? Sonja pakte het babyalbum van Esmeralda en sloeg het voorzichtig open. Ze voelde dat Esmeralda haar gadesloeg, maar ze deed net alsof ze het niet door had.

Op de eerste pagina was een foto van Trudie te zien, waar ze de pasgeboren Esmeralda trots in haar armen hield. Het geboortekaartje lag er los bij.

"Met blijdschap geef ik kennis van de geboorte van mijn dochter Esmeralda; 6 juni 1958." Sonja kneep haar ogen samen. 1958, stond dat ook niet achter op de foto van de pasgeboren baby in het doosje van haar vader? Voorzichtig sloeg Sonja de pagina om en ze herkende de andere foto uit het doosje van haar vader. Sonja keek naar Esmeralda, die haar de hele tijd heimelijk had gadegeslagen.

Sonja voelde een beklemmende stilte, stond op, ging voor het raam staan en keek naar buiten.

"Wat is er?" vroeg Gustav. Maar Sonja gaf geen antwoord. Ze draaide zich om en vroeg in het Nederlands aan Esmeralda: "Is dat echt jouw baby album?"

"Kom mee, dan zal ik je wat laten zien."

Esmeralda nam Sonja mee naar de zijkamer uit het zicht van Gustav. Esmeralda opende een kast en pakte een oude vergeelde envelop, die ze opende. Ze haalde er voorzichtig een document uit en gaf dit aan Sonja, die het aanpakte. Het was het geboortecertificaat van Esmeralda. Haar moeder Trudie Bakker stond vermeld, maar ook de vader stond op het certificaat; Johan Plattel.

Sonja was met stomheid geslagen, want Johan Plattel was haar vader. Ze keek Esmeralda aan, "hoe kom je hieraan?"

"Dit vond ik vorige week, toen ik de spullen van mijn moeder uitzocht. We zijn halfzussen."

Hoofdstuk 28

Halfzussen. Wie had dat kunnen bedenken. Het nieuws had grote invloed op Sonja. Die nacht kon ze niet in slaap komen. Haar gedachten waren ongestructureerd en haar hoofd tolde. Ze stapte uit bed, liep naar de kamer, schonk een glas met Jack Daniels in en dronk het met kleine teugjes leeg.

Esmeralda, haar vriendin en vijand, bleek haar halfzus te zijn. Ze had haar liefgehad, buitensporige seks ervaren en ze was de bom onder haar huwelijk geweest. Vanaf het moment dat Sonja haar in de slaapkamer bij Ronald aantrof, had Esmeralda haar leven onzichtbaar gedirigeerd.

Gustav had tijdens de rit naar huis gezegd dat hij Sven en Esmeralda aardig vond en dat hij een leuke avond had gehad. Gustav had gelukkig verder geen vragen gesteld. Sonja schonk haar glas nog een paar keer vol tot de fles Jack Daniels leeg was. Ze stapte in bed en viel dronken in slaap. Haar gedachten waren verdoofd.

De voorbereidingen voor het huwelijk waren in volle gang. Sonja was tijdelijk gestopt met interim-opdrachten en ze concentreerde zich op haar huwelijk met Gustav. De tijdsdruk was hoog, omdat er op korte termijn een uitgebreid huwelijk ingeregeld moest worden. Dit huwelijk kreeg de vorm van spektakel, wat haar bruiloft met Charles ver overtrof.

Patricio belde en feliciteerde zijn moeder. "Mam, ik vind Gustav een prima kerel. Ik hoop dat je met hem gelukkig wordt. Ik denk dat pa baalt. Hij mag Gustav graag, maar hij had altijd gehoopt dat je ooit weer met hem verenigd zou worden."

Daarna vroeg Sonja naar zijn werk. Patricio was aangenomen bij de Amerikaanse Consultancy organisatie, waarvoor hij naar Groot-Brittannië uitgezonden zou worden. Hij keek er naar uit, omdat dit de ultieme start van zijn internationale carrière was.

In de tussentijd was Patricio druk bezig met het zoeken naar geschikte woonruimte in Londen. Als zijn agenda het toeliet zou hij tussentijds naar Zweden komen.

Nadat ze het telefoongesprek met Patricio had afgesloten, dacht Sonja aan Charles. Ze vond het triest dat hij zijn kaarten op haar had ingezet en ze drukte hem ruw uit haar gedachten weg. Dit was het verleden en dat hoofdstuk was lang geleden afgesloten.

Sonja had met haar financiële adviseur telefonisch ruggespraak gehouden over de inzet van de huwelijkse voorwaarden. Welke informatie zou ze afgeven aan de adviseur van Gustav en welke informatie zouden ze buiten beschouwing laten.

De adviseur drukte Sonja op het hart, "maak je niet te veel zorgen. Je nieuwe echtgenoot zal ook alleen informatie inbrengen die er toe doet. Hij zal zijn familiekapitaal buiten beschouwing laten."

Gustav en Sonja reden in de auto naar Nederland. Het was somber en regenachtig weer toen ze Duitsland doorkruisten op weg naar Nederland.

"Je bent stil. Waar denk je aan? Je hebt toch geen spijt om met me te trouwen. Je kijkt zo somber."

Sonja keek Gustav aan en glimlachte ontspannen. "Natuurlijk niet. Je moest eens weten hoe blij ik was toen je me ten huwelijk vroeg. Vanaf het moment dat we elkaar in Seattle leerde kennen, vond ik je heel aantrekkelijk. Ik ben echt van je gaan houden en kijk al uit naar de dag dat we getrouwd zijn. Ik had er eigenlijk al rekening mee gehouden dat we samenlevend door het leven zouden gaan. Het zou in principe niets moeten uitmaken, maar nu ik officieel je vrouw word, geeft het wel een goed gevoel. Misschien ben ik ouderwets, maar ik zie het als de borging van onze relatie."

"Ik kijk er ook naar uit, mevrouw Johansson," en Gustav stuurde genoeglijk zijn grote Volvo over de Duitse autobahn.

"Was je met je eerste vrouw ook op huwelijkse voorwaarden getrouwd?" vroeg Sonja.

"Nee, omdat ik pas later mijn eigen bedrijf heb opgezet. Het is me verschillende malen geadviseerd om dit alsnog in te regelen, maar dat kon ik emotioneel niet, omdat mijn vrouw toen al ernstig ziek was. Het blijft altijd een risico als je een eigen bedrijf begint. Niet dat ik aan je twijfel, maar ik wil gewoon geen risico lopen."

Sonja vertelde dat ze op dezelfde constructie met Charles was getrouwd. Ze had spijt dat ze erover was begonnen, want Gustav bracht haar woning in Rotterdam weer ter sprake.

"In mijn conceptvoorstel wordt uitgegaan van een gemeenschappelijke inbreng voor onder andere het huishoudgeld. Het onderhoud van je appartement kost ook geld. Hoe wil je dat financieren als je geen werk hebt?" Sonja was hier al op voorbereid en had dit scenario al vooraf met haar adviseur besproken.

"Je verbaast me Gustav, want in het verleden heb je steeds gezegd dat ik me geen zorgen hoefde te maken, omdat je voor me zou zorgen. Nu begin je over het inbrengen van een evenredig deel. Ik heb een klein trust wat ik kan aanspreken voor calamiteiten en het onderhoud van mijn appartement. Hierin is ook mijn pensioen geregeld. Verder hoop ik af en toe een klus op te pakken en financieel bij te dragen."

Dat was niet het antwoord wat Gustav wilde horen. Hij had gehoopt dat ze haar woning in Rotterdam in de verkoop zou zetten en hij vond het niet prettig dat hij aan eerdere uitspraken werd herinnerd.

Het was nieuw voor Sonja dat Gustav verwachtte dat ze financieel de helft aan het huishouden zou gaan bijdragen. Kortgeleden had hij in een opwelling nog geroepen dat ze niet meer hoefde te werken en dat het financieel geen probleem was. Dat Gustav zijn vermogen niet in haar zou investeren, vond ze geen probleem.

Met Charles had ze intensief op projecten samengewerkt. Sonja had hierbij indirect bijgedragen aan het succes van zijn bedrijf. Charles vond als mens, dat dit gecompenseerd moest worden en was zakelijk praktisch ingesteld. Ze begreep de onzekerheid die Gustav parten speelde, maar ze was niet van plan om haar complete financiële constructie met hem te delen. Hij hield van haar of niet. Daarmee was de kous af.

's Avonds laat arriveerden ze in het appartement van Sonja en gingen gelijk naar bed. De volgende dag ging Sonja naar de gemeente Rotterdam om de benodigde documenten voor het voorgenomen huwelijk op te halen.

In de middag stond de afspraak met haar financiële adviseur gepland. Tijdens dit bezoek vroeg Gustav de adviseur het hemd van het lijf. Het was een doorgewinterde adviseur, die het kaas niet van zijn brood liet eten. Sonja vond het een beetje gênant hoe Gustav te werk ging. Het irriteerde haar enorm. Nadat haar adviseur het rapport had doorlopen en de stukken had overhandigd vertrokken ze naar huis.

Thuis begon Sonja er over. "Waarom bleef je zo doorzeuren over het rapport. Waar ben je naar op zoek?"
Gustav werd knorrig en hij ging frontaal in de aanval.
  "Ik wil gewoon niet voor verrassingen komen te staan."
  "Wat voor verrassingen? Of ben ik niet kapitaalkrachtig genoeg naar jouw maatstaven om een huwelijk met je aan te gaan. We hadden toch het besluit genomen om te trouwen. Zullen we nog wel trouwen, lieverd?"
Gustav werd kwaad en vroeg of ze hiermee wilde stoppen.
Sonja bond in, draaide zich om en liep nijdig naar de keuken. Terwijl ze de waterkoker aanzette om thee te zetten, stond Gustav ineens in de deuropening en doorboorde haar met een paar ijskoude ogen.
  "Heb je even?" vroeg hij met een afgemeten gezicht.
Sonja zag aan hem dat er iets ergs aan de hand was en ze liep achter hem aan de kamer in. Gustav ging voor de schuifpui staan en keek naar buiten. Buiten was het donker en er was niet veel te zien.
  "Wat is er aan de hand?"
Het ergerde Sonja en ze wilde weer teruglopen naar de keuken.
Gustav draaide zich om met een gezicht dat ze niet snel meer zou vergeten.
  "Ik begrijp nu waarom je zo graag in Nederland wilt werken en waarom je je hier zo goed thuis voelt."
Sonja was onder de indruk van zijn dominantie, want zo boos had ze hem nog nooit gezien. Ze had geen idee waar hij het over had.
  "Laat je me hiervoor uit de keuken komen?"
  "Drugs, mevrouw Plattel gebruikt drugs."
Sonja bevroor en ze begreep in één klap wat er aan de hand was. Ze draaide zich om en zei schijnheilig: "Wat bedoel je?"
  "Kom maar eens mee!"
Sonja wist genoeg en ze kon zichzelf wel voor de kop slaan. De restjes coke van Stuart. Ze had het zakje toen achteloos in een laatje geschoven. Gustav moest in haar slaapkamer in de laatjes hebben gerommeld. Ze liep achter hem aan naar de slaapkamer en ze zag het bewuste laatje openstaan. Op het kastje stond zijn toilettas. Waarschijnlijk had hij zijn

spullen in een laatje willen stoppen en had hij op goed geluk een paar laatjes opengetrokken om te kijken waar ruimte was.

Gustav wees met zijn vinger naar het restje coke.

"Hoe verslaafd ben je? Ik heb in Zweden nog nooit iets aan je gemerkt."

Sonja kon geen woorden uitbrengen, deed een paar stappen achteruit en ging verdoofd op bed zitten. Ze kon niets zeggen over het explosieve weekend met Edward en Stuart. Er was geen smoes te verzinnen, waarom er coke in de lade lag.

"Waarom Sonja, waarom heb je je verslaving voor mij verzwegen?"

Ze kon geen woorden uit haar mond krijgen en leek verlamd.

"Onze relatie is over. Het huwelijk wordt geannuleerd. Ik wil niets met drugs te maken hebben. Dat jullie dit in Nederland gewoon vinden, wil nog niet zeggen dat we het in Zweden toleren."

Gustav liep met grote stappen terug naar de kamer en ze hoorde hem rommelen. Hij kwam terug naar de slaapkamer en pakte zijn toilettas.

"Ik slaap vannacht in een hotel en ga morgen terug naar Zweden. Je spulletjes worden netjes in Nederland afgeleverd."

Niet veel later hoorde ze de voordeur dichtslaan.

Sonja stond op van het bed, liep naar de woonkamer en schonk een groot glas Jack Daniels in. Ze nam een paar grote slokken, liep terug naar de slaapkamer en keek naar de lade die nog openstond. Ze pakte het restje coke. Haar oog viel op de mooie witgouden saffieren ring. Ze schoof de ring van haar vinger en legde hem zorgvuldig op het kastje neer. Daarna liep ze terug naar de kamer, ging op de bank zitten, dronk whisky en snoof het restant coke op. Haar hoofd duizelde. Droomde ze nu of was het de werkelijkheid dat Gustav haar had verlaten.

De volgende ochtend werd ze wakker op de bank. Ondanks dat de kachel aanstond was Sonja helemaal koud en verkleumd.

Na een paar dagen zat ze nog steeds ongewassen in dezelfde kleding op de bank. Ze had geen honger meer en ze laadde haar telefoon ook niet meer op. Ze had nergens zin in en ze staarde leeg vanuit de bank door de schuifpui naar buiten. Het was buiten somber en het regende. Ze wilde nergens meer over nadenken. Er was niets meer om over na te denken. Haar hoofd was leeg. Er kwamen zelfs geen beelden meer in haar gedachten op. Sonja nam niet eens de moeite om de lampen aan te doen als het donker werd. Ze hing slap, als oud vuil in de hoek van de bank.

Sonja hoorde de voordeur openen. Iemand kwam naar binnen.
"Ma, ben je thuis?" Het was Patricio. Ze had geen kracht meer om antwoord te geven en hing versuft achterover in de bank. Hij snelde naar haar toe en begon vragen te stellen, maar Sonja hoorde zijn stem vervagen alsof de geluidsknop langzaam werd dichtgedraaid. Het gaf Sonja rust, want Patricio was gearriveerd. Het leek wel of ze zweefde.

Sonja droomde dat ze in strandvilla in de Amerika was. Waar ze eerder met Charles, Leny en Kurt vakantie vierde. Ze liep naar binnen om de koffiekan en de fles likeur te halen. Sonja hoorde een vreemd piepend geluid van boven komen en ze liep de trap op. Boven aan de trap hoorde ze dat het geluid uit haar slaapkamer kwam. Ze opende de slaapkamerdeur en ze zag dat Charles bezig was om het enorme massieve antieke bed te verschuiven. Esmeralda schoof een lange bezemstok over de vloer naar de achterkant van het bed.
"Wat zijn jullie aan het doen?"
"Toen ik mijn laptoptas op het bed zette, viel mijn USB-stick achter het bed. Esmeralda heeft de bezem gepakt om het stickje naar de zijkant te tikken zodat ik hem kan pakken. Maar het lukt niet echt. Ik probeer nu het bed te verschuiven, want de USB-stick ligt tegen de achterwand. Het bed is volgens mij de afgelopen vijfentwintig jaar niet meer van zijn plaats geweest. Het is loodzwaar."
"Waarom heb je niet even een seintje gegeven, want dan hadden Kurt en Sven kunnen helpen."
"Je hebt gelijk, maar ik dacht het zo op te lossen."
"Hebbes," zei Esmeralda. Charles keek tevreden toen ze hem het stickje overhandigde. Esmeralda verliet de kamer en Sonja hielp Charles met het terugschuiven van het zware bed.

Daarna liep Sonja naar beneden, schonk koffie in voor de liefhebbers en ze ging weer bij Leny in zand zitten.
"Jij bent ook een buitenmens, dat kun je aan mensen zien," zei Leny.
"Dat klopt. Ik ben opgegroeid in Den Haag, maar ik ging altijd 's zomers met mijn ouders naar het strand. Mijn moeder nam altijd

lunchpakketjes mee, want patat vond ze ongezond. Later toen ik ouder was ging ik met mijn vriendinnen naar het strand."

"Ik ben ook in een badplaats opgegroeid," zei Leny. "Ik weet wat het is, want ik ben ook aan het buitenleven verknocht. Je had bij ons de duinen en de Hoekse bosjes. Daar stond een leegstaande villa in de duinen. We noemden dat het spookhuis en we speelden hier stiekem in. We klommen door het openstaand kelderraam naar binnen. Via een oude bedspiraal klommen we door een gat in de vloer omhoog naar de begane grond. Hier speelden we verstoppertje en in het donker maakten we elkaar bang met spoken. Een paar jaar geleden zag ik dat deze villa gerestaureerd en weer bewoond was. Heimelijk probeerde ik door de coniferen te kijken of het kelderraam nog openstond. Maar ik kon het niet zien.

Later verlegden we ons speelterrein naar de duinen van Hoek van Holland. We zaten toen in de zesde klas van de lagere school en het was de tijd van de koude oorlog. Het Amerikaanse Leger had hier een radarpost, om al het inkomende en uitgaande scheepvaartverkeer op Nieuwe Waterweg af te luisteren. Dit gedeelte van de duinen was volledig afgezet met prikkeldraad. Een groot gedeelte van deze duinen bevatte een ondergronds bunkerstelsel uit de Tweede Wereldoorlog. Hier speelden we stiekem. Door deze afgezette duinen kronkelde een één-tegelig pad, waar een bewaker met een grote leren jas doorheen fietste met een woest uitziende herdershond aan een riem. Je was als kind al bang voor de gedachte aan deze man. Er werd gezegd dat als hij je te pakken kreeg, hij je direct bij de politie zou aangeven. Tegenwoordig is de jeugd niet meer onder de indruk van een bewaker en de politie. Later heb ik me wel eens afgevraagd waarom die grote herdershond nooit blafte, want hij moet onze angst van verre hebben geroken.

Als ik op het strand zit en de zilte lucht ruik, moet ik altijd aan mijn jeugd in het spookhuis en duinen denken."

Leny wilde een slok uit haar koffiekopje nemen, maar deze was leeg.

"Wat deden jullie op het strand?" vroeg Leny aan Sonja.

Sonja glimlachte en het verhaal van Leny sprak tot de verbeelding.

"Ik ben opgegroeid in de binnenstad van Den Haag onder het toeziend oog van mijn ouders. We wandelden regelmatig in het park. Maar zelfstandig op stap gaan, kon ik pas toen ik wat ouder was. Toen ik een jaar of dertien was, ging ik met mijn vriendinnen naar het strand achter

De Laan van Poot. We bleven daar dan tot het donker werd. We ontmoetten er jongens van school. Hier heb ik mijn eerste liefdeservaringen opgedaan. Het spel begint overdag als je op je handdoek naast elkaar ligt. Je wilt het liefst naast de jongen liggen, op wie je verliefd bent. Je raakt hem af en toe aan en je kust elkaar vluchtig. Dan komt de fase als het donker wordt en je stiekem in de duinen verdwijnt. Het begint met zoenen en betasten. Pas als het echt donker is, ga je verder. Met mijn eerste vriendje heb ik het in de duinen onder een badlaken gedaan. Het was spannend en eng. Je bent bang dat je wordt betrapt, maar dat maakt het ook spannend. De volgende dag loop je weer met de groep door de duinen en zie je de plaats waar je de nacht ervoor hebt gelegen. Gek hè?"

Esmeralda kwam met een fles likeur aanlopen en ze vroeg of Sonja en Leny nog iets wilde drinken. Ze hielden hun glaasjes omhoog en Esmeralda schonk ze in. Ze zette de fles rechtop in het zand en ging naast Leny zitten.

"Ik zou eigenlijk wel in Amerika willen wonen, maar ik denk dat Sven dat niet wil. Hij heeft een goede baan in Zweden en hij wil zijn rechten op de voorzieningen niet opgeven. Ik denk dat het ook niet goed is voor Britt. Ze kan beter eerst haar opleiding in Zweden afmaken."

Britt had aan de waterlijn staan praten. De jongens waren vertrokken en ze kwam teruglopen. Charles kwam naar buiten en zei tegen de tegemoetkomende Britt: "Waren ze niet meer interessant?"
Waarop Britt snoof, toen ze hem op weg naar binnen passeerde.
Esmeralda stond op en liep slaafs achter Britt aan.
Charles zei lachend: "Kleine meisjes worden groot," en hij liep weer hoofdschuddend naar binnen.

"Ik vind het geluid van de golven in het donker altijd magisch," zei Leny. Ze stond op en liep de duisternis in naar de waterlijn. Sonja volgde haar. Ze bukte en pakte een paar schelpjes op.
"Ze lijken allemaal op elkaar, maar als je ze in het zonlicht bekijkt, ontdek je kleine kleurnuances."
Sonja en Leny wandelden in de duisternis langs de waterlijn en keken landinwaarts naar de verlichte strandvilla's. Sommige bewoners waren nog laat aan het barbecueën.

Ze liepen op hun blote voeten door de uitrollende ebgolfjes.

"Het zit er bijna op. We hebben weer een leuke vakantie met elkaar achter de rug. Wat waren jouw dromen, toen je op het strand met je eerste vriendje seks had?" vroeg Leny.

"Wat een vraag zeg. Dat is iets waar ik nog nooit over heb nagedacht," zei Sonja behoedzaam.

"Ik denk dat jij een heleboel dromen hebt, maar veel te veel geremd bent om dit met anderen te delen. Ik vind je een perfectionist die goed weet wat je wilt, maar dit niet kan uiten. Je vertelt summier iets over je jeugd en je achtergrond, maar ik denk dat er iets is, wat je ver weg duwt."

"Daar zou je wel eens gelijk in kunnen hebben," zei Sonja, "maar ik schaam me niet voor mijn afkomst. Ik was als kind nu eenmaal gewend om alles zelf te regelen. Mijn vader vroeg nooit ergens naar."

"Sonja, help me nu eens uit de droom en vertel me de waarheid; had je nu wel iets of niets met Edward?"

Sonja begon te giechelen. "Kun je een geheim bewaren? Ja, want daar kennen we elkaar veel te goed voor."

Sonja keek controlerend naar de duinen en brandde daarna los: "We hebben met z'n vieren; Esmeralda, Edward, Ronald en ik een relatie met elkaar gehad. Als je ooit heftige en ongeremde seks wilt hebben, kan ik je Edward aanraden. Als je hem een beetje jaloers maakt, is hij niet te houden. Op kantoor stopte ik briefjes in zijn dossiers met voorstellen voor de nacht of als Edward zijn pen liet vallen en bukte, spreidde ik mijn benen. Uiteraard zonder slipje. Je moest eens weten hoe opgewonden hij raakte."

Ze stootten elkaar als tieners aan en lachten hardop.

"We waren op de Bank zo jaloers, omdat we aan jullie zagen dat er meer moest zijn. Ik heb wel eens geprobeerd om Edward na een vrijdagmiddagborrel te versieren, maar hij was niet geïnteresseerd. Volgens mij ben jij de enige vrouw in zijn leven, die hij echt wilde. Is hij nog steeds vrijgezel?"

"Geen idee, want ik heb Edward in geen jaren meer gezien. Hij is de man die je een vinger geeft en gelijk je hele hand pakt," zei Sonja resoluut.

"Alleen Esmeralda kan ik niet goed hebben," zei Leny. "Ik vind haar zo bezittelijk, ook naar jou toe. Het lijkt wel of jullie een relatie met elkaar hebben gehad, maar hoe kan dat nu? Dat doe je toch niet met je eigen zus?"

Sonja voelde de grond onder haar voeten wegzakken.

"Hoe kom je daar nu weer bij. We gingen met ze vieren om en we wisselden wel eens van partner, maar dat is zo lang geleden. Esmeralda heeft een goed huwelijk met Sven. Waarom doe je zo afgunstig over haar. Ze heeft een moeilijke periode achter de rug, maar ze is er volledig bovenop gekomen en ze ziet er nu perfect uit."

Sonja draaide zich om, maar ze zag Leny niet meer.

"Leny waar ben je?" Maar ze kon Leny niet meer ontdekken. Ze zag de strandvilla's ook niet meer. Waren ze te ver doorgelopen en afgedwaald van de bewoonde wereld. Sonja keek naar haar voeten, die ze in de duisternis niet meer kon zien en ze voelde het water ook niet meer.

Sonja stond stil en ze keek vertwijfeld om zich heen. De maan was achter de wolken verdwenen en ze hoorde het gebruis van de golven ook niet meer. Ze draaide onzeker een paar keer rond.

"Leny, waar ben je? Doe niet zo lullig. Kom tevoorschijn, nu!"

Er gebeurde niets. Leny kwam niet tevoorschijn. Omdat Sonja een paar keer was rondgedraaid, wist ze in het donker niet meer waar ze vandaan was gekomen.

Wat was terug? Moest ze naar links, rechts, naar voren of juist achteruit lopen. Sonja besloot in de richting te lopen, waarvan ze vermoedde dat daar de strandvilla's lagen. Na een tijdje in het pikdonker gelopen te hebben, zag ze geen lichtjes opdoemen. Het zand was ijskoud onder haar voeten. Ze had met Leny te lang door het koude water gelopen. Waarom Leny er ineens tussenuit was geknepen, begreep Sonja niet. Was Leny achteraf toch jaloers op haar, omdat ze Kurt voor haar had bemind? Ze probeerde de andere kant op te lopen, maar er veranderde niets. Het bleef donker en koud. De kleine scherpe schelpjes, waar ze eerst voorzichtig met haar blote voeten overheen was gelopen waren verdwenen, dus liep ze vermoedelijk de goede kant op.

Sonja bleef maar lopen en lopen, maar er kwam geen einde aan. Ze was boos op Leny, omdat ze er ongemerkt tussenuit was geknepen, terwijl Sonja openhartig over haar verleden vertelde. Het begon te waaien en het werd kouder. Het verbaasde Sonja, omdat het de afgelopen dagen en nachten erg warm was geweest en de frisse zeewind geen afkoeling had gebracht. Nu was het ijskoud terwijl ze in een hemdje en kort broekje liep. Sonja voelde dat het zand onder haar voeten was verdwenen. Ze bukte en voelde aan de grond. Die voelde aan als een beton. Ze begreep er niets van en keek wanhopig om zich heen, maar ze ervoer een ondoordringbare duisternis.

Sonja had verschillende malen om hulp gegild, in de hoop dat iemand haar zou horen. Het leek wel of de zwarte ondoordringbare omgeving, langzaam transformeerde tot een dikke mist. Het begon vochtig te worden en ze voelde druppels op haar huid.
Ze stond stil en keek wanhopig om zich heen. In de verte aan de horizon zag ze een lichtpuntje in de dikke mist en ze besloot daar naartoe te lopen. Haar voeten deden pijn, maar ze bleef in de richting van het licht lopen. Zou het dan eindelijk ochtend worden? Ondanks het lichtpuntje, kon ze niets in haar omgeving zien. Het leek wel of Sonja in een ondoordringbare vochtige wolk terecht was gekomen en ze begon wanhopig te worden. Haar armen zagen blauw van de kou en haar lange haren waren nat van het vocht. Op haar lichaam zaten zweetdruppels terwijl ze het ijskoud had. Ze zakte op haar knieën ineen en begon te snikken. Het snikken ging geleidelijk over in huilen en ze kon niet meer stoppen met huilen. Ze boog haar hoofd naar de grond en zakte machteloos in elkaar.

Hoofdstuk 29

"Sonja, Sonja, hoor je me? Sonja, hoor je me?"

Ze voelde dat iemand haar schouders vastpakte, maar ze zag niemand. Sonja lag nu op haar rug op de grond en ze kon zich niet herinneren dat ze was gaan liggen. De grond voelde hard aan. Ze stopte met huilen en keek omhoog. Het leek wel of ze in de verte een zonnestraal door de mist zag schijnen. De zon was prettig. Het bood warmte.

Sonja hoorde praten, maar ze zag niemand. Ze kon niet verstaan wat er werd gezegd, maar het klonk in ieder geval niet Amerikaans. Het was Nederlands. Het geluid van de stemmen was ver weg en ze draaide wanhopig met haar hoofd. Ze voelde handen aan haar hoofd en probeerde ophoog komen, maar het leek alsof ze aan de grond verankerd lag.

Weer die stemmen. Het was een vrouwen- en een mannenstem. De stemmen klonken bekend, noemden haar naam, maar ze kon ze niet thuisbrengen. Sonja was moe, sloot haar ogen om uit te rusten. De mannenstem begon haar naam weer te noemen. Ze voelde weer handen op haar schouders en Sonja moest aan de verhalen van Leny denken, over bewakers met woeste honden en spoken. Zat ze in het spookhuis in de duinen of zou ze een nachtmerrie hebben?

Sonja voelde een prik in haar arm. Het deed zeer en ze probeerde de pijnlijke plek aan te raken, maar iemand hield haar hand vast. Ze zag de contouren van een man. De lange wandeling over het strand in de duisternis had zijn tol geëist en ze voelde zich weer in die nare droomwereld wegzakken.

Sonja ontwaakte en keek verbaasd om zich heen. Ze lag in een ziekenhuis. Charles zat naast haar bed en hij veerde gelijk op toen ze haar ogen opende.

"Hoe is het met je?" en hij pakte voorzichtig haar hand.

Ze zag dat ze aan het infuus lag, voelde zich misselijk en ze had een enorme hoofdpijn.

"Wat is er vannacht op het strand gebeurd? Waar is Leny?"

Sonja zag Charles bezorgd kijken.

"Je was vannacht niet op het strand, het is winter en Leny is in Amerika."

Charles zag aan de ogen van Sonja dat ze er niets van begreep.

"Rustig maar, ik ben blij dat je wakker bent. Je bent gewoon thuis in Rotterdam."

De zuster stond naast het bed, pakte haar hand en controleerde het infuus. Daarna legde ze de hand van Sonja weer netjes terug. Charles zat stil en keek ingetogen toe. De zuster vroeg vriendelijke hoe het met Sonja ging.

"Waar ben ik? Hoe ben ik hier gekomen?"

"De dokter is onderweg en zal het u uitleggen. Wilt u misschien iets drinken?"

Sonja knikte.

De zuster liep de kamer uit om een glas water te halen.

Ze keek Charles verontrust aan. "Hoe kom ik hier? Wat is er gebeurd?"

"De dokter komt zo," en ze zag dat Charles ongemakkelijk keek.

Niet veel later kwam de zuster terug met een glas water. Ze haalde het hoofd van Sonja voorzichtig naar voren om daarna het glas aan haar mond te plaatsen. Sonja nam een paar slokken en de zuster legde haar hoofd behoedzaam naar achteren op het kussen.

De dokter was een grote man met zwart haar en een donkere bril op de punt van zijn neus. Hij ging naast het bed staan en keek bedachtzaam naar Sonja.

"Hoe gaat het met u?" vroeg hij.

"Niet zo goed. Hoe ben ik hier terecht gekomen?"

"Wat voelt u?"

"Ik voel me vermoeid en mijn hoofd voelt raar aan."

De dokter vertelde dat Sonja al een paar weken in het ziekenhuis lag. Ze was thuis door haar zoon in een totaal verzwakte, verwaarloosde en ondervoede toestand gevonden.

"Als hij u een dag later had bezocht, was u er niet meer geweest. U bent hier in een kritieke toestand binnengebracht. Ik ben blij dat u bent ontwaakt en vragen op mij afvuurt."

"Hoe lang ben ik hier geweest?" U heeft het over een aantal weken? Welke datum is het dan?"

"Het is vandaag vrijdag 14 januari."

"Er komt zo een specialist bij u langs om met u over de situatie te praten."

Sonja was uit het veld geslagen. Ze begreep er niets meer van.

"Mag mijn man erbij blijven?"

Ze zag Charles verbaasd kijken, maar hij regeerde niet. De dokter stelde verschillende vragen die Sonja netjes beantwoordde. Daarna vertrok de dokter.

Sonja begon te huilen. Charles stond op en troostte haar.

Ze snotterde, "ik begrijp er niets meer van. Ben je al die tijd bij me geweest? Hoe kom ik dan in Rotterdam?

Charles zei eerst niet veel, maar toen ze bleef aanhouden zei hij: "Ik ben elke dag bij je geweest. Patricio komt af en toe uit Londen over om je te bezoeken, maar hij heeft daar zijn werk en kan niet te lang in Nederland blijven."

"Patricio, Londen, werk?"

"Charles, er klopt iets niet. We waren toch op vakantie in de Amerika en hoe kom ik dan in Rotterdam?"

Charles gaf geen antwoord en hij wreef liefdevol over haar voorhoofd.

"Je zegt niets, wat is er aan de hand?"

"De specialist komt zo en hij zal je uitleggen wat er aan de hand is. Weet je zeker dat ik bij het gesprek moet blijven?"

Sonja knikte.

De specialist was een vrouw van middelbare leeftijd met een rond en vriendelijk gezicht. Ze sloot de deur van de kamer, stelde zich voor en vroeg belangstellend hoe Sonja zich voelde. Daarna wilde ze weten wat Sonja zich kon herinneren voordat ze in het ziekenhuis ontwaakte.

Sonja vertelde over de strandwandeling waarin ze Leny kwijtraakte en de gevonden USB-stick in de slaapkamer. Ze zag de verbazing op het gezicht van Charles en ze zei tegen hem: "Ik wist niet dat Patricio een opdracht in Londen had. Heeft hij zijn studie niet afgemaakt?"

Charles gaf geen antwoord en de specialiste nam het woord. Ze vertelde dat Sonja aan een zware depressie leed, in combinatie met een drugs- en alcoholvergiftiging. Sonja luisterde niet meer, maar keek verschrikt naar haar handen.

"Waar is mijn ring?" Ze doelde op haar trouwring.

Charles keek naar de specialiste, die hem het woord gaf.

"Sonja we leven nu in 2011. In 2004 zijn we gescheiden."

Totale ontreddering was op het gezicht van Sonja af te lezen.

De specialiste ging op een therapeutische manier het gesprek met Sonja aan en ze probeerde inzicht in de oorzaak van de depressie te krijgen.

Na afloop vroeg de specialiste of Charles met haar mee wilde komen om de papieren in orde te maken.

Hij legde zijn hand op haar arm. "Als ik de papieren heb ingevuld, kom ik gelijk terug."

Charles kwam terug en hij ging weer trouw naast het bed zitten. Sonja was moe en ze zakte langzaam in een diepe slaap.

De dagen duurden lang. Charles zat dagelijks aan haar bed. Met de specialiste werden lange gesprekken gevoerd. Het was duidelijk dat ze een traumatische ervaring achter de rug had, die Sonja diep had weggestopt. Stukje bij beetje kwam het beeld van de afgelopen zeven jaar naar boven.

Sonja werd overgeplaatst naar een verpleeghuis voor verdere behandeling en om aan te sterken, want ze was vel over been. Charles wilde haar dolgraag zelf verzorgen, maar dit werd sterk afgeraden. Ondanks dat het koud was, vond Sonja het prettig om dagelijks een korte wandeling door de tuin van het verpleeghuis te maken. Ze had Charles verteld dat ze er erg tegenop zag om terug naar haar eigen huis te gaan.

Ze dronken koffie in de gastenkamer van het verpleegtehuis.

"Ik heb het wel erg bont gemaakt hè? Eigenlijk schaam ik me voor wat er is gebeurd. Ik ben Patricio eeuwig dankbaar dat hij me heeft gevonden. Het geannuleerde huwelijk met Gustav was de druppel die de emmer heeft doen overlopen."

Charles vertelde dat hij Gustav pasgeleden over een opdracht had gesproken, maar deze had afgeslagen.

"Ik heb hem niets verteld over je ziekenhuisopname. Ik vond dat het geen toegevoegde waarde had, omdat hij degene is die het huwelijk heeft afgeblazen. Maar Sonja, tussen ons, wat is er nu echt gebeurd? Ik herkende je niet meer toen ik je in het ziekenhuis aantrof."

Sonja wendde haar hoofd af en ze keek afwezig naar buiten. Ze maakte haar gedachten op. Zou ze met leugens verder willen leven of zou ze Charles vertellen wat er echt was gebeurd. Hij was wel degene die trouw aan haar bed gezeten. Ze besloot opening van zaken te geven.

"Als ik de hele film van de afgelopen tien jaar terugdraai, denk ik dat onze scheiding de grootste fout in mijn leven is geweest. We zijn voor elkaar weggelegd en we hebben het ons onnodig moeilijk gemaakt. Ik ben zelf de grootste boosdoener geweest door continue te ontkennen dat ik gevoelens voor je had. Mijn trots heeft mijn liefde voor jou verdrongen. Diep in mijn hart zou ik graag weer bij terug willen komen, maar als ik je vertel wat er is gebeurd, wil je nooit meer met me te maken hebben."

Sonja had tranen in haar ogen en ze keek weer naar buiten. Charles stond op, trok Sonja voorzichtig uit de stoel omhoog en hield haar in zijn armen. Hij wiste de tranen uit haar ogen. "Ik hou onvoorwaardelijk van je en blijf bij je, ondanks wat je hebt gedaan. Misschien is het goed om aan mij te vertellen wat er is gebeurd. Ik beloof uit de grond van mijn hart dat ik je niet zal veroordelen."

Hij kuste Sonja teder op de mond.

"Ik beloof het je."

Sonja pakte een glas water en ze ging in de stoel bij het raam zitten. Charles ging tegenover haar zitten. Ze keek hem aan en startte het verhaal vanaf de ontmoeting met Gustav in Seattle tot zijn komst naar Nederland, om haar financiële situatie door te praten op basis van de huwelijkse voorwaarden.

Toen kwam alles in een maalstroom uit haar mond. Ze vertelde Charles over een financiële constructie, die haar financiën voor de buitenwereld verborgen moest houden. Het moest om liefde gaan en niet om geld. De druk van Gustav om haar in een ondergeschikte rol te krijgen en hoe dit innerlijke weerstand bij haar had opgeroepen. Ze was niet ziek, zoals zijn overleden vrouw en ze wilde niet worden betutteld. Maar ze hield van Gustav, zoals ze van Charles had gehouden.

Toen kwam het meest pijnlijke deel van het verhaal naar buiten. Ze vertelde dat ze toch langer een seksuele relatie met Esmeralda had onderhouden, dan ze eerder aan Charles had opgebiecht. Het drugsgebruik voordat ze Charles leerde kennen. De keer toen ze in Portugal het getekende echtscheidingsconvenant kwam afleveren met een lichaam vol met schrammen, die voortkwamen uit een seksuele uitspatting met Edward en zijn broer Stuart in combinatie met overmatig coke gebruik. Ze schaamde zich diep, omdat Charles zich toen bezorgd had getoond.

Daarna vertelde ze over de nacht met Edward en Stuart en de restanten drugs, die Gustav had gevonden. Sonja had hem niet kunnen verklaren hoe ze er aan kwam en ze wist op dat moment dat ze haar kaarten had verspeeld.

Charles wendde zijn hoofd af en keek een lange tijd met een strak gezicht naar buiten.

Sonja liet haar hoofd zakken en zei zachtjes: "Het ergste komt nog Charles," en ze keek langs hem heen. Daarna slikte ze hoorbaar, "Esmeralda is mijn halfzus."

Vol ongeloof keek Charles Sonja aan.

"Wat, zeg je nu?" zei Charles met samengeknepen ogen. Sonja vertelde het verhaal van de ontmoeting in Stockholm en dat ze het zelf ook niet had kunnen geloven en geestelijk had kunnen verwerken.

Het voelde goed dat Sonja voor het eerst in haar leven haar hart had uitgestort. Ze hief haar hoofd op. "Ik ben blij dat het eruit is, want het voelde vies aan. Ik kwam in een negatieve spiraal terecht nadat ik voor Gustav zijn vijftigste verjaardag dat horloge in Portugal had gekocht en wij die nacht seks hadden. De erotische spanning, de lust en de passie die ik voelde toen we in de keuken stonden. Hier waren geen woorden voor. Mijn hart snakte naar je. Ik had mezelf niet meer onder controle en verviel in buitensporig compensatiegedrag. De onthulling dat Esmeralda mijn halfzus was, kon ik emotioneel niet meer verwerken en dat veroorzaakte verwarring in mijn hoofd."

Sonja zweeg. Charles draaide zijn hoofd om en keek Sonja serieus aan.

"Jezus Sonja, wat een verhaal. Dat had ik niet achter je gezocht. Ik had wel de laatste keer in Portugal mijn twijfels over je. Je had een vaste relatie met Gustav en toch belandden we samen in bed. Het was echte liefde en ik had de indruk dat we er beiden van genoten en dit gevoel wilden vasthouden. Later vroeg ik me af of je wel echt van Gustav hield. Tja, en Esmeralda, wie had dat gedacht."

Charles schudde meerdere malen ongeloofwaardig zijn hoofd en keek weer voor zich uit, alsof hij verdoofd was.

"Ik snap nu dat je volledig in elkaar bent geklapt."

Hij schoof zijn stoel dichter bij Sonja, zodat ze met de knieën tegen elkaar aan zaten. Hij legde zijn handen op haar knieën.

"Sonja, ik heb ook met drugs geëxperimenteerd, alleen was ik toen nog jong. Ik heb ook wel eens met meerdere vrouwen seks gehad, ook na onze scheiding. Ik was ook naar iets op zoek, wat ik zelf niet kon definiëren. Ik heb van alles geprobeerd toen je weg was, tot en met een huwelijk met Ruby. Alleen ben ik nooit vreemd gegaan, op mijn wraakactie met Esmeralda na, waar ik eeuwig spijt van heb. Zeker nu ik weet dat ze je halfzus is. Het deed me pijn als ik je met een andere man zag. De momenten na onze scheiding die we samen hadden koesterde ik."

Sonja voelde tranen opkomen en ze begon luid te snikken en snotterde: "Laten we een punt achter ons verleden zetten. Het doet alleen maar pijn om er over te praten."

"Je hebt gelijk, maar de lucht is nu geklaard. Samen opnieuw beginnen?"

"Liever vandaag nog dan morgen."

Sonja ging op zijn schoot zitten en ze sloot haar armen om zijn nek. Hij snoof haar lucht op en kuste haar nek.

Toen Sonja voldoende was aangesterkt mocht ze naar huis. Charles haalde haar bij het verpleeghuis op. Tijdens de autorit liet Sonja haar hand op de dij van Charles rusten. Toen ze haar eigen woning binnenliep scheen de zon door de grote schuifpui naar binnen. Op tafel stond nog een kopje en een bord. De radio stond aan.

"Heb je hier al die tijd geleefd?"

Charles knikte.

Sonja keek uit het raam van haar penthouse naar de schepen die over het water voorbij gleden. Grote containerschepen die hun vracht kwamen afleveren, de Spido met uitbundig zwaaiende mensen aan het dek, maar ook de Havenpolitie die de orde handhaafde. Zoals de vrachtschepen hun tijdschema's najoegen onder de druk van de reders, de gasten op de Spido een paar uur onbezorgd van hun lasten waren verlicht, was wetgeving op het water noodzakelijk, om het verkeer in goede banen te leiden.

Charles kwam bij haar staan en sloeg zijn arm om haar schouder. Ze keken naar buiten. Daarna pakte hij Sonja om haar middel en hij trok haar naar zich toe. Hij beroerde met zijn neus haar neus en het leek of hij met zijn mond haar mond zocht. Daarna kuste hij haar intens. Sonja beantwoordde zijn kus vol passie met haar ogen dicht.

De bel ging. Charles opende de deur en Esmeralda kwam gehaast binnenlopen. Ze liet haar tas vallen, rende naar Sonja, omarmde haar en ze begonnen luid in elkaars armen te snikken. Esmeralda maakte zich los, keek Sonja aan en vroeg: "Hoe is het met mijn zus? Ik ben blij dat je weer opgeknapt ben."

Waarop Sonja door haar tranen heen, intens gelukkig glimlachte.

～

Kan ik je ooit verlaten?
Je kent mij beter dan ik mezelf ken.
Maar ik denk van niet.
Heb ik twijfels? Nee, jij bent de enige man, die me kan vergeven.
Als je nu in mijn hart zou kunnen kijken, zie je hoe blij ik ben dat je me in je armen koestert.
Ik ben zo koud en hard, maar waardeer uit de grond van mijn hart dat je me hebt opgevangen en thuisgebracht.
Toch weet ik niet of ik je trouw wil blijven, zelfs als je op je knieën voor me gaat liggen.

Sonja

Uitgaven **Iris Pinson**

2014
Als je alleen...
Erotisch relatiedrama
Print   ISBN 9789082192902
E-book ISBN 9789082192919

2014
California Dreaming
Carrière, erotiek en tragiek
Print   ISBN 9789082192926
E-book ISBN 9789082192933

2015
Dr. Norton
Carrière, erotiek en tragiek
Print   ISBN 9789082192940
E-book ISBN 9789082192957

2017
Donkertest
Carrière, erotiek en tragiek
Print   ISBN 9789082192964
E-book ISBN 9789082192971

2021
Talent Hunter
Carrière, erotiek en tragiek
Print   ISBN 9789082192988
E-book ISBN 9789082192995

www.ingramcontent.com/pod-product-compliance
Lightning Source LLC
Chambersburg PA
CBHW070455030726
47503CB00004B/1051